역설
수양애사

역설 수양애사

전용문 소설집

좋은날

■ 서 문

불광불급(不狂不及), 미치지 않으면 미치지 못한다.

나는 진실로 소설에 미쳐 있는가? 아니라면 책을 내는 것은 한갖 유치한 허영놀음일 뿐이다. 그렇다면 저자는 마땅히 부끄러워해야 한다.

나는 그런가?

그렇지 않다면 부디 깨달음의 지진(遲進)을 용서하시길.

나는 어쩔 수 없는 운명론자이다. 그런 연유로 나이 드는 것과 상관없이 가끔 염세의 극한점에 서서 비명을 지를 때가 더러 있다. 하나의 돌파구로서 글쓰기를 선택했다면 나의 소설은 허무를 먹고 자란 하마임에 틀림없다.

우울한 장년의 모습은 어쩐지 불온하다.

'생에 집착마라, 죽음이란 단지 갠지스강의 동쪽으로 거처를 옮기는 행위일 뿐이니라.'

온 세상이 당신을 등지고 떠날 때,

부디 이 책이 당신에게 작은 위안이라도 되어 주었으면 좋겠습니다.

2000년 초가을, 저자 드림.

차 례

꿈꾸는 우상

출근길에 현관문 앞에서 아내한테 소리쳤다.

"책상 위에 늘어놓은 원고뭉치들을 쓸어담아 모두 휴지통에 버리도록 해요. 이제 소설 따위는 끝장이오."

아내는 이이가 또 발병하는구나, 하는 표정으로 나를 처연하게 마주 보고 서 있다. 나는 그러고 있는 아내를 향해 역정이 솟아 재차 언성을 높였다.

"무슨 말인지 알아들었소? 알아들었으면 대답을 해야지."

마지못해 아내가 낮은 목소리로 말했다.

"알았어요."

튕겨나오는 목소리에 껄끄러움이 잔뜩 묻어 있다.

소설쓰기에 진전이 없으면 나는 거의 발광하듯 날뛴다. 내가 소설을 써서 무엇을 얻겠다는 것인가? 중생의 제도? 내 자신의 구원? 웃기는 소리다. 소설을 쓰고 있을 동안 내 자신이 분쇄되고, 파괴되고, 영혼이 갈가리 찢어질 지경인데, 누구를 구하고 무엇을 얻겠다는 헛소리는 그만두자.

언젠가 아내가 했던 말이 기억난다.

"소설을 쓰기 시작한 후 당신은 이상한 병이 들었어요. 신경질적이되고 조급함으로 옆에 사람까지 견딜 수 없도록 혼란스럽게 만들어요."

그럴 것이다. 어떤 주제를 잡고 소설을 쓰기 시작하면 나는 그때부터 주체할 수 없을 만큼 서둘기 시작한다. 단번에 써내지 못하면 간신히 구상해 놓은 소설적 재료들이 기화해 버려 공중분해라도 될 것 같은 초조감으로 안절부절못한다.

가장 큰 이유는 다음 날의 시간을 예측할 수 없기 때문이다. 병원일은 예고 없이 나를 감금시켜 내 머리와 팔의 능력을 완전히 마비시켜놓기 일쑤다.

생각이 날 때 원고지를 잡으면 밤을 새워서라도 내 머리 속의 모든 것을 끄집어 내놓은 후에야 안심하고 잠이 들 수가 있다. 그렇지 않으면 나는 밤새 잠을 이루지 못하고 침실과 책상 사이를 오가며 생각의 파편들을 메모지 위에 옮겨놓는 일을 계속한다. 그럴 때의 나는 글쓰기의 거미줄에 나포된 한 마리의 가엾은 나비일 뿐이다.

나는 어젯밤 그런 경로를 거쳐 새벽 두 시까지 소설을 썼다. 아침 출근 전에 대충 훑어보고 나니 기가 막혔다. 이것도 소설이라고? 이 글을 쓰기 위해 자정을 넘기며 잠도 못 잔 내가 측은했다. 도대체 나라는 놈은 지지리도 글을 못쓴다. 내가 읽기에도 유치하기 짝이 없는데 남을 감동시킨다고? 가소롭다.

나는 써둔 원고지 몇 장을 구겨 책상 위로 내동댕이치며 허탈에 빠진다. 빌어먹을. 내 주제에 소설은 무슨 얼어빠져 죽을 소설인가.

이루지 못할 망상으로 밤새도록 혼자 울고 지랄하는 정신병자일 뿐이다.

1992년 현재, 48세의 신경외과 전문의사인 나는 어느 날부터 이상한 바람이 들기 시작했다.

5년 전 조선일보 신춘문예에 소설이 당선되기 전까지 나는 부산에서 의사로서 참 괜찮았다. 환자를 진료하고, 친구들과 어울려 등산다니고, 가끔 여행도 하며 아무 부딪침 없는 일상적이고도 평일한 나날을 갖고 있었다.

나를 갉아내기 시작한 운명의 톱날은 일요일 오후 해가 지는 석양에 돋아나기 시작했다. 그 전날 의사 동료들과 어울려 밤늦게까지 술을 마시고, 과음한 다음 날 일요일에는 하루 종일 잠을 잤다. 잠에서 깨어난 시각은 늦은 오후였다. 술이 말짱히 깨어 있는 상태로 자리에서 일어나자마자 샤워부터 했다. 목욕 후에는 신문을 읽었다.

충분히 잠을 자고 난 탓인지 기분은 상쾌하고 온몸의 신경줄이 느슨하게 풀어져 있는 지극히 안온한 오후였다. 심산 계곡의 계류에서 뇌 속을 헹구어낸 듯이 머리가 맑았다.

신문을 보던 중에 잠깐 고개를 들고 서쪽 창으로 무심히 눈을 돌려지고 있는 석양을 보았다. 하늘은 온통 주황으로 빛나고 있었다. 지는 해를 우연히 바라보다가 나는 문득 저 잊혀가고 있던 젊은 한 시절의 미망의 끝에 서고 말았다.

소설을 쓰고 싶구나. 순간 그 희구는 너무나 간절하여 나를 한시도 가만 있지 못하게 옭아매기 시작했다. 나는 노트를 펼쳐두고 정신없이 글을 써내려가기 시작했다.

그렇게 해서 내가 쓴 처음의 소설은 신문사로 보내졌고, 그 다음 해 조선일보 신춘문예 당선작으로 나타났다. 그것은 나에게 멈추지 않는 바람이었고, 헤어날 수 없는 덫이 되었다. 나는 그때부터 소설쓰기라는 지극히 암담한 절벽을 마주보고 살지 않으면 안될 운명과 맞부딪치게 되었던 것이다.

신춘문예에서 최종심에 오른 정도로 끝이 났다면 나 스스로의 재능을 확인해 보고 물러나 자족했을 것이다.

원하든 원하지 않든 문단의 통과의례인 저 신춘문예의 벽을 넘어선 후 운명이 뒤죽박죽 뒤바뀐 사람이 어디 한두 사람뿐이었을까마는 나 역시 그러했다. 벽의 높음을 절감하고 그냥 물러섰다면 나는 평범한 의사의 길을 갔을 것이다. 지방에서 글깨나 쓰는 문사로 행세하며 의사수필가 정도로 잔류함이 마땅했으리라. 그러나 소설 당선은 떨쳐버릴 수 없는 미늘이 되어 내 목을 걸었고 지금까지 방향도 모르는 길을 향해 끝없이 끌려가고 있을 뿐이다.

그때 조선일보 시상식장에서 수상 소감을 말할 때 그랬다. 나는 이제 의사가 아니라 소설가로서 죽을 수 있음을 지극한 행복으로 생각하며, 평생의 한을 풀게 해준 분들께 감사한다고. 당선이 턱없는 갈등의 출발이란 걸 깨닫기에는 흥분이 너무 컸다. 그후 나는 위대한 작가의 길을 수없이 꿈꾸어왔다.

그리고 5년, 써놓은 작품도 별로 없으면서 지금 또 무엇을 꿈꾸는가. 얻는 것이라고는 목을 조르는 굴레뿐인데도. 그러나 지금에 와서 저 아득한 날의 장려했던 저녁놀만을 탓할 수는 없지 않은가.

병원에 출근한 후 아침 회진을 하며 나는 어젯밤에 쓴 소설에 다시 매달리기 시작했다. 뒷부분을 고치면 안 될까? 도입부부터가 마음에 들지 않는데 이 소설은 틀렸어, 다시 쓰는 게 좋겠다. 또 언제 그 막막한 글쓰기를 시작하지…….

소설쓰기는 막장 인생 같다. 갈 곳까지 다 내려가 마지막에 부딪치는 땅끝. 혼자 외롭게 광맥을 찾아 굴을 뚫어야 한다.

고생해서 쓴 글을 그냥 버리기에는 아깝다. 한 번 더 마음먹고 고쳐 보자. 허겁지겁 회진을 끝내고 집으로 전화를 했다. 아내가 외출했는지 신호가 떨어지지 않는다. 그 사이 혹시 원고 모두를 휴지통에 버리지나 않았을까? 집에 있는 휴지통이라면 안심이지만, 혹시 쓰레기 수거장으로 곧장 가버린 것은 아닌지. 만약 그렇다면 이 낭패를 어찌할 것인가. 나는 바싹 다가온 원고 마감일의 압박에서 벗어날 길이 없어 허둥거리기 시작한다.

지금 쓰고 있는 소설의 청탁을 문예지에서 받은 것은 한 달 전이었다. 편집실 여직원으로부터 전화를 받고 수일 후에 우편으로 청탁서가 왔다. 시간이 충분했으므로 늑장을 부렸다. 글쓰기의 저 지독한 고통을 조금이라도 늦게 받아들이고 싶어 가능한 한 뒤로 미루었다.

소설은 생각만으로는 불가능하다. 어떻게 하든 글로 써서 남겨야 한다. 그러기 위해서는 많은 시간이 소요된다. 그 시간을 언제 낼 것인가? 최소한도 병원일을 해야 하고 신문을 읽어야 하며 9시 뉴스는 봐야 한다.

동인문학상 시상식 때 처음 인사를 나누게 된 어떤 시인은 내가 소설을 쓰고 있는 의사라는 걸 알았을 때 첫인사로,

"왜 시를 쓰지 않고 소설을 선택했어요?"

하고 물었다. 나는 그냥 웃으며 대답을 하지 않았다. 그가 내 욕망을 어떻게 유추할 것인가. 나는 할 말이 많다. 처절한 나의 고뇌를 풀어 담아야 할 이야기를 너무 많이 안고 있다. 잠을 자다가도 혼자 말하고 대답한다. 이렇게 꽉찬 가슴을 어떻게 시로써 풀어낼 것인가.

청탁 소설에 대하여 가까스로 마음을 잡고 글을 쓰기 위해 메모를 하며 준비한 기간은 일주일이었다. 그리고 지난 일요일 오후부터 쓰

기 시작한 소설은 오늘로서 삼일째가 된다. 그런데 어젯밤까지 써둔 소설은 이 모양이다.

소설은 지구의 오염과 젊은날의 사랑을 접목시킨 지극히 이질적인 두 가지 요소로 구성되어 있다.

지난해 황폐화된 을숙도를 다시 가보고 말라버린 갈대와 도요새가 사라진 것을 알고는 충격이 컸다. 을숙도에 하구언둑이 생긴 후 그곳은 질펀한 갈대숲 대신 황량한 황무지로 변해 있었다. 나는 그곳에서 젊은날에 치른 지나간 날의 사랑의 잔해를 보았고, 그 회상을 더듬어 소설을 쓸 결심을 했다.

글을 쓰다 보니 대기오염과 그것을 잉태시키는 문명의 근원에 대한 이야기가 너무 길어져 단순한 공해 소설 같은 기분이 들었다. 소설에 미학적 감성을 도입시키기 위해 강지숙을 등장시켰다.

강지숙이라는 여자는 내가 의과대학 3학년이던 시절에 만난 얼굴이 투명한 부잣집 딸이다. 그녀는 무용을 전공했는데 그때 우리는 만나면 갈대숲이 천지를 이룬 을숙도를 찾아가서 수로를 따라 배를 타고 사랑을 했다.

소설의 도입부는 친구인 김 교수와 을숙도를 찾아가서 그곳 생태계의 무참한 파괴를 직시하고 개탄하는 것이었는데, 어디쯤에서 현재의 피폐한 을숙도 이야기를 끊고 강지숙과의 옛이야기를 편입시키는냐가 문제였다. 연결고리를 구하지 못해 난감해 하고 있었다.

단절된 두 부분은, 상상력이 부족한 소설가에 의해 나가야 할 진로를 잃어버리고 난파해 버린 배처럼 출렁거리고 있었다. 진료실에 앉아서도 나는 난파해 버린 이 배의 조각들을 끌어모아 어떻게 엮어야 할까를 고심했다.

병원과 집과 산(山) 사이를 오가면서 만들어지는 나의 소설은 늘 헐렁했다. 짜집기하듯 얼기설기 꿰맞추어 완성한 소설들은 언제나 구성의 취약점을 돌출시켜 놓는다. 하기야 그런 소설이라도 평자의 도마 위에 제대로 한번 올려보지도 못한 형편에서 주제나 구성 따위를 나 혼자 논한다는 것부터가 우스꽝스러운 노릇이긴 하지만.

머리 속이 온통 뒤죽박죽이 되어 어수선한 판에 외래 간호사가 차트 한 뭉치를 들고 왔다. 외래 진료를 시작할 시간이다. 나는 기계적으로 환자를 문진하고 처방을 써 내려갔다.

"어디가 아프지요? 두통은 언제부터 시작되었으며 아침과 저녁, 어느 때가 더 심한가요? 혹시 구역질을 느껴본 적은 없어요?"

하루에도 수없이 묻고 답하는 일이 되풀이된다. 방사선 필름 보고, 컴퓨터 검사를 의뢰하고, 진단서 쓰고, 수술환자들의 가족들과 면담을 계속했다.

뇌수술 환자는 예후를 정확하게 예측하기가 매우 어렵다. 가족들의 기대는 언제나 긍정적이기를 바라지만 나의 설명은 대부분 부정적 소견에 가깝다. 나는 그럴 때마다 의사의 지나친 방어자세에 대해 짜증스럽다.

만약의 경우에 발생할 수도 있는 문제를 대비하기 위하여 차트에 면담 내용을 적어둔다.

수술은 성공적이었으나 예후는 지극히 불량함. 최악의 상태가 되면 사망할 수도 있음.

점심시간 전에 중환자실로 한 번 더 올라가 기관 절개를 한 환자의 호흡 상태를 관찰했다. 석션하는 방법을 간호사한테 다시 주지시키고 건너편의 수술실을 힐끗 쳐다본 후 복도 계단을 걷기 시작했다. 천천히 걸어가면서 소설에 대해 또다시 생각한다.

을숙도에 함께 간 강지숙을 어떤 방법으로 매끄럽게 처리해야 하나? 그녀와 같이 그곳 주막집에서 밤을 지내게 해야 할지, 아니면 그녀 혼자 집으로 돌아가게 내버려둬야 좋을지 또 갈팡질팡이다. 더불어 밤을 새우게 된다면 소설적 재미는 있겠지만 너무 통속적이 된다. 그녀 혼자 어두운 겨울 밤길을 걸어가게 한다면 흥미가 반감되고 그 다음을 이어갈 일이 막막해진다.

그때 실제상황의 우리는 어떡하고 있었나?

도요새가 사라진 하구로부터 옛사랑의 희미한 기억을 도출해서 그것을 새롭게 부각시키기 위해 난삽해진 머리가 어지러워 미칠 지경이다. 머리 속에서만 계속 서둘 뿐 손은 아무것도 하려 들지 않는다.

잡지사에 연락하여 이번 소설은 못 쓰겠다고 말해 버릴까? 안 쓰게 되면 마음이 지극히 편해질 것 같은데 나는 다시 그 결정을 미룬다. 이틀 간만 더 써보고 결정하자. 그때까지도 소설이 골격을 못 갖추면 전화를 걸어 양해를 구하자. 아이구, 소설 못 쓰겠습니다, 하고 나자빠지든지 아니면 엉터리라도 억지로 만들어 보내든지 결정하자. 이틀 후라면 뭐가 되도 되겠지.

야구에서 타격의 달인이라는 수위 타자도 일 년 내내 기껏 삼 할대를 유지하는 게 고작이다. 열 편의 소설 중에 세 편만 건져내도 우수한 작가의 대열에 든다. 쓰는 것마다 모두 문제작일 수는 없지 않은가.

소설가는 노름꾼이다. 이 판은 버렸다 쳐두고 다음 판을 벼른다. 다음 판에서는 틀림없이 장땡을 거머쥘 수 있으리라는 미증유의 기대가 노름판을 떠나지 못하게 잡아둔다.

나의 소설쓰기도 그랬다.

이번 글은 어쩔 수 없다. 이 정도로 하자. 다음에 쓸 본편을 위해 이것은 예고편이나 습작 정도로 생각해 두자. 나도 한 번쯤 4번 타자가 될 수도 있지 않은가. 어쩌다 보면 담장을 넘기는 만루 홈런을 때리게 될 것 같은 예감도 든다. 그렇게 되면 나는 군중 앞에서 헹가래쳐지는 우상이 될 수가 있다. 기다리자. 이번 소설은 쓰긴 쓰되 기대는 말자.

아직도 이 땅에 도스토예프스키 같은 작가가 출현하지 않았음은 나에게 큰 위무가 아닌가. 70살이 되기까지는 아직 긴 시간이 남았다. 지금의 좌절은 너무 이르다.

혼자 묻고 답하며 간신히 나 스스로를 진정시킨 후 걸음을 빨리했다. 외래 진료실을 들어서다 말고 한 무리의 환자 보호자들과 부닥뜨렸다.

"선생님, 203호실 환자 보호자들인데요, 환자의 병세에 대해 알고 싶어 왔습니다."

203호실 환자라면 아침 회진시에 환자와 그 곁에 선 보호자한테 충분히 설명을 해줬다. 그런데 또 찾아오다니, 나는 짜증난 말투로 그들을 다그쳤다.

"찾아오는 사람마다 일일이 설명을 어떻게 다 해줍니까? 의사가 녹음기도 아니고, 아침에 나를 만난 보호자는 도대체 누구요?"

"우리는 지금 시골에서 막 올라온 친척들입니다. 아침에 있었던 사람은 환자 사촌되는 사람이지요."

"젠장, 사촌 오촌까지 의사가 설명을 다 해줘야 하다니, 당신들처럼 이렇게 따로따로 몰려와서 물어대면 의사는 보호자 만나느라 다른 일들은 언제 해요?"

화를 벌컥 낸 나는 곧 후회하는 감정이 들어 그들을 다시 불러 아침에 설명한 병의 원인과 치료와 결과에 대한 이야기를 반복해서 말했다. 말을 하면서도 어두운 감정은 속으로만 삼키고 있을 뿐, 쉽게 수그러들지 않는다.

소설쓰기가 잘 안 풀리면 매사에 일이 힘들고 신명이 나지 않는다. 나는 환자 치료를 위해 사적 감정을 가능한 한 억제하려고 애쓰나 나 역시 일개 필부이므로 영향을 전혀 받지 않는다고 말할 수는 없다.

소설쓰기를 그만둔다면 얼마나 좋을까. 포기하고 관객으로 물러나 앉는다면, 방관자의 자세는 얼마나 편할까. 그러나 그 결단이 쉽게 가능할까.

일찍이 대학 선택에서 나는 생활의 방편을 위해 눈에 보이는 지름길을 찾아 의사의 길을 택했다. 그러고도 이제 와서 남이 먹고 있는 떡이 맛스럽게 보여 그것마저 갖겠다는 이기심으로 문학까지 하겠다는 문어발 발상이라면, 병원일을 위해서도 소설쓰기는 마땅히 포기해야 한다. 그렇지 않다면 아예 전업작가로 나서든지.

나는 이제 의사의 길이나 소설가 중 하나를 선택해야 할 시점에 왔다. 의사의 일을 버리기에는 막막하고 소설을 단념하기에는 너무 쓸쓸하다.

그 동안 소설쓰기에만 전념하기 위해 직장을 그만둘 것인가를 진지하게 생각도 했다. 갈팡질팡하는 나에게 어떤 작가가 단호하게 말했다.

"얼마 남지도 않은 생인데, 소설을 쓰고 싶다면 다른 일은 그만두고 하고 싶은 일 하고 사세요."

나도 그렇게 하고 싶었다.

그러나 사실은 저 찬란하게 빛나는 우상들의 대열에 동참할 자신이 없어서 나는 아직 이렇게 엉거주춤한 상태로 버티고 있다. 도대체 몇 사람이나 내 글을 읽고 감복하여 나를 기억할 것인가.

"장편 출간 후에 반향을 보고 결정하지요."

언제 나올지도 모를 그 장편소설을 생각하면 불현듯 가슴이 답답해지는데도 나는 일단 그것을 핑계로 미루고 있다.

3년 전 아내를 졸라 마음먹은 장편소설 하나를 만들기 위해 남해안의 소도시에 머문 적이 있었다. 처음 300매쯤 썼을 때 나는 이 소설을 끝맺지 못하면 어쩌나 하는 조바심에 시달리기 시작했다. 열 달 동안에 900매를 쓰고서야 이 소설은 어떤 결말이 나든 끝은 맺겠구나, 안심하고 서울로 올라왔다.

장편소설은 작년 시월에 완성을 보았다.

그 소설은 처음 C출판사로 갔다. 삼십대의 여자 편집장과 소설의 내용에 대해 전화로 이야기를 나눈 후, 그 다음 날 그녀는 잡아갈 듯이 소설을 채갔다. 한 달 만에 책을 만들어 연말의 독서 시장을 노리겠다는 처음의 약속과는 다르게 해를 넘기고도 연락이 없어 내가 전화를 했다.

"어떻게 되는 겁니까?"

"참 좋은 소설인데, 영업적인 측면에서 사장이 틀고 있어요."

"이렇게 될 걸 갖고 웬 장담을 그렇게 했지요?"

"소설 중에서 산(山) 이야기를 줄이고 남녀 간의 애정 문제를 좀더 많이 다루면 안 되겠어요?"

기가 막혀서. 누구는 땀흘리며 일 년 내내 붙들고 애쓴 소설인데 대충 한 번 읽어보고 마구 파헤치라고?

"당장 고치고 싶은 생각은 없고, 그쪽 사정 보니 책 내기가 어려울 것 같은데 원고를 돌려받는 게 좋겠소."

그 다음 그 소설은 S출판사로 갔다. 시야가 넓고 덕목을 고루 갖춘 보기 드물게 좋은 사장이다. 그곳의 사정으로 출판 유무를 결정짓는 데 두 달 이상 지연되고 말았다. 그 사이 신문사에 근무하는 친구의 소개로 K사에 갔다. 부사장, 전무도 만나보고 종로에서 보신탕도 얻어 먹었다.

소설이 간 지 4개월. 편집장은 한 달 간 외국에 다녀왔고 나가면서 첫부분을 고치자고 했다. 이유를 들어보니 수긍할 만했다. 나는 동의했으므로 고쳐서 다시 보냈다. 그러고도 두 달. 아직 감감무소식이다.

우상들에게 기울이는 저 편애에 비해 나한테는 너무 푸대접이다. 억울하지만 그것이 엄연한 현실인데 어쩔 것인가. 우상이 아닌 내가 재촉하고 큰소리칠 곳이라고는 아무 데도 없다. 분통 터지면 좋은 소설을 쓰고 우상이 되어라.

장편소설은 그렇게 되어 있는 상태지만, 중·단편을 모은 창작집 발간을 생각하면 문학이고 뭐고 아예 다 때려치우고 싶은 생각이 간절해진다.

문예지에 이미 발표된 1,400매 분량의 중·단편은 처음에는 책으로 엮을 생각이 없었다. 어떤 출판사에서도 선뜻 나서지 않을 것이라는 생각에서였다.

신문 연재소설에 치중하는 많은 작가들이 중·단편에 대한 무시 못할 애정을 갖고 있는데도 지금의 출판 풍토는 무지막대한 양의 대하소설이나 장편 쪽으로만 경사되어 있으니 도리가 없다.

동향의 후배가 책임지고 책을 내겠다고 복사된 원고를 들고 갔다. 가련하게도 그 복사 글들은 무려 열 군데의 출판사를 돌고 돌아 결국 창작집으로 탄생을 보지 못하고 지금 병원의 내 책상 서랍 속에 처박혀 있다.

나는 출판사에서 원고가 되돌아올 때마다 견딜 수 없는 수치와 통렬한 좌절을 맛보았다. 그때마다 부끄러운 내 욕구를 잠재우기 위해 서울을 떠나 시골에서 살기로 매번 마음을 고쳐먹곤 했다.

'소설은 이름 있는 당신들이나 쓰시오. 나는 문을 닫고 나의 문집이나 내고 그만두겠소.

수십만 부가 팔려나간 이름 있는 어느 시인이 쓴 소설을 읽어본 적이 있는가? 솔직히 말해서 당신들은 그 책을 끈기를 갖고 끝까지 읽어낼 수 있었던가? 몇 페이지를 읽어내기 위해서 사고의 폭을 지극히 제한시켜야 하는 유아 취향적 소설들이 독서시장을 석권하고 있는 이

유를 단순히 출판업자들의 상업주의라고 치부해 버릴 것인가?'

　환자 보호자들이 진료실을 나간 후 원고 약속 표시가 되어 있는 책
상 위 달력을 보았다.
　지난달부터 글쓰기에 치여 죽을 지경이다.
　《문학정신》 소설 100매, 《킴즈 컴》 꽁트 20매, 《종근당 사보》, 《우
정과 추억의 의사들》 연재 12매, 《동아의보》 수필 15매, '직장인의
권두언' 10매를 지난달에 쓰느라고 기진맥진했다.
　소설 이외의 글을 쓰면서 이런 종류의 글을 쓰는 것은 한없는 소모
일 뿐이라고 한탄하면서도 원고 약속을 지켰다.
　이달에 문예지 단편 100매, 《생각하는 백성》에 콩트 두 편 50매를
만들어 보내야 한다.
　조급함은 머리 속을 공황 상태로 만들며 급기야는 다듬지도 않은
거친 글을 양산해 놓는다. 불만투성이지만 약속을 해놓았으니 지켜야
한다.
　문단 데뷔 후 5년 동안 중앙에 있는 문예지로부터 소설 원고 청탁이
라고는 고작 다섯 번뿐이었는데, 두 번이 지난달과 이번 달이다. 청탁
없는 서러움과 외로움을 누구 못지 않게 뼈저리게 느끼기도 했는데
이렇게 한꺼번에 몰려올 게 뭐람.
　신경외과 의사의 일을 하면서 소설을 쓰자니 때때로 열에 들뜬 듯
한 며칠을 보낼 때도 있다.
　소설은 순간적인 광기만으로는 절대 불가능하다. 오랜 지구력이 동
반되어야 하며, 그러기 위해서는 소설을 쓰기 위해 바쳐야 할 시간이
필요하다.
　신경외과 의사와 소설가의 병행은 이론적으로 불가능하다. 때문에
나는 마음먹은 글을 쓰기 시작하면 완성을 볼 때까지 쫓기는 도망자

꼴이 되어 허둥지둥한다. 병원일과 소설쓰기가 마구 섞여 혼란의 극치를 이룬다.

사람들은 지나친 엄살이라고 치부할지 모르나 현실의 나로서는 감당하기 힘든 노고다. 그럴 때마다 나는 신문이나 전화, 텔레비전 혹은 병원이나 소설 따위가 전무한 무인도로 떠나고 싶어진다. 단지 소주와 생선회만 있는 추자도 같은 곳에서 석 달 간만 갈무리하듯이 모든 것을 버리고 묻혀 지내고 싶다.

문인들 세계 역시 무슨 별종들의 모임이 아닌 한 상식이 통하는 세계다. 잘 쓰면 인정받고 못 쓰면 잊혀진다는 가장 평범한 사실을 알고 있다. 조급증을 부린다고 좋은 소설이 나올 리도 없고, 그렇게 모래탑을 혼자 쌓아봐야 일시에 무너져내릴 것은 자명하다.

점심시간이 끝나고 나는 병원을 빠져나왔다. 병원 부근에 있는 갈현동 뒷산을 오르는 것은 매일 반복되는 일과다. 부족한 운동도 보충할 겸 소설의 여러 가지 소재를 정리하기 위해서다.

나는 다시 을숙도와 강지숙에 매달렸다. 부산시민의 식수와 김해평야의 농수를 해결하기 위해 낙동강 하류에 하구언둑을 쌓은 후 을숙도에는 예기치 못한 각종의 공해 문제가 발생했다.

사람들이 지나칠 때마다 구멍 속으로 잽싸게 몸을 숨기던, 수많은 게들이 서식하고 있던 넓은 갯벌은 부유물이 퇴적하여 완전히 죽어버린 진흙바닥을 만들어놓았다. 그 게들을 먹고 한 철을 살다가 날아가던 도요새도 사라진 지가 오래되었다.

나는 지금의 을씨년스런 을숙도 풍경을 소설의 앞과 뒷부분에 집중적으로 삽입할 생각을 했다. 그런데 강지숙이란 여자가 소설에 등장하고부터 혼란이 생겼다. 대기오염에 포커스를 맞추다 보면 남녀의 사랑 따위는 진부해지고 만다. 공해를 일으키는 현실과 열애의 이야기를 다룬 과거를 반죽해 놓기란 여간 힘들지가 않다.

급수장을 지나 산의 능선 위로 올라서면 갈현동 불광동 진관내외동 등, 일대가 한눈에 들어온다.

잠깐 쉬면서 심호흡을 했다. 세상은 얼마나 살 만한 곳인가. 산 위에 올라서보면 살아 있음이 은총처럼 느껴진다. 그런데 저 악몽 같은 소설쓰기는 생각만 해도 진절머리가 난다.

가당찮게도 내가 쓴 소설이 과연 인간의 감성을 일깨우고 내 자신을 구원시킬 것인가? 막연하고 막연할 뿐, 결과를 상상하면 절망감뿐이다.

의사의 편에도 못 서고 작가의 대열에도 끼지 못한 채 나와 가족들에게 한없는 고통만 안겨주는 나는 도대체 극단적인 이기주의자가 아닌가.

신경외과 의사며 중년의 무명 소설가. 모자랄 것도 없다. 그냥 편하게 병원일이나 하고 친구들과 어울려 안주해 산다면 그럭저럭 보낼 만한 장년의 생활은 된다. 한사코 그 평온한 길에서 반기 들기를 주저치 않음은 내가 치러내야 할 운명적인 몫인가.

쓰고 있던 소설이 하도 진척이 안 되어 혓바닥에 백태가 끼일 만큼 허덕이고 있을 때 일반외과 의사인 친구가 찾아왔다. 기진맥진한 나를 보고 그가 혀를 끌끌 차며,

"너 아니라도 문호는 많다. 그냥 골프나 치고 만사 잊어라."

그가 새 골프채 한 세트를 주고 갔다. 속물같이 골프나 치고 소설은 그만두라고? 소설 같은 고마운 충고를 하는구나. 차라리 칼을 물고 죽겠다.

40여 분 간의 산책을 마치고 병원으로 되돌아와 오후의 진료를 시작했다.

산을 갔다 오는 동안 머리 속으로 간추려놓은 몇 개의 문장을 노트
에 기록해 두고, 을숙도의 과거와 현재의 연결고리는 계속 미지수로
둔 채 병원일에 매달렸다. 또다시 진단서 쓰고 처방 내고 병실에서 걸
려온 전화 받고 면담하고, 오후 다섯 시경에야 외래 환자가 뜸해지면
서 풀려났다.

나는 잽싸게 강지숙에 대해서 다시 정리하기 시작했다. 강지숙과의
첫 만남은 여름이었다. 지혜라는 여중 삼학년 학생에게 영어를 개인
교습시키고 있었는데 그녀의 언니가 강지숙이었다.

수업을 끝내고 그 집 철대문을 밀고 나오다가 들어오는 사람과 맞
부딪친 게 그녀와의 첫 조우였다. 그녀가 지른 짧은 한 마디,

"어머."

땅바닥에 아무렇게나 뒹구는 책과 노트를 줍다가 문득 올려다본 그
녀의 투명한 흰 얼굴. 아직 잎을 틔우지 않은 맨가지에 달린 목련 같
았다.

그후 그녀로 인한 길고 긴 불면의 밤들, 의과대학 음악회, 그녀의
무용 발표회, 오아시스 음악실에서의 만남, 남포동에서 앞뒤 생각 없
이 때린 따귀, 배신과 수치스러움, 바람이 불 때마다 갈대숲이 군무를
이루어낸 을숙도, 좁은 수로, 기우뚱거리는 쪽배, 말린 고기의 짭짤한
맛, 재첩국 속에 든 작은 조개들의 앙증스러움.

소설의 곳곳에 삽입된 수채화 같은 풍경은 글을 쓰고 있는 나마저
달아오를 지경인데 독자들이야 쉬 빨려들어가겠지.

갈대밭을 두고 누구는 『젊은날의 초상』이라는 감성의 소설을 썼는
데 나라고 해서 못 만들 것도 없지. 그런데 저놈의 황량한 하구언둑
이야기는 어떻게 연결시켜 나가야 하나? 아예 빼버릴까? 그렇게 되면
소설은 너무 가벼워지고 주제가 약하다. 빌어먹을. 을숙도에 하구언
둑이 생길 게 뭐람. 오늘 저녁에 다시 한 번 찬찬히 읽어보고 가다듬

어보자.

마음으로 작정하고 퇴근 준비를 했다. 그때 병원 바깥으로부터 들리는 구급차의 경적 소리가 요란했다. 삐염 삐염…… 우리 병원 앞을 지나 다른 곳으로 가는 차겠지. 삐염 삐염은 더 크고 가깝게 들려오더니 응급실 앞에서 딱 멈추었다. 설마 신경외과 환자는 아니겠지.

오늘밤에라도 소설을 대충 마무리지어놓지 못하면 이제는 정말 마감시간에 쫓길 형편이다. 제발 퇴근시간에 맞추어 병원일에 벗어나 소설쓰기에만 몰두하게 해다오.

곧이어 전화벨 소리. 간호사가 수화기를 들고 나에게 내민다. 내가 눈으로 묻는다. 어디지?

"응급실이에요. 조금 전 구급차에서 내린 환자인가 봐요."

빌어먹을. 소설도 이 지경인데 또 응급환자라니. 나는 가운에 바람을 일으키며 응급실로 내닫는다.

교통사고. 개인의원을 거쳐 들어온 27세의 남자. 혼수 상태. 한쪽 동공의 대광반사 소실. 환자는 초응급 상태다. 나는 순간 뒷머리가 뻣뻣해지며 조여놓은 고무줄마냥 팽팽한 긴장감으로 몸이 오그라든다.

두부 방사선 검사 결과 측두골의 선상골절, 뇌 전산 단층 촬영에서 우측 두정부에 고밀도 음영이 나타났다. 뇌수술이 필수적이다. 나는 서두르기 시작한다. 혈액원에 연락하여 피 준비시키고 환자 머리 깎이고 수술실에 연락하고 요도관 삽입하고, 그러면서 나는 드디어 포기하고 속으로 외친다.

'씨팔, 소설 같은 것 아예 때려치우고 말자. 이 마당에 소설 쓰겠다는 생각이 가당하기나 하나.'

모든 것에 우선하는 것은 인간의 생명이다. 소설을 써서 인간의 영혼을 구원하겠다는 망상에서 벗어나, 지금 현재 눈앞에 보이는, 벼랑으로 추락하는 한 인간의 육신을 붙드는 게 더 절박하다. 소설은 정신

의 일부분이지만, 수술 성공 유무는 한 인간의 전우주를 찾고 잃음이
다. 나는 지금 그로부터 떨어져나가려고 하는 우주를 되돌려주어야
한다.

　수술의 결과가 좋아 한 열흘쯤 후에 환자가 무의식에서 깨어나 명
료한 정신을 갖게 되면 내가 물어보겠다.

　"당신은 어떤 소설을 읽고 있으며, 어떤 작가의 이름을 기억하고 있
소?"

　죽음의 문턱을 간신히 넘고 돌아온 27세의 남자가 무슨 대답을 하
든 나로서는 상관할 바가 아니다.

　문단에서야 당신들이 우상이지만, 수술실에서는 나 역시 황제로 군
림할 수 있다. 나는 정신을 집중하고 젊은 한 생명의 실체를 구원하기
위해 매달렸다.

　수술이 끝났다. 손발이 잘 맞은 덕분으로 흡족할 만큼 일의 진척이
잘 되어 빨리, 그리고 쉽게 끝났다. 이 환자는 소생하여 이틀쯤 후에
눈을 뜨게 될 것이다.

　초긴장감 속에서 만족스런 수술을 끝내고 수술 후의 오더를 낼 때
면 그렇게 편할 수가 없다. 그리고 내가 머물러야 할 자리가 이곳임을
절감한다.

　미운 오리새끼가 되어 문단의 뒷자리에서 뒤뚱거리며 따라다니지
말고 내 본연의 자리를 지키고 싶어진다.

　인간 욕구의 목표는 정당한 자존심 갖기와 그것을 지키는 일이다.
스스로 자신감을 갖는 자아실현은 자기를 존중할 수 있고 타인들로부
터도 가식 없는 인정을 받는 위치에서 남들에게도 동등한 시혜를 베
풀 때 이루어진다.

　문학은 내 의지로 선택한 결과이고 내가 원하여 문단의 일원이 되
었다면 그곳의 우상을 별수없이 인정해야 한다. 혼자 고집부리고 헛

소리쳐봐야 읽어주지 않는다면 무슨 소용인가. 그것이 싫다면 읽지 않고 듣지도 보지도 않은 채 쓰는 것을 그만두면 된다. 담장을 치고 나와는 무관한 세계로 외면해 버리고 나면 당장 편한 자유를 얻을 것이다. 그러나 그런 가장된 무관심은 진정한 자아실현이 될 수가 없다. 단지 먹지 못하는 여우의 신 포도일 뿐이다.

내가 소설 완성의 한계날짜로 잡아놓은 이틀도 후딱 지나가버렸다.

수술환자는 예정대로 깨어났고 나는 그 동안 강지숙과 을숙도를 연관시키는 데 48시간을 고스란히 날려보냈는데도 소설은 조금의 진척도 없었다.

나는 글을 쓸 때 날 선 작두 위에서 춤추는 무당처럼 신명이 나질 않는다. 그냥 괴롭고 외로울 뿐이다. 극도의 초조와 조급함에서 벗어날 수가 없어 전전긍긍한다.

늦었지만 지금이라도 잡지사에 말해 버릴까? 미안합니다마는 이번만은 양해해 주십시오, 다음에는 꼭 쓰겠습니다, 하고. 어림없는 일이다. 틀림없이 쓰겠다고 두 번씩이나 걸려온 전화에 대고 큰소리쳤는데 지금와서 못 쓰겠다니 말이라도 되는가. 그 동안에 지진이라도 일어나라지. 천재지변이 생겼는데 소설을 마감날짜에 못 썼다고 해서 욕을 먹지는 않겠지.

그런 다음에도 며칠을 끙끙대고 아내한테 짜증을 부려가며 가까스로 초고를 끝낸 것이 토요일 늦은 밤이었다.

소설은 분량이 늘어나 150매를 육박했다. 어렵게 쓴 소설을 마감일까지 어루만지며 조금씩 첨삭을 해서 잡지사의 요구대로 매수를 맞추든지 아니면 중편 분량으로 늘려 게재를 부탁해보자라고 생각했다.

나는 실로 오랜만에 편한 잠을 잘 수 있었다.

아직은 완전하게 마무리된 소설은 아니지만, 그런 대로 한 편의 소설로 내보내도 좋을 을숙도에 관한 이 작품을 버리게 된 결정적인 동기는 문학상 시상식에 참석한 이후였다.

단편소설 원고를 청탁받았을 때 이런 류의 글을 쓰려고 계획하지 않았다. 이 글은 전혀 우발적인 발상에서 이루어진 결과일 뿐이다.

문학상 시상식장에서 이 시대에 가장 돋보이는 우상들을 만난 후 내가 쓴 소설이 갑자기 불안해지기 시작했다.

지나간 날 여자와의 사랑 이야기를 황폐한 을숙도 환경과 접목시킨 소설 정도로는 아무래도 함량 미달이 되겠구나, 안 되겠다, 다른 글을 써보자. 생각을 고쳐먹고 나니 다시 걷잡을 수 없이 초조해지기 시작했다.

시상식이 끝나고 칵테일 파티장에서도 나는 새로운 소설에 대한 걱정에서 벗어날 수가 없었다.

또 무엇을 갖고 언제 쓰지? 하여간 다시 쓰자. 어떻게 하든 마감날짜까지는 약속을 지킬 것이고, 다시 쓴 소설마저 시원찮아 발표가 보류된다면 어쩔 수 없다. 선택은 내가 아니고 그들이 아닌가. 나는 글쓰기에 발광을 하면서도 써내고 말 것이다. 작품의 질적 문제는 내가 갖는 능력의 한계다. 어쩔 도리가 없다.

나에게 문학적 근본이 처음부터 없었다면, 무딘 문학의 칼날을 갈고 새로운 날을 세우기 위해 아무리 애를 써도 그것은 시간과 정열의 낭비에 불과할 따름이다.

환자의 혈압이 돌이킬 수 없을 지경으로 하강되어갈 때 에프네프린을 혈관주사함으로써 일시에 혈압을 올려놓긴 하나 그것은 일시적인 처치일 뿐 근본적인 대책은 못 된다. 혈압 하강의 원인이 존재하는 한 환자가 지속적인 평상의 혈압으로 되돌아오기란 불가능하다.

나에게 좋은 소설을 창작할 수 있는 능력이 아예 부재하다면 결국은 우상들의 들러리에 불과하며, 시간이 지나면 무대의 뒤편으로 소리없이 사라질 것이 분명하다. 그러나 그렇게 보잘것없는 문학에의 여정을 내 자신이 감지했다 하더라도, 그 사실을 인정한 후에 내가 치러내야 할 그 신산한 갈등을 앞으로 어떻게 다스려나가야 할지 지극히 난감할 뿐이다.

나는 또다시 글쓰기와 온갖 사념의 울 속에 감금된 채 여러 사람들과 악수를 하고 명함을 건네고 이야기를 나누었다.

소설쓰기의 포충망 속으로 들어가기만 하면 그 일이 완결될 때까지는 도무지 헤어날 방법이 없다. 길을 가면서도 생각하고, 잠을 자면서도 쓰고, 환자를 진료하면서도 머리 속에서 정리하는 버릇대로 식장에서도 온통 그 생각에 젖어 있었다.

그 관습은 2차로 간 카페에서도 마찬가지였다.

얼마간의 사람들이 돌아가고 다시 자리를 옮긴 술집에서 나는 차라리 가까이에 있는 여관방을 빌려 머리 속을 꽉 채우고 있는 글들을 원고지 위에 토해 놓고 싶은 갈급함을 느꼈으나 실행에는 옮기지 못했다. 대신 소설쓰기의 강박관념에서 벗어나기 위해 술을 마시기 시작했다. 가장 손쉬운 방법은 술 취해 만사를 잊고 고꾸라져 잠드는 일이다. 그러기 위해서는 술을 마실 시간이 필요하다.

이문열 씨로부터 시작된 폭탄주는 김원우 씨를 거쳐 나에게로 왔다. 나는 작은 양주잔이 맥주컵 속에 든 술을 단숨에 비우고 옆에 앉은 안정효 씨에게 돌렸다. 그는 두 잔의 맥주는 쉬지 않고 한꺼번에 마시겠지만 폭탄주만은 사양하겠다고 뒤로 물러앉았는데, 물론 그곳에 합석한 사람들이 용인하지 않았다. 우리는 낚시와 전후의 월남의 변화에 대해 오랫동안 이야기를 나눴다.

화장실을 들락거리며 쓴 나의 소설 메모는 초대장 겉봉투를 다 채우고도 모자라 나는 안에 든, 약도가 그려진 내용물에다 휘갈려 쓰기 시작했다.

두번째의 잔이 내 앞에 놓였다.

모든 상이 그러한 것은 아니지만 한국의 문학상은 권위에 바탕을 둔 것이 아니라, 대부분이 상업주의적인 발상이 팽배되어 만들어져 있다. 완벽한 우상 만들기다. 식장에 사람들이 모여 화제가 되고, 신문에 광고와 기사가 나가면서 작가는 우상이 되고 출판사는 돈을 번다.

작가는 자신이 살아남기 위해서도 독자가 절대적으로 필요하다. 독자를 끌기 위한 하나의 방편으로 문학상이 원용된다면 무조건 매도보다는 긍정적 측면도 수용해야 한다.

한 사람의 우상을 만들기 위해 나는 열심히 조역을 맡고 그 역마저 주어지지 않는다면 단 한 번의 단역만이라도 달가워해야 한다. 거품처럼 부푼 그대들 우상을 위하여 나는 이 잔을 들겠다.

4번 타자 혼자만으로는 야구 시합을 할 수가 없으며, 모두가 이창호가 되어서는 바둑판은 재미가 없다.

대중적인 우상의 동상을 세우기 위해서는 많은 하층의 구조물이 필요하다. 구조물이 떠받쳐주고 있을 때만 우상은 우상의 자리를 누린다. 한 사람의 여왕을 옹립시키기 위해 도열해 있는 시녀일 뿐이라면, 내가 그 사실을 스스로 받아들이고 수긍하기까지는 오랜 기간의 시행착오를 거쳐야 할 것이다.

도대체 찬란하게 문명(文名)이 높은 우상들에 비견하여 내 글은 무엇이 부족한가? 나는 수긍할 수가 없다. 이것은 단지 선민의식에 대한 질 낮은 편견일 뿐인가? 교만하지 않은 글쓰기의 전환점은 자신의 분수를 깨닫는 일뿐인데 그것을 인정하기란 차라리 소설쓰기를 포기하는 것만큼이나 힘든 노릇이다.

술을 마시는 중에도 파편처럼 튀는 생각들을 주워모아 앞뒤로 꿰맞추어 잊어버리기 전에 메모하기를 게을리하지 않았다. 화장실 안에서 쓰고, 계단에 서서도 쓰고, 공중전화 박스 안에서도 썼다.

의사가 소설을 쓴다고 한 수 접어두고 베푸는 우의나 격려, 혹은 표피적인 칭송은, 말하는 자에게는 순간적으로 지나쳐도 좋을 언설이 될지 모르나, 본인에게는 어이없는 오만과 독선을 갖게 한다.

글을 쓰는 사람들로부터 망발로 지가 쓰면 무엇을 쓸 것인가, 의사인 주제에, 라는 업신여김을 받지 않기 위해서는 칼날처럼 맞서야 한다. 병원일을 하는 것만이 나를 살게 하는 목적이 아니지 않은가. 나에게는 또 다른 내재율이 존재한다.

내가 품는 예술에 대한 순애와 소설쓰기의 경외감 속에서 의사가 소설도 쓰는 게 아니라 나는 단지 맨발의 소설가일 뿐이라는 각오가 없다면 아예 소설가란 이름을 버려야 하리라.

석잔째의 폭탄주를 비우고 나니 심장의 박동이 빨라지기 시작했다. 이 이상 술을 더 마시면 내일 병원일이 어려워진다. 병원일로 술을 절제하다가도 문인들을 만나면 나는 내세울 게 아무것도 없다는 부끄러움 탓으로 폭음한다. 새벽에 술이 깰 때가 되면 지난밤의 형편없이 까발려진 천박한 몰골이 떠오른다. 그때를 생각하면 마음은 더욱 비참해지고, 초라한 내가 견딜 수 없도록 싫어진다. 그렇게 사람들을 만나고 난 다음 날은 가슴에 구멍이 뚫린다.

나는 이 자리에서 떠나야겠다는 생각으로 일어섰다.

"벌써 가려고? 가게 되면 같이 나갑시다."

누군가 내 팔을 붙들고 자리에 끌어 앉혔다.

창조적 예술행위에 종사하는 사람들은 그들의 예술에 대한 열정을 위해서도 술에 여러 가지 의미를 부여한다. 우상들은 그들 내면의 긁힌 흔적들을 지우고 새살을 돋게 하기 위해, 혹은 불붙은 영혼을 잠재우기 위해 술을 필요로 한다. 그들이 진정 가치 있는 일을 만들어내지 못하고, 이렇게 절제 없이 술을 폭음하는 관습들만 갖고 있다면 단지 술주정뱅이들의 집단에 불과하다.

사람들은 이쪽 저쪽 자리로 옮겨다니며 자기 이야기만 들어달라고 열을 올리고, 대부분 남의 말은 한쪽 귀로 흘려버렸다.

이제 정말 일어나야지. 나는 다시 일어나 비틀거리며 입구 쪽을 향했다. 몇 사람이 함께 나왔다.

양재역에서 출발하는 마지막 3호선 전철을 탈 때는 유익서 씨와 조성기 씨가 동행이었다. 차가 출발하고 내가 말한 것 같다. 죽어 있는 좋은 소설 『민꽃소리』. 그 책은 왜 우상으로 받들어줄 도구가 못 되는가? 아직 영웅이 못 되어 소설마저 범상하고 부당하게 취급받아야 하는 민꽃 같은 소설.

또 이런 이야기도 했다. 묻히고 잊혀져가는 뛰어난 소설들이 너무 많다. 아깝다. 그것들을 독자들에게 되돌려줄 방법은 없는가?

"신문 5단짜리 통광고를 내면 당장에 효과가 있지. 돈이 돈을 벌어주는 세상 아니야?"

"그 돈이 어디에서 나오지?"

"물론 출판사에서 투자를 해야 하는 게 당연하지."

"출판사에서 광고를 내라고? 일억짜리 광고 내는 출판사는 망하고 작가만 우상이 되겠구먼. 그때 망해 버린 출판사를 우상이 인수해 줄 것인가?"

교대에서 조성기 씨는 내리고 유익서 씨는 종로 3가에서 내렸다.

"또 연락합시다."

"책 많이 파세요."

나는 혼자가 되어 흔들거리는 전철 창문에 기대어 유리창을 보았다. 그곳에는 우상은커녕 누구도 알아보지 못할 지친 한 남자의 얼굴이 흔들리고 있었다.

차가 불광역에 닿았다. 시계는 자정을 이십 분이나 넘기고 있었다.

몇 사람이 내리는 무리의 끝에 서서 느릿느릿 걸어나왔다. 지하도 계단을 오를 때 가슴이 울렁거려 견딜 수가 없었다. 가까스로 땅 위로 올라섰다. 지상에는 늦은 시각임에도 차들이 분주하게 질주하고 있었다. 술도 깰 겸 거리를 걸었다.

신화적 상상력이 사라져버린 서울은 너무 많은 것을 요구하고 턱없는 대가를 치르며 살게 한다. 그야말로 살아남아야 하는 투쟁이다.

문득 소설을 씀으로써 만남 수 있었던 남녀의 그리운 얼굴들이 떠올랐다. 그들과의 허물 없었던 교류, 지리산 산간마을의 분교에서 있었던 여름소설학교, 저수지에서 튀어오르던 눈부신 밝은 햇살, 현수막 위에 앉은 잠자리떼, 나이에 상관없이 발가벗고 계곡에서 물장구 치던 늙은 소설가들과의 내면적 교감들, 회양목 그늘 아래서 두던 바둑……, 나는 다시 귀향의 꿈을 꾼다.

쓰지도 못할 소설을 머리 속에서만 수없이 만들어내는, 우상을 꿈꾸는 무명의 소설가는 아파트로 들어서는 입구를 지나쳐 언덕 위에 있는 성당으로 들어갔다.

왼편에 마리아 상이 보였다. 그 앞으로 걸어갔다. 원죄 없으신 마리아, 욕심이 없어 저렇게 편안하구나. 단지 시혜뿐, 한 번도 갖기를 소망해 보지 않은 마리아. 나는 그 앞에 무너지듯이 주저앉아 얼굴을 숙이고 마침내 뜨거운 눈물을 쏟아내고 말았다.

그림자 지우기

하나의 의문

인(仁)과 충효(忠孝)를 논함에 있어 공자(孔子)를 따를 자가 있을까?

논객으로서 천하를 풍미했던 그도 군왕의 마음을 사로잡고 그 이름이 사해에 드높아지기 전에는 고생이 많았다. 모국인 노나라에서는 두 번씩이나 쫓김을 당했고, 위나라에서는 그가 머문 처소마다 소금을 뿌릴 정도로 수모를 당했으며, 제나라에서도 역시 형언키 힘든 핍박을 받았는가 하면, 진나라에서는 죽을 고비를 수차례 넘기고서야 간신히 목숨을 부지하고 달아났다.

세월이 한참이나 지난 후에야 자신이 태어나고 자란 노나라에서 인정을 받기 시작해 명성이 점차 이웃 나라로 퍼져나갔다. 그는 제자를 거느리고 유유자적 큰 선비 대접을 받으며 편안히 지냈다.

공자가 노나라에 정착해 있을 때 도척이라는 큰 도둑[大盜]이 나타나 호족들이나 뭇 세도가들의 간덩이를 졸이게 만들고 있었다. 도척이란 자는 힘이 장사에다 맹수와 같이 사납고 성격이 난폭하여 이름만 들먹여도 우는 아이가 울음을 그쳤다. 그는 원래 명문가의 자손이었는데 그의 형인 유하혜는 당대에 명망이 높은 학자였으며, 공자와도 교분이 두터운 사이였다.

도척이 어떤 연유로 집을 뛰쳐나와 제도권을 이탈하여 천하를 횡행하며, 수많은 부하를 거느리고 재물을 약탈하고 사회 규범과 정면으로 맞서게 됐는지는 알 수가 없다.

그는 명가의 후손답게 언변에도 능해 그의 입을 거치기만 하면 어떤 이치도 묘하게 호도되는 재주를 지녔다. 그만한 능력을 소유하고 있다면 체제 내에서도 요직을 맡아 무사(武士)로서의 사회적 역할을 수행하고도 남았을 텐데, 평상의 길을 외면해 버린 까닭이 자못 궁금하다.

유산계급자에게는 도척은 커다란 위협이었으나 굶주린 자들에게는 빛이었다. 그가 세도가문의 재산을 털어 가난한 자들을 도왔기 때문이다.

공자가 생각했다.

세상 사는 이치가 근본이 도(道)이거늘 체제 외적인 곳에서 권세를 부리는 도척 따위가 추앙을 받는 건 말도 안 된다. 그렇다면 나 자신은 도대체 뭔가? 사회에 기식(寄食)하여 특권을 누리는 어용 지식인일 뿐이란 말인가? 그 놈을 밖으로 끌어내자.

공자는 도척을 깨쳐 도(道)의 근본으로 천하를 평정하려 했다. 그러나 그에게는 도척을 대적할 만한 물리적 힘이 부재했으니, 도척의 형을 통해 그를 말로써 회유하려고 작심했다.

그 놈의 기골이 아무리 장대하고 언변이 능통하다고 하나 그깐 도둑놈 하나를 감복시키지 못할 내가 아니다. 내가 누군가? 천하의 군왕들을 세 치 혓바닥 하나로 굴신시키지 않았던가. 공자는 자신만만했다.

공자가 도척의 형 유하혜를 청했다.

"듣자하니 노형의 동생되는 도척이란 자가 세상을 어지럽히고 백성을 심히 혼란케 하는 대담무쌍한 도둑질을 일삼고 있다던데, 노형같이 명문의 가문에서 어떻게 그런 축생만도 못한 인간이 탄생했는지 알다가도 모를 일이오."

유하혜의 얼굴이 붉어졌다.

"부끄럽습니다. 그 놈은 제 동생이긴 하나 부모 형제도 모르고 친지도 안중에 없는 막돼먹은 놈입니다. 제가 몇 번이나 타일렀으나 들은 척 만 척 오만 불손, 그 교활함이 지극해 아예 상대를 할 수 없는 놈입니다."

공자가 넌지시 물었다.

"그렇다면 내가 한번 그를 만나 타일러 봄이 어떨지요?"

유하혜가 펄쩍 뛰었다.

"천부당 만부당한 말씀올시다. 그 놈이 말하는 이치가 얼마나 제멋대로인지 어떤 잘못도 합리화시킬 수 있는 술수를 지녔고, 새끼 밴 호랑이같이 난폭하기 짝이 없어 가까이 있는 사람들한테 어떤 고약한 짓을 할지도 모르니 제발 그 일만은 삼가는 게 좋겠습니다."

유하혜가 극구 말렸음에도 공자의 한번 먹은 마음을 바꿀 수 없었다.

그가 아무리 난폭한 자라 하더라도 밥을 먹고 잡을 자며 사지를 움직이는 인간의 형체를 가진 자임에는 틀림없지 않은가. 그렇다면 천하의 공자, 내가 그를 회유시키지 못할 이유가 없지.

공자는 자공(子貢)과 안회(顔回)를 대동하고 도척을 찾아갔다.

개성이 지극히 강한 두 위인이 태산 아래서 만났다. 공자는 과연 뜻대로 도척을 감복시켜 체제 내로 끌어낼 수 있었을까?

대학에서 윤리학을 가르치고 있는 나는 춘추전국시대의 공자와 도척이 만난 이 짧은 에피소드를 떠올릴 때마다 풀 수 없는 한 의문에 맞닥뜨린다.

인간은 인간을 제도할 수 있는 능력이 있는가? 누구로부터 그것을 부여받은 자격이 있을까? 근본적으로 타인의 제도가 가능하기나 한가?

사람들이 흔히 말하는 악으로부터 선으로의 회향은 사람에 의해서가 아니라 사람들이 만든 사회의 조직이나 제도적 장치에 의해서만이 가능한 것이 아닐까?

나는 이 궁금증에서 이 시대의 한 악인을 떠올린다. 그는 우리가 철이 든 후 지금까지 거의 한평생을 함께 지낸, 나와는 구교지간(舊敎之間)의 사이이다.

그의 이름은 박재석이다.

기억, 하나

중(中) 3.

까까머리 얼굴에는 마른버짐이 지천으로 퍼져 있었던 약골인 나에 비해 박재석은 뼈마디가 울퉁불퉁 튀어나오고 턱수염이 거뭇거뭇 자라고 있는 반어른이었다. 그런 재석이를 학생들은 째석이라 불렀다. 째석이, 째석이.

나는 화장실에서 소변을 함께 보면서 옆에 선 재석이를 슬쩍 돌아보았다.

우렁찬 소변 줄기를 따라 위쪽으로 올라가 보니 팽팽하게 곧추선 남근이 뱀 대가리 같았다. 그는 그 나이에 벌써 역전 유곽을 몇 차례 들락거렸다는 소문이 있었다. 그가 고개를 숙여 내 얼굴을 밑에서 올려다보며,

"여자 구경 한번 시켜줄까?"

"미쳤나? 내가 왜 그곳에 가니?"

"저런 좀팽이 샌님하고는, 그래 가지고 어른은 언제 될래?"

"너나 자지 키우고 빨리 어른 되어라."

우리가 살던 도시의 변두리에는 산간 마을이 있었는데, 그곳에 거주하는 인가라고는 두서너 집이 뛰엄뛰엄 널려 있는 게 고작이었다. 겨울에는 비어 있는 집들이 더러 있었다. 사람들이 시내로 내려와 어물전이나 부두에서 잡일을 하느라고 산간의 집들을 잘 사용하지 않았기 때문이다.

그 해 겨울방학 때 박재석을 포함한 네 명의 남학생이 이웃 동네에 사는 여학생들을 꼬드겼다.

"산간 마을에 가서 우리 올나잇 한번 안 할래?"

여학생 하나가 맞장구쳤다.

"그것 참 신나겠구나."

짝을 맞추다보니 막판에 여학생 한 명이 남았다. 한 명의 여학생을 위해 그들이 나를 선택했다.

"김호영이를 데리고 가자."

박재석이가 막았다.

"그 애는 안 돼!"

"안 돼긴 뭐가 안 돼. 호영이는 가랭이 벌리고 앉아서 오줌 누는 동물인가?"

"짜식아. 걔는 우리들하고 다르단 말이야."

"다르긴 뭐가 달라? 여학생 한 명이 더 많은데 한창 열 올리며 신나는 중에 판이라도 깨어지면 어쩔거야?"

나와는 같은 동네에 살고 있던 재석이는 그가 마지막까지 강경하게 맞서서 반대했다면 성사되지 못했을 나의 참석이 결국은 다른 학생들에 의해 결정되어졌는데도 별 불만이 없었다. 그는 반대는 했지만 내심 나를 그들의 동아리로 한 번쯤 밀어넣고 싶어했을 것이다.

그 나이에 옳고 그름을 사리 있게 분별할 능력이 내게 있었다 하더라도, 긴 겨울방학의 무료함에 질려 있었던 내게 여학생들과 함께 보내는 그 밤의 모임은 커다란 유혹임에는 틀림없었다.

우리는 산간 마을의 비어 있는 집을 물색한 후에 밤을 새울 준비를 했다. 집이 선택된 다음 우선 마을 뒷산에 올라가 밤새 군불을 지필 나무부터 했다. 마당에 꺾어놓은 생솔가지가 수북하게 쌓일 즈음 여학생들이 떼를 지어 나타났다.

어둑한 해거름녘이었다.

여학생들의 얼굴은 푸른빛이라도 비칠 듯한 앳띤 얼굴들이었다.

초저녁에는 그럴듯했다. 노래도 부르고 여러 가지 게임도 했다. 화장실에 가기 위해 문을 열고 마당으로 내려서면 적막하기 이를 데 없는 겨울바람이 목덜미를 후비고 지나갔고, 눈을 들어 위를 보면 달 하나가 겨울 하늘에 외롭게 떠 있었다.

달빛이 비치는 언덕 위에 교회의 뾰족 철탑이 선명했다.

이상도 하지. 인가도 드문 이곳에 교회가 무슨 소용일까?

밤 10시경에 고구마를 삶아 먹고, 그후에 준비해 놓은 막걸리를 마셨다. 물론 재석이가 대장이었다. 그는 뜨물같이 부연 술을 양은사발에 철철 넘치게 부어 거침없이 마셨다. 그리고 잔을 돌렸다. 술잔이 내 앞으로 왔다. 내가 망설이고 있을 동안 여학생 하나가 그 잔을 비웠다.

“맛있는데, 너희들도 마셔봐.”

다른 여학생이 잔을 반쯤 비웠다. 남아 있는 반 잔을 내가 마셨다. 온몸이 후끈 달아올랐다. 우리는 돌아가며 술을 마셨다.

자정 무렵 여학생 한 명이 보이지 않았다. 박재석이 파트너였다. 화장실에라도 갔거니 생각했다. 얼마 후에 재석이가 방문을 열고 나갔다.

사라진 여학생은 억지로 마신 술 때문에 대문 난간을 붙들고 토악질을 해대고 있었다. 재석이가 그녀의 등을 토닥거렸다. 토악질이 계속되었다.

“추운데 웅크리고 있지 말고 자리에 좀 누워봐.”

“방에는 아이들이 있잖아?”

“내가 자리를 만들어 볼 테니 따라와.”

화장실 옆에 농기구나 잡곡 따위를 넣어두는 헛간이 있었다. 재석이가 여학생의 등을 한 손으로 부축하고 헛간으로 들어갔다. 메케한 먼지 냄새가 났으나 제법 겨울바람을 막아줄 정도로 훈훈했다. 나무 틈새로 학생들이 앉아 있는 건넌방 불빛이 보였다. 창호지를 통해 나온 그 불빛은 은은하고 평화스러웠다.

박재석이가 담배를 피우기 위해 성냥불을 켰다. 여학생은 문가에 웅크리고 앉아 약간은 겁먹은, 그러나 호기심 많은 표정을 짓고 있었다.

“겁낼 것 없어. 이곳에는 우리들뿐, 밤에는 어느 누구도 나다니지 않아.”

재석이가 겹겹으로 쌓아놓은 가마니 몇 장을 내려 반듯하게 바닥에 깔았다.

“술 때문에 속이 답답할 테니 이곳에 잠시 누워봐. 곧 좋아질거야.”

여학생이 한 발 뒤로 물러앉았다. 재석이가 그녀의 손목을 낚아채

가마니 쪽으로 끌고 왔다. 여학생이 바둥거렸다.

"왜 그래? 그냥 그대로 있잖고."

어둠 속에서 여학생이 잡힌 손목을 빼내려고 소동을 벌이다 재석이의 사타구니를 스쳤다. 순간 그는 흘러내리는 쇳물처럼 뜨겁게 달구어졌다. 술과 젊음이 그를 격정의 격랑으로 휘몰아갔다. 가마니 위에 여학생을 메다꽂았다. 찢어질 듯한 비명소리가 터져나왔다. 재석이가 주먹으로 그녀의 입술을 후려쳤다.

"가만 있어. 소리 지르면 죽여버릴거야."

재석이가 뒷호주머니에서 뭔가를 끄집어내어 여학생의 얼굴 앞으로 바싹 들이밀었다. 찰칵 하는 예리한 금속성 소리가 울렸다. 문틈으로 새어나온 흐린 불빛에 드러난 그것은 날 선 재크나이프였다. 여학생이 새파랗게 질려 숨소리를 죽였다.

"어쩔려고 그래?"

"말소리 내지 말고 누워서 가만히 있어."

재석이가 여학생의 치마를 걷어올렸다. 그는 몹시 서둘렀다. 여학생의 팬티가 찢겨져 나가고, 재석이는 반쯤 바지를 엉덩이에 걸친 채 헉헉거리며 일을 치렀다. 여학생은 밑에서 입술을 앙다물고 수치와 공포로 바들바들 떨 뿐, 어떤 저항도 시도할 수가 없었다.

다음 날 아침이 밝았다. 밤을 완전히 지새고도 유희는 끝나지 않았다. 마당에 쌓아놓은 청솔가지는 대부분이 아궁이로 들어가고 이제 몇 개가 남았을 뿐이었는데도, 학생들은 쉬지 않고 게임을 하고 노래를 불렀다.

가마니에 눕혀졌던 여학생은 다음 날 하루 종일 마당가를 서성거리기만 할 뿐 학생들이 뒤섞여 있는 방 안으로 들어오지 않았다.

나도 웬만큼 지쳐 있었던 터라 방에서 나와 햇볕이 따스한 마루끝에 앉아 있었다. 마당을 서성이던 여학생과 한순간에 눈이 마주쳤다.

내 얼굴이 먼저 붉어졌다.

우리는 이미 간밤에 박재석과 그녀가 치른 놀랄 만한 일들을 소상히 알고 있었다. 아침에 한 학생이 먹을 게 있나 하고 헛간을 찾아갔다가 피범벅이 된 가마니를 발견하고 난 이후였다. 그 사실은 일순간 우리들을 참혹한 충격으로 몰아넣었으나, 재석이가 치른 행위임을 알고 굳게 입을 다물었다.

학생들은 다시 일상으로 돌아가 다시 목이 터져라 노래를 부르며 발악을 했다. 그런 일이 아예 일어나지도 않았던 것으로 작정해 버리기라도 할 듯이. 박재석의 불 같은 성격이 두렵기도 했지만, 그 일을 당한 여학생의 어두운 얼굴을 차마 똑바로 쳐다볼 수가 없었기 때문이었다.

나와 얼굴이 마주친 여학생이 뒤돌아서 대문 쪽으로 걸어나갔다. 치맛단 아래로 보이는 맨살 종아리가 눈부셨다. 깨끗하게 씻어놓은 잘 생긴 무우 같았다. 나는 문득 아랫배가 팽팽해져오며 숨길이 가빠졌다.

박재석이가 아니고 내가 지난밤에 헛간에서 그녀와 함께 있었다면 얼마나 좋았을까. 나는 그녀의 투명한 얼굴과 살캉한 종아리를 본 후, 그녀만 좋다면 평생을 그녀를 위해 헌신해도 좋으리라는 생각마저 들었다. 왜 내가 아니고 박재석이었던가. 우리의 운명은 그렇게 결정지어져 있었고 그 결과로 인해 그의 굴절된 미래는 돌이킬 수 없는 질곡의 방향으로 나아가고 있었던가. 그 하나의 수순을 밟기 위해 하루 밤낮을 보내며 우리가 이곳에 모여 있었던 것인가.

우리는 그곳에서 점심으로 국수를 삶아 먹고 산에서 내려왔다.

방학이 끝나고 개학을 하고 보니 우리가 산간 마을에서 보낸 밤의 이야기는 부풀 대로 부푼 풍선이 되어 학교 안에 마구잡이로 떠다니고 있었다. 소문이 진정되어 갈 무렵, 우리는 교무실로 불려가 시멘트 맨바닥에 꿇어앉아 하루 종일 훈육주임으로부터 닦달을 받았다.

박재석은 퇴학을 당했다. 재석이 다음으로 그날 밤 여학생을 끌고 헛간으로 가려다 미수에 그친 한 학생은 무기정학을 받았으며, 나를 포함한 다른 나머지 학생들은 유기정학을 받았다. 박재석은 그렇게 학교에서 쫓겨났다.

나는 지금도 그때 일을 생각하면 가슴이 막막해진다. 선과 악, 혹은 바른 길과 나쁜 길은 항시 공존해 있으며 운명적으로 그 하나를 선택한다. 사람들은 찰나적인 실수에 의해 걷잡을 수 없는 나락으로 빠져든다고 생각할지 모르나 실상은 태어날 때부터 예견되어 온 일이다. 때문에 같은 무리에 속해 있어도 결과는 판이하게 달라진다. 그것의 여실한 증명이 나다. 나는 어릴 때 박재석과 함께 보낸 난장판의 밤들을 똑같이 소유하고 있음에도 지금 대학교수로서 후학들을 가르치고 있다. 반면 박재석은 암흑 세계의 우두머리로 악의 대리자처럼 살아가고 있다.

외면상 무한히 악인의 길을 가는 자라 할지라도 원초적으로 선한 중심은 있기 마련이다. 때문에 나는 그를 형편없는 악당으로 치부하지는 않는다. 정도의 차이일 뿐 누구나 선할 수도 악할 수도 있기 때문이다.

지금도 마찬가지이다. 많은 사람들이 크고 작은 범법행위를 저지르는데도 대부분 모르고 지나가버린다. 운명이 그를 단죄하지 않은 결과일 뿐이다.

기억, 둘

고(高) 1.

박재석의 아버지는 유명한 밀수꾼이다. 그의 집에는 일제 물건들이 지천으로 널려 있었을 뿐만 아니라 살림살이도 상당히 부유했다. 그 시절 열 번을 시도하여 한 번만 밀수에 성공해도 떼돈을 번다고 했다.

밀수는 해상 루트를 통해서 이루어졌다. 멸치막이 있는 무인도에 물건을 풀어놓았다가 감시가 소홀한 틈을 타서 시내로 빼돌렸다.

우리가 살던 도시에는 밀수가 얼마나 성행했던지 한 학급 학생 중에 반 이상이 밀수품인 파일럿트 만년필과 잠자리표 톰보 연필을 사용했다. 국산이라고 나오는 연필은 칼질 한 번에 뭉텅이로 나뭇결이 갈라져나와 심을 부러뜨려놓기 일쑤였는데, 톰보 연필의 나긋나긋한 속살을 칼로 깍아낼 때의 그 촉감이란 이루 말할 수 없이 부드러웠다.

박재석의 아버지는 밀수꾼들의 두목이었다. 언제나 선글래스를 낀 얼굴에 잘 다려 입은 양복 차림이었고 굵은 팔뚝에는 검은 문자판 시계가 번쩍거렸다.

우리 학교에서 쫓겨난 박재석은 2류 학교로 옮겼다. 퇴학당한 학생은 다른 학교에 전학이 불가능했으나 그의 아버지가 뿌린 돈은 그를 단숨에 학생으로 다시 만들어주었다. 학교를 옮긴 후 그는 한동안 마음을 잡고 공부를 열심히 했는데, 2류 학교에서 친 모의고사에서 전교 수석을 했다는 소문까지 들리기도 했다.

고등학교 입학시험을 치렀다. 박재석이는 다시 그 도시의 1류 고등학교로 건너와 나와 같은 학교를 다니게 되었다.

고등학교 1학년 2학기 가을이었다. 박재석의 아버지가 경찰에 붙들려갔다. 밀수왕이 잡혀갔다고 온 시내가 떠들썩했다. 아버지의 환난에도 불구하고 재석이는 주위의 소문에 무관심한 채 열심히 체육관을 다녔다. 상급생도 그 앞에서 꼬리를 내리는, 어린 주먹 세계의 대왕이었다.

가을 하늘이 더 높게 보이던 어느 일요일 아침 재석이가 우리집을 찾아왔다. 막 아침식사를 끝낸 후였다.

“오늘 특별한 약속이 없으면 나 따라서 진주에 가지 않을래?”

“진주에는 왜, 무슨 일로 가려고 하는데?”

“내다팔 물건이 좀 있어.”

“물건이라니? 너네 집이 가게도 아닌데 네가 직접 나서서 뭘 팔겠다고 진주까지 가겠다는 거냐?”

“그런 게 있어. 하여간 같이 가주면 좋겠다.”

나는 특별히 거절할 이유가 없었다. 재석이가 무슨 일을 할지 생판 알지도 못하면서 따라섰다. 무료한 휴일을 그와 더불어 기차 여행이라도 하게 된다면 더없이 신나는 일이 될 것 같기도 했다. 나는 쾌히 응낙했다.

그는 군용 배낭을 어깨 위에 둘러메고 있었는데 곁에서 보기만 해도 상당히 묵직한 물건이 들어 있는 듯했다.

“둘러메고 가는 게 뭐냐?”

“몰라도 돼. 나중에 일 끝내고 나서 설명해 줄게. 그런데 너 돈 없지?”

“돈이 어디 있어? 너만 따라가면 되는 줄 알고 돈 같은 건 준비하지도 않았는데.”

“할 수 없지 뭐. 나도 빈털터리이니 우리 공짜 기차 타고 가자. 그 대신 올 때는 아주 부자가 되어 있을 거야.”

우리는 진주행 기차를 탔다. 역사 부근의 철조망을 뛰어넘어 출발 전의 기차를 타고부터는 숨바꼭질의 연속이었다. 검표가 시작되면 객차의 첫칸에서부터 승무원을 피해 쫓겨다녔는데 중간역에서 기차가 멈추기라도 하면 잽싸게 내려서 검표가 이미 끝나 버린 객차의 앞쪽으로 건너가 탔다. 때로는 다음 기차역까지가 너무 멀어 우리는 마음을 졸이며 마지막 객차까지 밀려나기도 했는데, 때맞춰 기차가 정차하지 않았다면 달리는 열차에서 뛰어내릴 판이었다.

그렇게 해서 우리의 조마조마한 기차 여행은 종착역인 진주역에서 끝났다. 이제 역 개찰구만 벗어나면 되었는데 그것 역시 쉽지가 않아 철길을 한참이고 따라내려와 언덕을 뛰어넘음으로써 마침내 목적지에 닿았음을 실감했다.

진주 시내로 들어갔다. 거리는 청사초롱을 매달아 축제가 벌어지고 있는 듯했는데 알고 보니 개천 예술제가 열리고 있었다.

박재석은 철물점부터 찾기 시작했다. 이윽고 어느 가게에서 그가 메고 있던 짐들이 풀려져 나왔다. 유리를 자르는 칼이었다. 칼의 끝부분에 공업용 금강석이 입혀져 유리를 자로 잰 듯이 반듯하게 잘라내는 기계였다. 물론 일본에서 건너온 밀수품이었다.

박재석의 아버지가 잡혀간 후 아들은 다락방에서 숨겨놓은 이 물건들을 찾아낸 모양이다. 재석은 우리가 살던 도시에서 그 물건들을 팔아 치우기가 겁이 나서 나를 데리고 이곳 진주까지 온 셈이다.

유리칼은 스무여남은 개도 넘었다. 가게의 주인은 우리를 위아래로 쳐다보며 장물임을 짐작하고 값을 후려쳤는데 그럴 때마다 재석이는 눈 하나 깜짝 않고 다시 되받아쳤다.

"싫으면 관두쇼. 물건 팔 곳이야 쎄고 쎘으니."

재석이가 펼쳐놓은 물건들을 주섬주섬 쓸어담아 배낭 속에 넣기 시작했다. 가게 주인이 재석이의 손을 잡았다.

"알았어. 학생이 원하는 대로 셈을 쳐줄 테니 물건을 두고 가요."

이 물건들이 장물 아니냐고 다그쳤다면 재석이는 표정 하나 바꾸지 않고 대답했을 것이다.

"내 아버지 물건도 장물이오?"

학생으로는 상상하기 힘들 정도의 거금을 손에 쥐었다.

"밥부터 먹자."

극장 뒤에 있는 비빔밥집을 찾았다. 듬뿍 참기름을 친 비빔밥은 고

소하기 이를 데 없어 씹지 않아도 입 속에서 슬슬 녹아들어가는 기분이었다.

식사가 끝난 후 소 싸움 구경을 가기 위해 공설운동장을 향해 거리를 걸었다. 사람들이 구름처럼 모여 있었다. 우리는 풍선껌을 질근질근 씹다가 제멋대로 풍선을 만들어가며, 난장에서 먹을 수 있는 군것질이란 군것질을 다 했다. 그러고도 한 아름 과자봉지를 껴안고 사람들 틈새를 비집고 들어갔다.

소가 흙을 튀기며 뿔을 맞대고 용을 쓰고 있는 것이 곧바로 보이는 나무 울타리가에 앉았다. 소 싸움은 격전이었다.

처음에는 소의 몸체가 메마른 황갈색이었으나 시간이 지날수록 땀이 번져 마침내 몸 전체가 축축한 짙은 자주빛이 되도록 소들은 싸우고 싸웠다. 소 싸움은 지루할 정도로 오래오래 계속되었다.

뿔을 마주하고 뒷발을 꼿꼿이 버티고 있던 한 마리가 이윽고 힘이 부쳐 목을 빼고 뒤로 물러서면 싸움은 일방적으로 끝이 난다. 싸움에 이긴 소 주인은 덩실덩실 춤을 추며 소 입에다 막걸리를 퍼붓고 잔치를 벌이는 반면, 패한 소의 주인은 고삐를 끌고 구석으로 가서 소의 엉덩이를 냅다 차기 시작한다.

"병신 같은 놈아, 아침 저녁 염소 내장 삶아 먹였더니 힘 쓰는 꼴이 오뉴월 똥개만도 못하다니, 꼴 좋다 좋아."

온몸이 땀에 흥건히 젖어 지칠 대로 지쳐 있는 소의 입에서는 허연 거품이 질질 흘러나오고 있었으며 소 불알이 늘어질 대로 늘어져 있었다. 소는 손가락 하나로 살짝 밀기만 해도 곧장 쓰러져버릴 정도로 기진맥진해 있었는데 혓바닥을 내민 채 숨을 헉헉 거리며 주위에 둘러선 사람들을 커다란 눈망울로 물끄러미 바라보고 있는 모습이 여간 가련하지 않았다. 우리는 목구멍이 컥컥 막혀 오는 연민에 젖어 재빨리 그곳을 벗어났다.

밖으로 나와 역전 골목을 어슬렁거렸다. 그곳에는 한낮임에도 야릇한 지분 냄새가 났다. 창녀들이 몰려 있는 골목이다. 재석이가 손바닥으로 내 아랫도리를 툭 치며 물었다.

"너 오늘 총각 딱지 뗄래?"

나는 알면서 물었다.

"그게 뭔데?"

"이런 맹추, 여자하고 이거하는 것도 몰라?"

그가 엄지를 검지와 중지 사이로 밀어넣으며 웃었다.

"교복을 입고서 대낮에 그 짓을 어떻게 해? 누가 보기라도 하면 우리는 틀림없이 퇴학이야 퇴학."

"퇴학이 별건가? 선생들은 그 짓 다하면서 왜 우리만 못하게 해. 싫다면 넌 기다리고 있어. 내 후딱 끝내고 올 테니."

그는 교복 윗도리와 교모를 벗어 나에게 맡기고 러닝셔츠 차림새로 낮은 처마가 딸린 어느 집 속으로 깜쪽같이 사라졌다.

나는 골목 입구에 있는 가게집 댓돌 위에 그의 모자를 깔고 앉아 그가 일을 끝내고 돌아오기를 기다렸다. 누가 보면 어쩔 것인가? 설마 이곳에서야 아는 사람을 만나지는 않겠지. 두려움으로 가슴 졸이는 기다림의 시간은 한없이 길게 느껴졌다.

몇 시간도 더 된 것 같았는데도 시계를 보니 겨우 이십 분이 지나고 있었다. 이윽고 고개를 쳐박고 그가 골목 입구를 향해 뜀박질해 왔다. 내가 참지 못하고 물었다.

"어땠어?"

그는 대답 대신 한 번 씩 웃고 그것으로 말문을 닫아버렸다.

우리의 귀향길은 풍성하기 짝이 없었다. 기차표를 지참한 우리는 꿀릴 게 아무것도 없었다. 폼 잡고 넓은 객실을 차지하고서 지나는 장사꾼마다 불러세웠다. 삶은 계란을 사 먹고, 사이다를 마시고, 호박엿을 물고, 호두빵을 입이 미어 터지도록 먹었다.

우리가 떠난 도시로 되돌아왔을 때는 전등불이 하나 둘 켜지는 밤이 시작되고 있었다. 역전 나무 아래에서 재석이는 돈 다발을 꺼내 세지 않고 반쯤 잘라 내게 주었다.

"이 돈 너무 많아, 유리칼은 네 것이잖아."

"그것은 내 것이 아니고 아버지 것이야. 때문에 우리는 공정히 나눠 갖는 게 옳아."

"이 많은 돈으로 도대체 뭘 하지? 네가 갖고 다니는 재크나이프나 하나 살까?"

"네 돈이니 네 하고 싶은 대로 하렴."

그러나 나는 그 돈으로 재프나이프는커녕 주머니칼 한 자루 사지 못했다. 돈이 없어 구하지 못하고 애만 태우고 있던 수학 참고서 한 권을 샀을 뿐, 나머지 돈은 어디에 썼는지 지금 생각하니 그 행방이 묘연할 뿐이다.

기억, 셋

고(高) 3.

박재석이는 태권도 유단자였고 나는 우리 학급의 반장이었다.

고등학교 3학년에 올라와서 학교에 큰 패싸움이 있었다. 재석이가 속한 클럽과 또 다른 주먹패와의 집단 싸움이었다. 싸움은 월요일 전교 조례가 끝난 직후 곧바로 시작되었다.

조례가 끝나고 선생님들이 교무실로 들어간 후, 각 반별로 줄을 서서 교실로 들어가고 있을 때였다. 운동장 끝에 있는 벚나무 밑에서 박재석이가 손목에 자전거 체인줄을 감고 있는 게 보였다.

저 친구가 월요일 아침부터 무슨 일을 저지르려고 저러지.

누가 누구에게 먼저 시비를 걸었는지 가려질 사이도 없이 줄 서 있던 자리에서 싸움패들이 우르르 몰려나가고, 순식간에 학교 운동장은 난장판이 되었다. 아마 그 전날 밤에 약속이라도 해둔 듯했다. 쇠파이프를 움켜 쥔 학생, 야구방망이를 들고 나온 학생들이 마구 엉켜 집단 패싸움이 벌어졌다.

하급생들이 놀라 달아나는 사이에 그들은 그들끼리 피를 뿜으며 난투극을 벌였다. 어디에 숨겨놓았다 꺼내왔는지 손도끼가 나타나고 쇠칼퀴가 사람 머리를 향해 휘둘러졌으며 나무에 체인 감기는 소리가 찌렁찌렁 울렸다. 여러 명이 피투성이가 되어 병원으로 실려 나갔다.

3일 후, 주모자격인 박재석은 퇴학을 당했다. 그 즈음 재석의 아버지도 감방에서 나와 밀수꾼의 대부 자리로 되돌아가 있었는데, 재석이 역시 한 달이 지나지 않아 삼류 고등학교 교복을 입고 우리들 앞에 다시 나타났다.

수업이 끝나고 집으로 돌아가는 길에 교문 앞에서 버티고 서 있는 그를 만났다. 그는 이제 우리 학교 학생이 아니다. 그를 아는 학생들이 그에게 말 한 마디 못 붙이고 슬금슬금 그 곁을 피해 지나갔다.

새끼 밴 맹수같이 사납던 그도 나에게만은 예외이다. 나는 그의 아킬레스 건을 쥐고 있다. 어릴 때부터 그의 행적 하나하나를 다 보고 함께 자란 나를 그가 두려워하는 건 지극히 당연했다. 뿐만 아니라 수학(受學) 능력에서 그는 감히 나를 쳐다볼 수 없을 만큼 까마득하게 아래이다.

고교 시절 당대를 풍미했던 그의 주먹도 전교의 수재로 인정받고 있는 내 앞에서는 무용지물이나 다를 바 없다. 누구에게나 껄끄러운 대상은 있으며 아무리 완벽해도 자기만의 콤플렉스를 갖고 있기 마련이다. 키가 작아서, 키가 너무 커서, 얼굴이 못나서, 공부를 못해서 등

등으로.

그렇다고 해서 나는 그 앞에서 오만할 수만은 없었다. 나 또한 한편으로 그를 두려워하는 비겁한 아첨을 숨기고 있을 뿐이다. 내가 그에게로 다가갔다.

"재석이 아냐? 이곳에는 웬일이니?"

나는 가장한 반가움을 나타냈다.

"한 놈 잡으러 왔어."

"잡긴 누굴 잡아?"

"나를 이 학교에서 몰아낸 놈."

"그게 누군데? 너와 싸운 학생들은 전부 퇴학당해 학교를 쫓겨났잖아?"

"애들 말고, 체육 선생 이강호말이야."

이강호 선생은 학생들을 퇴학시키는 데 가장 강경하게 앞장 섰던 인물이다. 따지고 보면 선생의 주장은 지극히 당연했으며 조금도 지나침이 없었다.

내가 박재석의 팔 소매를 붙들고 교문 바깥으로 끌어당겼다.

"제발 관둬. 이제 조금만 참고 있으면 졸업인데, 그 결과가 너희 학교에까지 알려진다는 걸 모르고 그런 짓을 저지르려고 해?"

그가 쓰고 있던 모자를 벗어 땅바닥으로 패대기쳤다.

"이 따위 삼류 학교 졸업하면 뭘해? 너는 잔말 말고 어서 너 갈 길이나 가."

"재석아, 이번에는 내 말 한 번만 들어줘. 꼭 그렇게 하고 싶은 생각이라면 졸업 후에 네 하고 싶은 대로 해치워도 늦지 않아. 그때까지는 적어도 이강호 선생이 살아 있을 테니 제발 같이 내려가자."

재석이의 딱 버티고 섰던 두 발이 일순에 풀어지며 내 손에 끌리듯 언덕 위 교문에서 아래쪽을 향해 걸음을 옮기기 시작했다.

그의 돌연한 반동작에 내 자신이 놀랄 지경이었다. 그날 우리는 해변을 걸었다. 바다에는 황포 돛배가 건너편 섬에서 한가롭게 모래를 실어 나르고 있었고, 바다 갈매기들이 무리지어 날아다니는 게 보였다.

"재석이, 너 대학 안 갈 거니? 네 머리로는 하겠다는 생각만 갖는다면 아직도 늦지 않았으니, 한번 해봐. 꼭 될거야."

그는 내 채근에 아무 말이 없었다.

졸업이 가까워 올 무렵의 겨울이었다. 쌀자루를 메고 가는 박재석을 골목에서 만났다.

"어딜 가니?"

"응, 나 집 나와서 자취생활 하고 있어."

"좋은 집을 두고 자취는 또 뭐야?"

"집에서는 공부가 잘 안 돼서 방을 하나 얻었지."

"너 대학입시 공부에 잔뜩 열을 올리고 있구나. 어디 네 방 구경이나 한번 해보자."

"꼭 그런 일로 집을 나온 건 아니고, 그냥 한번 해보는 거야. 방 구경은 다음에 같이 가서 해."

그날 나는 그가 기거하는 자취방까지 따라갔다. 같이 가는 도중에 재차 나를 되돌아가게 만들었지만 나는 무슨 호기심이 일었는지 그의 의견을 따르지 않았다.

"공부방이 뭐 볼 게 있다고 그래. 그냥 돌아가."

"친구 사이에 꼭 볼 게 있어서 가는가? 할 일도 별로 없는 판인데 같이 가보자."

"얘가 지금 무슨 소리를 하고 있나? 요즘이 무슨 하시절이라고 농땡이를 치고 있어?"

"염려 마라. 내 일은 내가 다 알아서 하고 있으니."

그의 자취방은 생각보다 훨씬 너절했다. 방바닥에 이불이 펴진 채 널부러져 있었고 간이 책상 위에는 책들이 어지럽게 쌓여 있었으며 종발에는 담배 꽁초가 수북했다. 공부가 제대로 될 곳이 못 되었다.

저녁때가 되니 재석이와 같은 학교에 다니는 학생 한 명이 들어왔다. 나팔바지를 입고 모자를 북 찢어 쓰고 있는 꼴이 건달기가 완연했다.

나는 그곳에서 그들이 지은 설익은 저녁밥을 얻어먹었다. 재석이가 한사코 나를 문 밖으로 떠밀어내려 했으나 나는 그곳에 남아 있었다.

도무지 입시에 도움이 되지 않는, 마구잡이로 찍어 서점에 깔아놓은 신간 참고서의 부실한 내용을 들여다보며, 내가 읽고 있던 책들을 이곳에 남겨두고 가야겠다는 속마음을 품고 있을 때 이상한 방문객들이 들이닥쳤다.

머리카락을 노랗게 물들이고 손에 벗겨진 메니큐어 자국이 선명한 여자 아이 세 명이 들어왔다. 그녀들을 맞아들이며 재석이는 겸연쩍은 웃음을 내게 지어 보였는데, 내 기억으로 그의 수줍음은 처음이 아니었던가 싶다.

"이 동네 사는 처녀들이야. 밤에 심심해서 가끔 놀러 오지."

그녀들은 요란한 행색에 비해 얼굴은 아직도 어린 티가 가시지 않은 게 역연했다. 우리 나이 또래, 아니면 한두 살 아래로 짐작되었다. 학교도 안 다니고 뭘 하는 처녀들이냐는 나의 물음에, 어떤 여자는 공장에 다닌다고 했고, 또 한 여자는 다방에서 차를 나르는 일을 돕는다고 했다.

기막힌 밤이었다.

연탄을 지피고 있는 방은 방바닥만 뜨근할 뿐 사방에 외풍이 드세어 앉아 있는 등허리가 매우 시렸다. 이부자리 하나를 깔고 여섯 사람이 빙 둘러앉아 발을 이불 속으로 밀어넣었다. 이불을 바닥으로 삼고 화투를 쳤다.

돈이 모이면 나팔바지가 나가 술을 사왔다. 여자들도 술을 몇 잔씩 마시고 호흡들이 가빠졌다. 술을 마실 줄 모르는 나는 이제는 일어나야겠구나, 하고 수 차례 다짐을 했는데도, 여자의 허벅지에 닿는 감촉을 쉬 떨쳐버릴 수가 없어 자리를 박차고 일어서기가 도무지 불가능했다.

그 일은 자정을 넘기고도 계속되었다. 여자들이 김장 김치를 풀어넣고 국밥을 끓였다. 국밥을 먹고 나니 새벽 두 시경이었다. 하나씩 모로 쓰러져 누웠다. 사이사이에 남자 여자가 끼어 있었다. 잠이 올 턱이 없었다. 여자들의 숨소리까지 선명했다. 돌아눕다가 그녀들의 가슴에 내 등이 살짝 닿기라도 하면 온몸에 전기불이 번쩍번쩍 켜졌다.

새벽녘에 잠이 설핏 들었다가 깬 미몽의 순간이었다. 나는 누군가를 힘껏 껴안고 있었다. 말캉한 여자의 젖가슴이 내 가슴에 꽉 달라붙어 있었다. 누군지 알 수도 없었다. 그녀 역시 두 손으로 내 등을 감고 있었다.

나는 어둠 속에서 눈을 떴다. 그리고 완전히 깨어났다. 내 손은 천천히 여자의 등허리를 타고 내려가 그녀의 불룩한 엉덩이 위에서 멈추었다. 그렇게 멈춘 시간도 잠깐, 다시 조심스럽게 손은 아래쪽을 더듬어 내려가기 시작했다. 치마의 끝자락을 확인하고 사타구니 속으로 디밀었다.

여자가 일순 돌아눕는 듯하다가 그대로 행동을 멈추었다. 이제 여자는 천정을 바라보고 반듯하게 누운 자세다. 내 손이 그녀의 허벅지 상단으로 접근했다. 여자는 미동도 안했다. 마침내 내 손은 여자의 팬티 위에 머물렀고 잠시 후에는 팬티마저 비집고 들어갔다. 여자의 성기는 완전히 성숙해 있지 않은 듯했다.

여자가 어렵게 숨을 참아내고 있음을 느낄 수 있었는데, 그녀 역시 명료하게 잠에서 깨어나 숨 죽이고 내 손의 행로를 지키고 있는 것으로 확신했다.

우리의 은밀한 행위는 십여 분 간 더 지속되었다. 이윽고 여자의 손이 내려와 내 손을 쥐고 살그머니 바깥으로 밀어냈다. 순간 나는 어둠 속에서도 부끄러움으로 얼굴이 달아올랐다. 나는 잽싸게 일어나 어둠 속에 앉았다. 우리 두 사람을 제외한 다른 사람들은 깊은 잠에 빠져 있었다.

윗목에 밀쳐둔 책가방을 들고 나는 조심스럽게 문을 열고 밖으로 나왔다. 바깥엔 희붐한 새벽이 열리고 있었다. 사람 없는 골목길을 뛰었다. 온몸을 휘감고 있던 수치와 부끄러움이 겨울 새벽의 거리에 뚝 뚝 떨어지는 소리를 환청처럼 들었다.

그 해 나는 국립대학에 입학을 했고, 박재석이는 등록금만 내면 합격시켜 준다는 삼류 대학의 신설학과에 등록을 마쳤다.

기억, 넷

대학(大學) 2학년.
박재석이를 거의 만나지 못하고 있었다. 대학 본관 계단을 올라가는 도중에 고향 후배를 만났다.
"형은 고향에서 째석이 형하고 친했지?"
"그래, 갑자기 그 이야기를 꺼내는 이유가 뭐지?"
"형은 까마득히 모르고 있었군."
"무슨 일인데, 모르긴 뭘 몰라?"

"쩨석이 형이 죽었다는 소식 못 들었수?"

"그가 죽다니, 도대체 지금 무슨 말을 하고 있는 거냐?"

나는 너무 놀라, 들고 있던 책가방을 떨어뜨릴 뻔했다. 갯가의 차돌같이 단단하기 이를 데 없는 박재석이가 아직 나이도 창창한데 죽다니.

"도대체 무슨 몹쓸 병이라도 걸렸단 말이냐?"

"병은 아니고 연탄가스를 마셨나봐요."

"그랬었군. 그래, 그 소식은 언제쯤 들었으며 죽은 장소가 어디라고 하던가?"

"지금 대학 병원에 있는 모양이에요. 3일째 완전 혼수 상태라던데."

"이 자식아, 그럼 죽진 않았잖아. 사람 간 떨어지게 만들긴."

"그게 그거지요. 사람들은 다 죽은 것으로 생각하고 포기한 모양이던데."

그가 이 지경이 되어 있는데 왜 나만은 모르고 있었지.

대학 입학 후 삼류 대학에 적을 두고 있던 박재석은 학교에는 가는 둥 마는 둥 음악실 부근에서 상주하고 있었는데, 그는 국립대학에 다니는 나를 도통 찾아오지도 않았고 인편으로도 소식을 전하지 않고 있었다. 나는 가끔 고향 친구들로부터 그의 소식을 들었다.

"학교는 나가긴 나가고 있대?"

"그곳이야 등록금만 내면 학생이잖아. 총장이 그러는데 운동장에 모여 있는 학생들을 가리키며 고액권 수표가 떨어져 돌아다닌다고 한다더군."

"아무렴, 대학이 그렇기야 하려고. 교수가 있고 강의실이 있을 텐데, 학생들을 마구 놀고 먹게 내버려둘까?"

"학교야 돈만 벌어 빌딩을 세우면 그뿐이지만 학생들이 문제지. 다녀봐야 누가 알아주지도 않고, 저들 스스로 열등 콤플렉스에 젖어 자신들을 비하시키고 있는데 공부가 제대로 되겠어?"

나는 그러려니 했다. 아예 학문에 뜻을 두고 대학 진학을 결심한 박재석이가 아닐 바에야 그가 공부를 하든 안 하든 별반 문제될 것이 없었다. 세월이 흘러가기만 하면 그는 어엿한 학사모를 쓰고 졸업을 하게 될 것임은 분명했다.

박재석이가 입원해 있다는 대학 병원을 찾아갔다. 그는 중환자실에 입원되어 면회가 까다로웠다. 면회복으로 갈아입고 중환자실로 들어가 보니 입과 코에 마스크를 끼고 산소 호흡을 하고 있었다. 연탄가스 중독 5일째라고 했다. 그는 꼼짝도 않고 식물처럼 누워 있있다. 가족들은 그의 생명을 포기하고 체념해 있었다. 나는 그에게 말 한 마디 건네 보지 못하고 시체처럼 축 늘어진 손등 한 번 쓰다듬어 보고는 병실을 나왔다.

모두가 죽음을 예고하고 있던 박재석은 진부한 언어를 빌려 말한다면 그야말로 기적적으로 살아났다. 중독 1주일째 눈을 떴고, 그 다음날 말을 했으며 열흘째 되는 날부터 걷기 시작했다. 보름 만에 퇴원을 했다. 후유증 없이 말짱했다. 연탄가스 중독 후에 오는 보행장애나 어눌한 말투, 정신박약 따위의 어떤 증상도 나타나지 않았다. 오히려 기억력만 더 총총했다.

그가 1주여 간 식물 인간 상태로 누어 있을 때 체험한 영적 상황을 마치 실제 현상처럼 생생하게 주위 사람들한테 이야기했다. 거짓말 같기도 했으나 나는 그의 체험을 믿기로 했다. 박재석은 남의 호기심 따위를 끌기 위해 엉뚱한 짓을 만들어낼 위인이 아님을 알고 내가 알고 있기 때문이다.

나와 공유한 기억이 아니라 그가 혼자 체험한 것이기 때문에 나는 그의 이야기를 이곳에 옮겨놓을 뿐이다.

　박재석은 어둑하고 밀폐된 어느 장소에 누워 있었다. 골방 속 같기도 하고 다락방 같기도 했는데 주위를 자세히 둘러보니 중(中) 3 때 같은 또래의 여중생을 겁탈한 산간집의 헛간이었다.

　가마니를 깔고 누웠는데, 다듬지 못한 지푸라기가 등을 쑤셔대는 통에 자리를 바꾸어 누우려고 몸을 움직였으나 꼼짝할 수가 없었다. 거친 지푸라기 몇 개를 떼어내려고 손을 움직였으나 마찬가지로 손가락 하나 움직일 수가 없었다. 묘하다. 꿈 속인가? 그는 자신을 추스리고 정신이 명료한지를 재삼 확인했다. 틀림없는 현실이었다. 그런데 지금 왜 이곳에 누워 있는가? 일어나 이곳을 나가야지. 그러나 생각뿐 몸은 조금도 움직일 수가 없었다.

　순간 그의 가슴 한복판에서 가느다란 연기가 솟아올랐다. 그것은 기다란 줄이 되어 천장까지 이어졌다. 가슴으로부터 빠져나간 연기는 천장에 닿자마자 둥근 원을 만들었는데 그 모양이 그의 얼굴 형상을 띠고 있었다. 그는 문득 깨달았다. 아, 저것이 내 영혼이구나.

　그는 손을 뻗어 그 영혼 뭉치를 붙들려고 했는데 아무리 애를 써도 불가능했다. 영혼은 천장 가장자리를 빙글빙글 돌다가 그가 누워 있는 헛간의 문 틈새를 비집고 외부로 스르륵 빠져나갔다.

　영혼은 거리 위를 날아다녔다. 사람들을 헤집고 지나갔으며 질주하는 차량 앞에 머물기도 했으나 어느 누구도 그의 영혼을 알아보지 못했다.

　그의 집으로 들어가 보았다. 가족들은 그가 죽었다고 울고불고 야단이었다. 영혼이 그의 집에 머물고 있을 동안에도 자신의 육체는 어두운 헛간 속에서 꿈쩍도 않고 누워 있는 상태였다. 영혼이 가족들에게 소리질렀다.

　"왜들 울고 야단들이오? 나는 죽지 않고 이렇게 살아 떠돌고 있는데 뭐가 슬프다고 아우성이오?"

그가 큰소리를 내지르고 호통을 쳐대도 누구 한 사람 알아듣지 못하고 그들 일을 계속하고 있었다. 시공(時空)이 다른 곳으로부터의 울림이었다.

그는 손으로 그의 어머니를 밀었다.

"제발 울지 말아요. 나 여기 있어요."

어머니는 끄덕도 않고 같은 장소에서 계속 울고 있었다. 답답해 죽을 지경이었지만 영혼의 세계에서 보고 만지는 물질이 현실의 감각과는 전혀 별개라는 걸 깨닫고는 단념했다. 할 수 없구나. 내가 아무리 발버둥쳐봐도 그들이 알아듣지 못한다면 차라리 울고 있는 사람들이나 구경하는 게 났겠다.

조금 넉넉해진 마음으로 이곳 저곳을 두리번거리고 있는데 어디에서 솟아났는지도 모를 긴 팔 하나가 뻗어와 빙글빙글 돌고 있는 그의 영혼을 낚아채갔다.

몸체도 보이지 않는 달랑 긴 팔뿐인 그것에 끌려 좁고 긴 언덕을 넘었다. 어찌나 빨리 끌고 가는지 숨이 헉헉 막힐 지경이었다. 고개 마루에 서니 넓은 대로가 펼쳐져 있는 게 보였다. 긴 팔은 망설임없이 그를 끌고 더없이 넓은 길을 쏜살같이 달려나갔다. 어디를 가고 있는 것인가? 무턱대고 긴 팔한테 물어볼 수도 없는 노릇이었다.

이윽고 큰 문 앞에 다달았다. 문 앞에는 근육질의 사내 몇이 가시 돋친 방망이를 꽂아 쥐고 나열해 있었다. 누군가 문을 열었다. 수염 긴 노인이 높은 단상 위에 홀로 앉아 있는 게 보였다.

"네가 누군가?"

"박재석입니다."

"박재석이라고? 기억에 없는 이름인데."

노인이 앉은 뒷자리를 가린 휘장을 손가락으로 밀었다. 무한대의 광활한 공간이 펼쳐졌다. 끝이 없었다. 자세히 보니 공간에 무수한 이

름들이 떠 있었다. 노인이 고개를 돌려 그 공간을 잠시 훑어본 듯했
다.

이윽고 얼굴을 바로 세운 노인이 소리쳤다.

"돌아가, 너는 아직 멀었어."

그는 다시 긴 팔에 이끌려 노인이 앉아 있는 휘장 뒷쪽으로 끌려갔
다. 다시 본 그곳은 무수한 이름들이 나열돼 있는 공간이 아니라 시골
에서 흔히 볼 수 있는 뒷마당을 연상시키는 퍽 오래 전부터 친숙하게
보아 온 장소처럼 느껴졌다.

마당 뒷편으로는 대나무 숲이 우거져 있었다. 긴 팔이 큰 대나무 한
그루를 가리켰다. 순간 어디에선가 우렁찬 소리가 들렸다.

"저 나무를 타고 끝까지 올라가."

"휘청거리는 대나무를 타고 어떻게 끝가지 올라가요?"

"잔말 말고 시키는 대로 빨리 올라가기나 해."

그의 영혼은 대나무를 붙들고 올라가기 시작했다. 가까스로 끝에
섰다고 생각했을 때 대나무는 땅 아래까지 휘청 구부러지면서 그를
땅바닥으로 굴러떨어지게 했다.

그가 눈을 떴다.

낯익은 사람들이 그의 주위에서 웅성거리며 모여 있었다. 누군가
내지르는 소리를 들었다.

"재석이가 살아났어."

그의 대학 생활은 그것으로 끝이었다. 이듬해 군에 입대했고, 월남
전에 참전했다. 전쟁터에서 그는 훈장 두 개를 목에 걸고 귀국했는데
고향에서 귀국 축하연을 열었을 때 온 시내가 떠들썩했다고 전해진
다. 그 광경을 지켜보지 못한 것을 나는 지금도 아쉬움으로 생각하고
있다.

기억, 다섯

우리의 나이가 32살이 되었다.

내가 박재석을 다시 만난 것은 칠전사 법당 앞이었다. 그는 석양녘에 그림자를 길게 드리우고 등을 보이고 있었다. 나는 문득 생각했다. 누가 저 그림자를 지우겠는가? 그 자신이 아닌 어느 누구도 저 그림자는 지워낼 수 없을 것이다. 그만이 그 일을 가능하게 할 뿐이다.

절 뒷산 마루에 어두운 땅거미가 내리고 있었으나 아직 저녁 노을의 잔영은 그대로 남아 있었다.

나는 그때 5년 간의 유학 생활을 끝낸 얼마 후, 대학의 전임 자리 하나를 붙들기 위해 동분서주하고 있을 때였다. 그 일은 내 스스로의 덤핑을 각오하고서도 어렵고도 어려웠다.

외국으로 떠나기 5년 전에 비해 지금은 이 좁은 나라에 박사가 넘쳐 내가 전공한 학문은 지독한 인플레 현상이 나타나, 곳곳에 자칭 타칭의 인재와 대가가 흘러넘치고 있었다.

귀국 후에 간신히 하나 잡은 시간강사 자리를 메우며 기진맥진해 있을 무렵, 내 연고를 어떻게 알아냈는지 인편을 통해 박재석이가 소식을 알려왔다. 한번 만나보고 싶다는 요지였다. 나는 그가 보낸 사람을 통해 그가 있는 곳을 알아냈으나 심부름꾼은 박재석의 현황에 관하여는 완강히 입을 다물고 있었다.

"무엇을 하고 있길래 그가 절에 머물고 있소?"

"……."

"도대체 스님이라도 되었단 말이오? 아니면 어떤 일로 피신이라도 하고 있는 중이오?"

"말할 게 없습니다."

시간에 얽매일 것도 없던 나는 다음 날 그가 머물고 있는 곳을 찾아

나섰다.

만나보면 알게 될 테지.

그는 놀랍게도 머리를 깎고 승복을 입고 있었다. 그가 내 손을 잡았다. 여전히 악력이 대단했으며 나를 바라보는 기세가 예전과 다름없이 등등했다. 배코 친 그의 민머리에는 어느 시절 칼침이라도 맞은 게 분명한 횡선의 길다란 상흔이 뚜렷하게 드러나 있었다.

그가 절 뒷편의 요사채로 나를 인도했다.

"들어와. 외국 나가서 대가가 되어 돌아왔다는 소식 들었어."

"대가는 무슨 놈의 대가라고."

"너 같는 선비가 학문 이외 따로 할 게 있을려구. 하여간 열심히 해야지."

나는 뒷말을 받지 않았다. 내가 그를 위해 무슨 위로의 말인가를 토해 내야 할 판인데, 그가 나를 어루만지듯 편안하게 이야기를 꺼내다니.

절간은 고요했다. 가끔 풍경 소리가 우리들의 대화 속을 헤집고 들어올 뿐 누구도 우리를 방해하지 않았다.

"요즘 학문 하기가 쉽지 않다며?"

"어려운 사람이 어디 나뿐인가? 이 시대에는 다들 그렇지 뭐."

그가 뜻 모를 미소를 머금었다. 이상하게도 나는 많은 궁금증을, 예컨데 그가 왜 이곳에 머물러 있는지, 언제부터 승려가 되었는지 따위를 물어볼 엄두가 나지 않았다. 겉만 번지르한 수사학적 외침이야 누군들 못하랴. 그것에 현혹될 바보 얼간이는 아니므로 그가 이끄는 대화대로 그냥 이끌려가며, 묵묵히 그의 민머리에 험상궂게 솟아나 있는 칼자국만 가끔씩 응시할 뿐이었다. 그는 조금도 망설이지 않고 그 상처를 손바닥으로 쓸어내리며,

"이것 말인가? 이태 전에 일본도에 맞은 자리야. 용케 살아나려고

거죽만 잘렸지."

"내려친 사람은 어떻게 되었어?"

"그 친구? 글쎄 잘 있겠지. 지나가버린 사람에 대해서는 이러쿵저러쿵 이야기를 않는 거야, 우리 세계는."

나는 그날 그와 같은 잠자리에 들었다.

그는 머리를 깎고 승복을 입고 있었으나 절의 계율에 전혀 속박돼 있지 않았다. 먹고 싶을 때 먹고 잠들고 싶을 때 잤다. 그의 직책은 칠전사의 총무였다. 정확히 말한다면 주지의 보디가드였으며, 이 절의 전주였다.

다음에 이어질 이야기 역시 내 스스로 체험한 기억이 아니라 며칠을 함께 보내며 그로부터 들은 것과 일부는 후에 고향 친구들로부터 전해 들은 이야기를 종합한 것이다.

박재석의 나이 스물일곱 살이 되던 해, 남쪽 소도시를 주름잡던 밀수왕인 그의 아버지가 죽었다. 재석은 단 한 번의 주저함도 없이 아버지 자리를 물려받았다. 처음에는 그의 아버지가 누려왔던 영역이 여러 사람으로부터 침범받아 손실이 컸다.

박재석이 젊은 주먹 패거리를 규합하여 세력을 확장시켜 나갔다. 3년 후 그는 그 도시에서 누구도 넘볼 수 없는 밀수의 제왕 자리에 등극했다. 아버지가 평생 동안 이룩한 것보다 더 높고 넓은 제국이었다. 수성(守城)이 아니라 확장된 축성이었다. 젊음과 패기로 그는 남해안을 거칠 것 없이 종횡무진으로 누볐다. 거금을 모았다.

그의 욕망이 그것으로 종결지어졌다면 참으로 다행스러웠으리라. 그러나 어둠의 세계에서는 사람을 한시도 머물게 하지 않는다. 자생하던 세력이 집단을 이루고, 한 집단은 더 큰 세력을 이룩하기 위해 타집단을 넘본다. 수비보다는 공격, 멈춤보다는 진행만이 확실하게 자신들을 보호한다. 그 모든 조직의 관리를 위해서도 많은 돈이 필요하다.

박재석은 밀수품에 마약을 포함시켰다. 성공하면 수백 배가 보장된다. 부하 한 명이 배신했다. 배가 일본에서 들어올 때 무장 감시선이 덮쳤다.

밀수 조직이 근본에서부터 파헤쳐지기 시작해 그곳에 줄을 달고 있던 사람들이 줄줄이 고랑을 찼다. 변심한 부하를 찾아내 난자했다. 그리고 그는 포위망을 벗어나 지하로 잠입했다. 만약 그가 잡힌다면 평생을 형옥 속에서 보내야 할 판이었다.

2년이 지났다. 세상의 시선으로부터 철저하게 차단되어 있던 그는 어느 날 산속에서 승려로 그 모습을 드러냈다. 밀수꾼의 아들이었으며 한때 그 자신이 밀수왕이었던 박재석의 변신은 놀랄 만했다.

그의 회생은 한 승려에 의해서 이루어졌다.

지하에 웅크리고 있던 그를 칠전사의 주지가 어떻게 알아냈는지 찾아왔다.

주지가 말했다.

"나를 도와주시오. 그러면 나 또한 당신을 구해 주리다."

절은 내분에 휩싸여 재산권 다툼으로 양파로 갈라져 첨예하게 대립 중이었다. 재석이가 물었다.

"당신이 나를 어떻게 구할 수 있다고 믿을 수 있소?"

"당신을 승적에 올려주겠소."

"중놈이 된다고 해서 쫓기는 내가 살아남을 리가 없지. 어림없는 수작 치우시오. 나는 시끄러운 잿밥 따위에는 관심이 없으니 당신들끼리 찢고 부수고 마음대로들 하시오."

"당신은 우리들 곁에서 얼마간만 엎드려 있으면 되오. 그 사이 내가 손을 쓰리다. 내가 아는 사람들 중에 지체가 상당히 높은 사람들이 있소. 시간이야 걸리겠지만 그들이 당신을 자유롭게 만들 것이오."

"그 말을 내가 어떻게 믿을 수 있소?"

"당신을 억지로 절간 안으로 밀어넣어봐야 때가 되면 어차피 떠날 테니, 당신이 머물고 있을 동안 절의 재산을 관리하시오. 그리고 당신이 떠날 때 온전히 그것을 나에게 돌려주기만 하면 되오."

그때서야 재석이가 동의했다.

"좋소. 지금 절의 사정을 소상히 이야기해 보시오."

3일 후에 박재석은 주지와 함께 칠전사에 나타났다.

이십여 명이 진을 치고 있는 주지 반대편 무리 속에 단신으로 들어갔다. 그들을 만나기 전에 그는 밀수품으로 숨겨놓은 마약류인 필로폰 3인분을 복용했다.

각성제인 필로폰은 그 효능에 대칭적인 양면성을 지닌다. 활성화 쪽으로 발효되면 무서운 힘을 발휘해 능히 호랑이라도 대적할 수 있으며, 여자를 상대하면 수삼 일 동안 밤낮을 딩굴어도 끄덕없다. 반면 침체화되어 버리면 양귀비를 발가벗겨 앞에 디밀어줘도 남자 구실을 못해 낼 뿐만 아니라, 어린애 주먹 한 방에도 나가떨어진다.

재석은 심호흡을 하고 정신을 한 줄로 세웠다. 큰 일을 두고 겨룰 때 시도하는, 그가 익히 습득해 온 무예의 한 경지였다. 그곳에 그는 일시에 폭발하는 화약을 장전시켰다. 3인분의 필로폰은 그를 굶주린 맹수로 돌변시키는 데 부족함이 없었다.

그는 적의 무리 앞에서 웃옷을 발가벗고 똑바로 누웠다. 앞가슴에는 칼자국 하나가 그어져 있었다. 얏, 기합 소리와 동시에 그의 몸이 비상하듯이 날아 외발로 창호지 문을 박차며 세 칸 넘게 떨어져 있는 돌담을 넘어 절 마당에 꼿꼿이 섰다. 그는 뚜벅뚜벅 걸어 그들 앞에 되돌아왔다.

숨소리 하나 흐뜨리지 않은 채 사람들 앞으로 등을 숙이는 듯했다.

일순간에 예리한 비수 한 자루가 그의 손에 잡혀 있었다. 비수는 바람을 가르고 매달아 놓은 갓전등의 줄을 끊으며 탱화가 그려진 벽을 향해 날아갔다. 칼끝은 한 치의 오차도 없이 정확하게 부처의 인중을 뚫고 있었다.

사람들의 입으로부터 낮은 신음소리가 새어나왔다. 그가 낮게 그러나 충분히 알아들을 수 있는 음성으로 무리들을 향해 말했다.

"보았으면 물러들 가. 나는 당신들이 내 눈앞에서 완전히 사라질 때까지 이 자리에 이대로 있을거야. 당신들이 내 말을 못 알아듣는다면 나는 부처를 찌른 저 칼로 내 배를 가르겠어. 물론 그 전에 당신들의 목을 하나하나 따놓는 일부터 하겠지만."

무리들의 동요는 길지 않았고 결단은 빨랐다. 누군가 구시렁거리는 소리가 들렸다.

"주지란 놈이 노지심을 뺨치겠군. 어디에서 저런 살인귀를 데리고 왔지."

그들이 하나 둘 자리를 털고 일어났을 때 주지가 들어왔다.

"이제 당신 이름은 지운이야, 지운 스님. 그리고 오늘 밤에 머리를 깎게."

지운 스님은 그곳에서 먹고 잠 자며 매일을 보냈다.

두 달에 한 번씩 하산을 했다. 양복을 입고 베레모를 썼다. 산을 내려와서는 꼭 이틀을 도시에서 머물렀다.

도시에서 제일 먼저 찾아가는 곳이 보신탕 집이었다. 그는 앉은 자리에서 토종개 반 마리를 먹어 치우고 댓병짜리 소주 두 병을 마셨다. 그 다음 여자집을 찾아갔다. 보신탕 집에서도 여자의 집에서도 그가 지불한 돈은 적절한 값보다 엄청나게 많았다. 한 뭉치씩의 지폐가 건너갔다.

개를 파는 사람도, 그가 산 여자도 그에게 어떤 호기심도 나타내지 않았다. 사람들은 그가 원하는 것이 무엇인가를 미리 알았으면 군말 없이 그의 요청을 들어주었다. 지운 스님은 하산하여 단 몇 사람만 만났을 뿐 그의 행보는 어디에도 눈에 들어나지 않았다.

내가 그에게 물었다.
"하산하면 위험할 텐데 그걸 무릅쓰고 그 일들을 꼭 치러야 할 이유가 있어?"
그가 껄껄 웃었다.
"한 경지에 올라서겠다고 쇠붙이 앞에 무릎 닳도록 천 번 만 번 고개 숙여 절을 하고 있는 걸 곁에서 보노라면 부질없다는 생각이 들어. 저잣거리에 나딩굴고 있는 사람들은 내버려두고 부처는 산속에서 입 다물고 홀로 독야청청 저러고만 있는데, 득도를 하면 뭘하고 선지식이 된다고 해서 무엇이 달라지겠어? 나는 차라리 피가 튀는 시장바닥에서 부처를 찾고 싶은 걸."
"너도 머리 깎고 승복을 입었으니 마땅히 중 노릇을 해야 할 게 아냐?"
"하다마다. 나는 나대로 정진하고 있다. 나보다도 못한 더러운 중놈들이 부지기수로 많은데 나 정도만 되어도 성불까지는 몰라도 절밥은 먹을 자격이 있지."
"허기사 알 수 없지. 사람에게는 근본적으로 누구나 불심이 있다고들 했으니, 일순간에 무량겁을 머금을 수 있다면 네가 보낸 짧지 않은 산 속의 세월은 충분한 의미가 있을 테지."
"나는 가끔 생각해. 위대한 도(道)는 서로 맞닿아 있는지도 모른다고. 예컨대 지극한 선을 행한 성인 군자나 세상에서 가장 포악한 살인자도 마음이 빈 상태에서는 그 정점들이 거의 비슷한 높이에 서 있지 않을까 싶어. 성인이나 악인이나 그가 세운 봉우리의 위치는 달라 있

을지 모르나, 그 높이를 잣대로 잰다면 거의 수평이 되지 않을까? 이
건 나를 변명하는 이야기는 아니지만."
　그럴지도 모른다.
　사람들은 자신이 추구하는 분야에 대해서는 그가 가진 최고의 열정
을 쏟는다. 행위에 관계 없이 위대한 자의 봉우리는 비슷하다. 누구도
그것을 옮겨놓을 수는 없다. 스스로 자리 바꿈을 원할 때만이 가능할
뿐이다. 위대한 성인의 경지에 도달하기도 힘들지만 위대한 악인이
되기도 쉽지 않다.
　"산속에서 무엇인가를 깨닫게 됐다면 계속 머물고 있는 것도 괜찮
겠군. 앞으로 어떤 계획을 갖고 있어?"
　"계획? 아직은 미지수야. 내가 혹시 완전한 불(佛) 제자로 탈바꿈
하지 않을까봐 주지가 신경 쓰고 있다. 이 절 내가 빼앗아 그냥 차고
눌러앉지나 않을까 싶어서 그러겠지. 물론 나는 그럴 마음은 추호도
없지만."
　"사회에 있을 때 저지른 뒷마무리는 어떻게 되었어?"
　"주지 말대로 그럭저럭 해결된 모양이야. 노인은 약속을 지켜줬어.
그리고 절대 나를 간섭하려 들지 않는다."
　나는 주지란 자의 사람 됨됨이가 궁금했다. 도대체 난폭하기 이를
데 없는 박재석이를 받아들이고 이 경지까지 끌어올린 위인이 어떤
인물인가 하고. 그러나 주지는 장기출타중이어서 내가 머물고 있을
동안에는 안타깝게도 만나볼 수가 없었다.

　내가 재석이와 헤어져 산을 내려오려고 했을 때 그가 봉투 하나를
내밀었다.
　"이것 갖고 가. 실은 이 일 때문에 널 불렀지만."
　나는 봉투 속 내용물을 보았다. 은행 저금통장이 목도장과 함께 들

어 있었다.

"어렵다는 이야기 들었다. 학문하는 사람이 배 곯아가면서 한대서 야 말이 안 되지."

"내가 너한테서 이걸 받을 이유가 없는데."

"사람 하고는. 어릴 때나 지금이나 변한 게 하나도 없군. 이 돈은 내 가 주는 게 아니고 부처가 주는 거야. 다음에 돈 벌면 아무 절이나 찾 아가 시주함에 넣어줘."

통장을 펼쳐보았다. 액수가 적지 않았다. 나는 거절해도 소용없는 줄 알고 봉투를 품속에 넣었다.

그는 통장의 돈에 대해 내가 의심스러워할까 보아서인지 한 마디 덧붙였다.

"이 절 살림은 풍족해. 많은 돈을 내가 관리하고 있지만. 주지는 조 금도 신경을 쓰고 있지 않지. 기껏 두어 달에 한 번 산 내려가 고깃근 이나 사먹는 줄 짐작할 뿐 절 돈이나 야바위해 먹는 치사한 놈이라고 는 생각 안해. 나 또한 남의 집 잿밥에는 관심도 없지만."

박재석이가 준 돈으로 나는 2년 후에 지방대학 전임 자리를 구할 때 까지 유용하게 살림에 보태 썼다.

자리가 안정되면서 나도 조금씩 돈을 모으기는 했으나, 그의 말을 기억해서 가까운 암자라도 찾아가 시주함에 내 알량한 양심을 적선해 볼 요량을 한 번도 품어 본 적이 없었다. 그 생각은 지금도 마찬가지 여서 내가 설사 억만장자가 된다 하더라도 불가능할 것이다.

그후의 이야기

절간 생활로 얼마 간 더 보낸 후 그가 자리잡고 있었던 도시가 잠잠 해진 다음에 박재석은 승복을 벗었다. 물론 절밥을 평생 먹고 지내리라고는 생각지 않았으나 나는 그의 사회 회귀를 약간은 의아스럽게, 한편으로는 불안하게 지켜보았다.

그는 하산 후 조직을 재정비했다. 또한 더욱 자랐다.

그후의 이야기를 지금 세세하게 기술하면 뭘할 것인가?

박재석은 지금 중년의 나이에 주먹 세계의 대부라는 것만은 밝혀두겠다. 전위 부대원들이 저지르는 서툰 회칼 난동이나 밤의 세계 이권을 위한 부차별한 폭력의 현장이 자세하게 신문지상에 밝혀져도 그의 이름은 찾을 수 없다. 그러나 그 세계에 몸 담고 있는, 알 만한 사람들은 그가 막후의 숨은 실력자로 군림하고 있음을 알고 있다.

더 이상의 언급은 그를 위해서도 나 자신을 위해서도 삼가는 게 좋겠다. 그의 어두운 그림자를 계속 추적해 간다는 것이 무슨 의미가 있겠나. 우리 모두가 살아가는 전형은 세상에 드러내놓기 싫은 자신의 그림자를 지우기 위해 몸을 잔뜩 웅크리고 살아가는 날조된 생들이 아니던가.

그리하여 나의 이야기는 다시 처음의 공자와 도척의 이야기로 되돌아간다.

도척과의 독대를 간신히 허락받은 공자는 이른 새벽 수레를 타고 그를 찾아갔다.

문앞에서 한식경이나 기다린 후 점심때도 훨씬 넘어서 소식이 왔다. 수레를 버리고 거느린 군졸을 남겨둔 채 혼자 들어오라는 전갈이었다.

이때 도척은 태산 아래에서 부하들을 배불리 먹이고 편히 쉬게 한 다음, 자신은 큰 느티나무 밑에서 웃옷을 훌훌 벗어던지고 발을 제멋대로 뻗어놓은 채 비스듬히 누워 있었다.

군졸 하나로부터 인도되어 온 공자를 보자마자 도척은 눈을 부라리며 벼락 같은 소리를 내질렀다.

"네가 노나라 사기꾼 왕초인 공구(孔丘)란 놈이냐? 몸에는 비단옷을 휘감고 머리에는 그럴싸한 관을 쓰고서 주린 백성들로부터 거둔 재물로 호의호식하며, 세 치 혓바닥을 놀려 무지한 신민들을 어리둥절하게 만드는 너의 본체가 도대체 무엇이길래 나를 보겠다는 거냐?"

공자는 처음 만나자마자 말 한 마디 못 꺼내보고 개죽음을 당할까 한껏 두려움이 앞섰다. 그러나 여기까지 어렵게 왔으니 물러설 수가 없다.

"저라는 사람은 사람이 살아가는 데 필요한 덕목을 가르치고, 이성을 지배하는 도(道)를 공부하고 또한 가르치고 있습니다."

"도대체 도(道)의 근본이 무엇이건데 인륜 도덕이 어떠하고 효충(孝忠) 따위를 들먹이며 망령된 소리만 지껄이는가? 무릇 백성들이 땀 흘려 일하는 신성한 노동을 작파시키고, 황당무계한 언설에 현혹되게 하여 무슨 요행수로 출세줄을 잡아 가만히 앉아서 부귀영화를 도모할 상상만 하게 만드는 너란 놈이 저지른 죄악을 마땅히 알고 있을 테지."

공자는 험상궂는 도척의 노여움에 대경실색하여 앉은 자리에서 오줌을 찔금거렸다. 그는 숨을 죽이고 벌겋게 달아오른 도척의 얼굴을 옆눈으로 슬쩍 보았다.

도척이 계속했다.

"마구잡이로 유언비어를 퍼뜨려 민심을 현혹시킨 너는 마땅히 죽임을 당할 것이 도리이나, 이곳까지 불원천리 어렵사리 찾아왔으니 생명만은 부지시켜주겠다. 그렇게 알고 내 눈앞에서 당장 꺼지도록 해라."

공자는 올 때와는 달리 한시 바삐 이 자리에서 벗어나고 싶었지만, 당대에 자기를 능히 말로써 이겨낼 자가 없었다는 자신감과 밖에서

기다리고 있을 제자들에게 자신이 당한 모멸을 설명하기가 난감하여
간신히 고개를 들었다.

"일찍이 수령님의 형님되시는 분과는 학문을 교류한 친구 사이로
그간 여러 차례 수령님의 이야기를 들은 바 있습니다. 먼 길을 마다
않고 찾아온 성의를 생각하여 몇 마디 이야기라도 할 수 있도록 허락
해 주시기를 간곡히 부탁드립니다."

공자는 군왕들 앞에서와 다름없이 최대의 경의를 표했다.

도척이 속으로 생각했다. 저 간사한 놈이 말은 번드르르하게 늘어
놓고 있으나 속으로는 나 같은 놈을 괴물 보듯 할 게 분명하다. 그가
손바닥으로 곁에 놓인 칼자루를 툭툭 치며 천둥 같은 소리를 내질렀
다.

"천하에 교활한 말〔舌〕 도둑놈아. 네가 그럴싸한 구실을 만들어 사
람들 머리를 어리둥절하게 만드는 재주가 있다는 소문은 들었는데,
그래 그게 소원이라면 어디 내 앞에서 한번 지껄여 보아라. 만약 네
말 뜻이 진정 이치에 합당하면 목숨만은 살려주겠지만, 그러하지 못
한다면 너는 이곳에서 죽어 뼈를 추리게 될 줄 알아야 하느니라."

그가 능멸하거나 말거나 공자는 군왕 앞에 조아리듯 굽신거리며 아
첨했다.

"사람에게는 무릇 세 가지 덕(德)이 있는 줄 아옵니다. 사람의 몸이
장대하고 이목이 수려하여 많은 이들로부터 호감을 받는 것이 그 첫
번째 덕이고, 지혜가 뛰어나 천하를 다스릴 수 있는 능력이 그 두번째
덕이며, 마지막으로 용맹스런 수많은 병졸을 지휘호령할 수 있는 것
이 그 세번째 덕이라고 합니다. 세 가지 중 한 가지만 갖추어도 능히
훌륭한 지도자가 될 수 있다고 하는데, 제가 보기에는 수령님은 세 가
지 덕목을 모두 갖추었습니다. 제가 군왕을 설득하여 수령님을 제후
로 모시고 천하에 태평성대를 구가하고자 하니 수령님은 부디 이에

응해 주시길 바랍니다."

말을 끝내고 공자가 비굴한 웃음을 지으며 도척의 눈치를 살폈다.

이 말을 듣자 도척이 대로했다.

"이놈, 아첨 잘 하는 도둑놈아. 면전에서 듣기 좋은 말 지껄이는 놈치고 믿을 수 있는 작자 없다는 것은 동서고금을 통한 엄연한 진리이다. 너는 턱없이 듣기 좋은 여우 목소리로 나를 속이려 드는데, 내 생김새 따위는 부모의 유덕이지 그것이 나와 무슨 관계가 있길래 함부로 추켜세우느냐? 그래 네 말대로 설사 내가 한 나라의 제후가 된다고 하자. 그게 뭐가 대수며 또한 그 권세가 언제까지 지속될 듯싶냐? 요·순은 천하가 자기 것이었으나 그 자손들은 지금 세상 천지에 송곳 하나 꽂을 곳이 없고, 탕왕·무왕은 제멋대로 천자가 되었지만 지금은 그 후손마저 끊어지고 없지 않느냐. 무엇이 진정한 얻음이냐? 영특하다는 네놈은 부귀 영화가 갖는 일회성의 그 허무함도 아직 모르고 있단 말인가."

공자는 말로만 듣던 도척의 논리정연한 언변에 한순간 당황했다.

그러나 내가 누군가, 천하의 공자 아닌가. 어떻게 하든 그를 제도하여 세상 천지에 내 이름을 더 높이 추앙받게 만들어야 한다고 생각하며 은근한 말투로 말했다.

"제가 듣기로는 수령님의 높은 뜻이 사해에 널리 퍼져 많은 이들의 존경을 받는다고 하던데, 재야에서 그러실 것이 아니라 제도권 안으로 들어와 사회의 일원으로 그 은혜를 골고루 베풀어줌이 좋을 듯합니다."

"제도권이라, 웃기는 소리 하고 있군. 감투를 쓴 관리란 놈들이 무고한 백성들 재물이나 등쳐먹는 도둑놈들인데 나 또한 그 일을 거들라고? 그리고 공구 네놈이야말로 인이니 충효니 헛소리치며 무식한 백성들을 황당무계한 요설로 겁주고 있는데, 그게 모두 말장난이 아니고 무엇이더냐. 네 놈이 진정 백성을 위하여 한 방울의 땀이라도 흘려본 적이 있었던가?"

공자는 순간 얼굴이 후끈 달아올랐다. 도둑 치고는 너무 유식하고 논리가 정연하다. 저놈의 기세를 어떻게 꺾지. 공자가 말을 받았다.

"대저 사람이란 바르고 깨끗하게 살아야 하는 것이 근본이며, 얼마나 도덕적이었느냐가 한 삶이 살아간 생애의 척도가 되는 법이올시다. 수령님은 빼앗은 재물로 어려운 사람들을 돕는다고 하나 그것은 작은 선행으로 더 큰 죄악을 이루는 것이 될 뿐 근본적인 인간의 도리에는 지극히 어긋나는 행위입니다. 지금도 늦지 않았으니 부하들을 이끌고 개명천지 밝은 세계로 나와 저와 함께 세상의 소금과 등불이 되는 역할을 다하지 않겠습니까?"

"개수작 같은 소리로 나를 농락하려 들지 마라. 임금이란 이름으로 존경받는 자들이 자기 욕심을 죽이고 마음을 비우며 살았다고 헛소리 치는데 그게 타당하기나 한 말인가. 탕왕은 하(夏) 나라의 궐왕을 쫓아내고 왕이 되었으며, 무왕은 은(殷) 나라 주왕을 죽이고 주나라를 세웠음을 네가 똑똑히 알고 있지 않느냐? 빈부귀천이 대관절 무엇이건데 그토록 아우성들이냐? 인간 스스로 만든 굴레다. 조직을 만들고 정치라는 이름으로 상민과 천민을 구분지으며, 왕도를 제창하여 자기들끼리 천년 만년 잘 살겠다는 지극한 이기가 아니고 무엇이던가? 너를 포함하여 그들이야말로 도둑놈들이 틀림없는데, 나를 보고 도둑이라니 어이없는 노릇이로구나."

공자는 더 이상 회유하기를 단념했다. 더 시간을 지체하다가는 도척의 당당한 논리에 압도되어 그마저 도척의 무리 속에 잔류할 마음이 생길 지경이었다.

그는 그곳에서 몸을 뺄 궁리를 하며 마지막으로 물었다.

"그럼 수령님은 어떤 이치로 이 세상을 다스릴 묘책을 갖고 있습니까?"

"다스리다니? 저런 염치 없는 놈 보았나. 사람은 모두가 자유와 평등을 누릴 권리가 있는데 누가 누구를 다스린단 말이냐? 인간이란 남위에서 군림하려들 때 교활해지며 탐욕이 생기는 법이야. 욕심이 사람의 마음을 얼마나 깊은 수렁으로 내모는지 너는 모르느냐? 공구야, 네가 잘난 체 지껄이는 그 도덕이니 인성이니 하는 것 따위 역시 인간이 인간을 지배하기 위한 한 가지 수단이며 합리화시킬 궤변에 불과할 따름이다. 네가 부리는 허튼 수작이 내 귀에는 미친놈의 잠꼬대 소리만도 못하니 더 이상 사기칠 생각은 말고 빨리 내 앞에서 꺼져라. 인간의 진실이란 게 사람의 말로써 어떻게 설명이 가능할 것인가?"

도척이 마침내 칼집에서 긴 칼을 꺼내 들고 공자의 면전을 향해 찌를 듯이 내밀었다. 공자는 등골이 오싹했다. 날 살려라, 하고 그는 도척이 앉은 느티나무 아래를 벗어났다.

도척을 설득하여 제도권의 세상으로 끌고 나오려 했던 공자는 그 앞에서 당한 수모와 놀란 가슴을 가까스로 진정시킨 후 귀향길에 올랐다. 그리고 생각했다. 사람의 중심은 각자의 마음에 있다. 그 중심은 각자의 개체로서 우주이며 동시에 운명이다. 운명이 만든 그림자는 자기 자신이 아니면 누구도 지울 수가 없다.

내가 내 마음 하나 믿고 남의 울을 부수고서 우주의 틀을 바꾸어 보겠다는 교만한 생각을 품다니. 공자는 귀가 후 3개월을 두문 불출하고 칩거의 세월을 보냈다.

운명적인, 진실로 운명적인

김기태 씨가 죽었다.

그의 사고 소식을 접한 사람들은 그냥 간단히 운명적이었으니 어쩔 수 없었다고 말했다.

운명적인 죽음이라니?

세상을 떠나버린 사람이야 말이 있어도 할 방법이 없지만, 이 지상에 남아 숨을 쉬는 사람들은 그들 편의대로 생각해 버린다. 그것도 아주 간편하고 단정적으로.

죽은 김기태 씨도 타인들처럼 자신의 죽음을 운명적이었다고 생각했을까? 우연으로 위장된 필연적 죽음이든, 피할 수 있었던 죽음이든 사람들은 운명적이었다는 말 한 마디로 쉽게 체념한다. 죽은 사람은 죽은 사람의 몫이고 산 사람은 산 사람의 몫임으로. 살아 있는 사람들은 그들의 몫을 챙기기 위해 오늘도 먹고 마시고 숨쉬고 배설하고 잠

든다.

김기태 씨 한 사람쯤 사라져버려도 세상은 아무 변화 없이 여전히 태양은 뜨고 바람은 분다. 김기태 씨가 아니라 그 비슷한 사람이 수없이 죽어가도 세상은 무엇이 달라질 것인가?

만약 죽은 김기태 씨가 단 몇 분만이라도 다시 살아나서 말을 할 수 있는 기회가 주어진다면, 그가 죽지 않아도 될 스무 가지 이상의 이유를 소리치며 항변했을 것이다.

그러나, 어쩔 것인가?

죽은 자의 입은 굳게 닫혀져버렸으니, 그가 스무 개가 아니라 이천 개의 억울한 사연을 품고 있었다 하더라도 이제는 아무 소용 없는 일이 아니던가.

김기태 씨가 근무하는 회사에 세무조사의 외풍이 밀어닥친 것은 월요일 아침이었다.

느긋하게 주말을 보낸 직원이 회사에 출근하자마자 삼삼오오 모여 자판기의 커피를 뽑아 마시고 있을 무렵이었다. 월요일 아침부터 하품을 해대는 직원들이 주말의 느슨함에서 벗어나 제 정신을 차리고 회사일에 긴박감을 느끼며 빨려 들어가기에는 아무래도 이른 시각에 세무서 직원들이 밀어닥쳤다.

회사는, 팽팽하게 조여놓은 빨래줄이 일순간에 끊겨버려 널어놓은 옷가지들이 제멋대로 나뒹굴듯 뒤죽박죽이 되어버렸다. 책상 위에 놓인 커피잔이 쏟아지고, 벌겋게 달아오른 경리과 직원들이 우왕좌왕하며 서류뭉치를 들고 복도를 뛰었다.

자재과에 근무하는 김기태 씨 역시 걷잡을 수 없는 혼란 속에서 원자재 유출에 대한 원장을 감추어야 할지 그냥 둬도 될지 갈팡질팡하고 있었다.

그 이후 하루 종일 세무서 직원들로부터 닦달을 받고 시달림을 당했다. 많은 장부가 라면 박스에 담겨 세무서로 실려가고 난 후의 회사는 마치 거대한 홍수가 휩쓸고 지나간 폐허 같았다. 직원들은 늦은 밤이 되어서야 파김치처럼 축 처진 몸을 이끌고 겨우 퇴근길에 오를 수 있었다.

다음 날 오전에 김기태 씨와 같은 자재과에 근무하던 최영호 씨는 서울에 출장을 가기로 되어 있었다.

원자재를 몰래 시중에 빼돌려 매각한 사실이 입증된 이상, 탈세액에 대한 추징금을 조금이라도 줄여보기 위해 서울에 있는 거래회사와 장부상의 수치를 맞추어놓기 위해서였다.

출장을 떠나기로 예정된 최영호 씨한테 문제가 생긴 것은 늦게 퇴근한 그날 밤이었다. 저녁밥도 먹지 않고 회사에서 늦도록 일하다 집으로 돌아온 최영호 씨가 저녁식사를 끝낸 시간은 밤 10시경이었다.

저녁 뉴스도 끝나버린 텔레비전 화면에 잠시 눈을 주다 그는 이내 잠자리에 들었다. 내일 서울에 출장을 가기 위해서는 아무래도 아침 일찍 회사로 나가 퇴근 때까지 못 다한 서류 파악을 재검토 해둘 필요가 있었다. 말이 서류 파악이지 실제는 내다 판 원자재의 수량을 얼마나 줄여놓아야 할지 회사 고위층의 지시를 받는 일이 더 중요했다. 그것에 맞추어 재고를 다시 파악하고 거래처에 협조를 구해야 할 일이 그가 맡은 임무였다. 그 모든 것이 번거롭고 까다로운 일들이었으므로 최영호 씨가 뒤숭숭한 심사로 잠자리에 든 후에 쉽게 숙면 속에 빠져들지 못한 것은 당연했다.

가수 상태에서 뒤척거리다가 잠을 깬 시각이 새벽 한 시경이었다. 잠결에 오른쪽 복부에 심한 통증을 간헐적으로 느껴 계속 누워 있을 수가 없었다. 그는 아픈 쪽의 배를 두 손으로 움켜쥐고 자리에 일어섰다.

피곤한 상태로 늦은 저녁을 먹은 탓에 체한 것이려니 여기고 약장을 뒤져 소화제를 찾아 먹었다. 약을 먹으면서 냉수를 한 컵 들이켰는데, 십 분도 못 되어 전부 토해 내고 말았다. 화장실에 쭈그리고 앉아 토사물이 쏟아지는 변기 속을 들여다보니 간밤에 먹은 찌꺼기까지 지저분하게 엉겨 있었다.

배탈이 나도 단단히 난 모양이군. 그는 쭈그리고 있던 화장실에서 간신히 일어나 문지방을 넘어오다 다시 그 자리에 주저앉고 말았다. 배가 아파 견딜 수가 없었다. 아픈 쪽 배를 움켜쥐고 엉금엉금 기어나와 간신히 방문 앞까지 도달했다. 방문을 열다 말고 그대로 자리에서 쓰러졌다. 잠들어 있는 아내를 불렀다.

"여보, 이리 좀 와봐."

깊은 잠에 빠져 있던 그의 아내는 좀체 잠에서 깨어날 기미가 보이지 않았다. 최영호 씨는 손에 잡을 수 있는 무엇이라도 발견하게 되면, 집어서 잠들어 있는 아내를 향해 집어던질 요량으로 주위를 두리번거렸으나 마땅한 물건이 눈에 들어오지 않았다. 아랫입술을 깨물고 그는 포복하듯 기어가 잠든 아내를 흔들어 깨웠다. 잠결에 눈을 뜬 아내가 이마에 식은땀을 흘리며 고통스럽게 찡그리고 있는 그를 의아하게 바라보았다.

"당신 자다 말고 일어나 뭘 해요? 어디가 아픈가요?"

"그래, 배가 아파서 견딜 수가 없어. 자리에서 좀 일어나봐."

"언제부터 그랬어요? 어머나, 이이가 이렇게 진땀을 흘리는 걸 보니 보통일이 아니네."

늦은 밤에 느닷없이 닥친 최영호 씨의 복부 통증은 한 가정을 혼란스럽게 만들어놓기에 충분했다.

통증은 우측 상복부에서 시작하여 가슴 쪽으로 파급되어 왔다. 도대체 무슨 병이길래 야밤에 이렇게 발작적으로 증상이 나타나는가?

알 수 없는 일이다. 놀란 그의 아내가 주섬주섬 옷을 챙겨 입고 잔뜩 웅크린 그를 부축하고 병원길에 나선 것은 새벽 두 시가 다 되어가는 시각이었다.

병원에 도착한 그들은 병명을 알아내기 위하여 몇 가지의 검사를 받았다. 검사를 받는 중에도 최영호 씨는 날이 새면 회사일로 서울에 출장을 가야 한다는 초조감에 사로잡혀 있었다. 이런 상태로 서울은 갈 수 있을까? 검사 결과가 나오면 별다른 병이 아니라는 것이 확인 되고, 날이 새면 아픈 배는 감쪽같이 나아져 멀쩡하게 일어나겠지. 그렇게만 된다면 출장을 떠나는 데 별 문제가 없을 것이다.

얼마 후에 의사가 들고 온 방사선 필름에서는 최영호 씨의 기대와는 달리 장폐쇄 때 보이는 여러 가지 소견이 선명하게 나타나 있었다.

설명을 끝낸 의사가 단호하게 말했다.

"입원해야 합니다. 장폐쇄의 원인을 찾아내기 위해 날이 밝는 대로 여러 가지 검사를 받아야 합니다. 경우에 따라서는 수술을 하게 될지도 모르니 보호자는 멀리 가지 말고 환자 곁에 붙어 있어야 해요."

곁에 선 아내의 얼굴이 새파랗게 질려갔다.

졸려 죽겠다는 표정이 역력한 의사가 횡하니 바람소리를 내며 병실 밖으로 나가버렸다.

입원수속을 하는 동안 간호사가 와서 최영호 씨의 팔뚝에 링거병을 매달고, 채혈과 소변을 받아갔다. 최영호 씨는 회사일이고 출장이고 생각할 엄두도 못 내고 그렇게 꼼짝없이 병원에 드러눕게 되었다.

아침 7시 30분.

출근을 서두르고 있던 김기태 씨는 부장으로부터 걸려온 전화를 받았다.

"김기태 씨가 오늘 서울 출장을 가야 할 형편이니 그렇게 알고 출근

하시오."

"출장에 관해서는 어제 최영호 씨가 가기로 결정되어 있잖아요?"

"그 친구가 간밤에 병원에 입원을 했어요. 자재과에서 대신 갈 사람이라고는 당신밖에 없으니 그렇게 알고 나오시오."

"최형이 병원에 입원을 하다니요? 평소에 건강하던 그가 간밤에 무슨 몹쓸 병이라도 났단 말인가요?"

"나도 자세히는 모르겠소. 장이 막혔다던가 어떻게 되었다던가 하는 전화를 조금 전에 그의 부인으로부터 받았소. 오늘 출장일이 마음에 걸려 최영호 씨가 그의 부인한테 내게로 전화를 하라고 일러준 모양이오. 하여간 그런 줄 알고 이따 회사에서 봅시다."

"그렇게 하지요. 부장님."

전화가 끝나자 김기태 씨는 이상한 낭패감에 사로잡혔다.

이게 무슨 생각지도 못한 뚱딴지 같은 일이람. 평소 때 건강하기 짝이 없던 최 형이 갑자기 장이 막혔다는 것도 상상할 수 없는 일이었고, 자신이 출장을 대신 가야 한다고 출근 전에 부장이 집으로까지 전화를 걸어 그 사실을 알려주다니, 예사롭지 못한 일들이 발생할지도 모르겠다는 일말의 불안이 엄습했다.

출근 채비를 서두르다 말고 자리에 털썩 주저앉아버리는 김기태 씨의 행동을 이해할 수 없다는 표정으로 지켜보던 그의 아내가 물었다.

"무슨 전화가 왔길래 넋을 놓고 앉아 있어요? 지금 나가도 출근 시간이 빠듯한데."

"회사 부장한테서 걸려온 전화야, 내가 오늘 서울 출장을 가야 한다는군."

"아니, 출장은 다른 사람이 간다고 했잖아요? 직원들이 출근도 하지 않은 이른 아침에 회사 내에서 변경을 가져올 만한 특별한 사정이 있을 수도 없잖아요."

"그렇게 됐어. 가야 할 사람이 간밤에 병원에 입원을 했다나봐."

"그렇다면 할 수 없는 일인데, 왜 당신은 그만한 일을 가지고 갑자기 풀이 죽어 있어요?"

"모르겠어. 전화 받고 나니 그냥 맥이 쭉 빠져버리네. 하여간 회사 출근부터 해봐야겠어. 나가보면 무슨 사연인지 제대로 알 수 있게 될 테지."

"출장을 떠난다면 가방이라도 챙겨야 할 게 아녜요? 세면도구도 준비하고."

"그냥 뭐. 길어봐야 하루 이틀이면 끝날 텐데, 번거롭게 가방들고 갈 것은 없어. 나중에 출발하게 되면 전화하지."

회사에 출근한 김기태 씨는 곧장 부장이 앉아 있는 자리로 갔다.

"어떻게 된 것입니까?"

"최영호 씨의 병이 간단하지가 않은 모양이오. 오늘 중에 여러 가지 검사를 해야 한다고 스케줄이 잡혀 있다는데, 아침에 전화한 대로 김기태 씨가 대신 가줘야겠소."

"사전 지식도 없이 무작정 떠날 수만은 없잖아요?"

"오전 11시에 출발하는 비행기가 예약되어 있을 테니 그 전까지 찾아볼 수 있는 서류는 챙겨보시오. 아마 최영호 씨가 준비해 둔 것이 어디에 있을 테니 그것도 찾아서 참조하시오."

"공항까지 가야 할 시간을 빼고 나면 겨우 한 시간 정도 남아 있는데 그 동안에 무엇부터 들추어내야 할지 막연합니다."

"알고 있어요. 그러나 지금 어쩔 도리가 없으니 하는 데까지 해보시오. 모자라는 것이 있으면 우리가 이편에서 서울 쪽에 별도의 연락을 취해 놓을 테니, 그곳에 가서 상의를 해도 큰 문제는 없을 것이오."

김기태 씨는 한 시간 동안 자재창고를 뒤지고, 원자재 입출 장부를 복사하고, 세무서 직원이 들고 간 원장 장부를 맞추어보는 등 그야말로 눈 빠지게 휘돌아다녔다.

비행기 출발 40분을 남기고 회사를 뛰쳐나왔다. 나오면서 어제 최영호 씨가 작성해 둔 서류뭉치를 한 손에 집어들었다. 비행기를 타고 가면서 읽어볼 심산이었다.

회사 정문 앞에 대기시켜놓은 차를 타고 가면서 그는 오늘 도대체 그가 행하고 있는 일들이 어떻게 하여 그에게 급작스럽게 닥쳐온, 피할 수 없는 사건이 되었는지 잠깐 동안 생각해 보았다.

원인은 월요일에 예고 없이 시행된 세무조사였다. 중소기업이라고는 하지만 세금 제대로 꼬박꼬박 내고, 수출로 인한 상까지 받은 꽤 탄탄한 기업에 무슨 세무조사를 한다고 그 난리를 피우는지 알 수가 없었다. 하기야 회사에서 수출 원자재를 시중에 빼돌린 것은 사실이었다. 회사의 비자금 조성 명목이었으나 실제 내막은 대부분의 직원들이 모르고 있었다. 사장이 중간에서 챙겨먹은 것인지, 어디에 있는지도 모를 부동산에 묻어두려고 돈을 빼돌리고 있는지 알 수는 없었으나, 하수인에 불과한 김기태 씨로서는 그런 것에 상관할 입장이 못되었다.

처자식 굶기지 않고 먹여 살리기 위해서는 회사에서 높은 사람 시키는 대로 하는 수밖에 또 어떤 길이 있는가?

월급 제때 받고 보너스에 원천징수 부분만이라도 요령껏 탕감시켜 지불해 주려고 애쓰는 회사측의 성의에 고마워 절로 허리가 숙여지는 소시민이 자기가 다니고 있는 회사의 부정이니 사장의 비리 따위를 밝혀서 도대체 어쩌겠다는 것인가? 이 한 몸 바쳐 부정을 척결하겠다고? 웃기는 소리다.

그 혼자 경건주의에 사로잡혀 정의롭게 살자고 소리친다고 해서 세상이 달라지지도 않을 것이며, 회사가 망하지도, 더더구나 사장이 깡통이나 차고 거리에 나앉지도 않을 것이다. 그렇다면 누구를 위해서 모반을 꿈꾸란 말인가? 어림도 없는 망상이다.

그는 회사가 시키는 일을 그냥 묵묵히 했을 뿐이다. 그 대가로 회사는 그에게 작지만 안락한 잠자리와 풍성하지는 않아도 그의 가족들이 먹을 수 있는 양식을 제공해 줬다. 그는 그렇게 회사의 일을 돕고, 회사에 기대어 살아가는 일상의 소시민이었을 뿐이었다.

그런데 갑자기 무슨 놈의 세무조사를 한다고 평지에 풍파를 일으키는가? 김기태 씨가 근무하는 회사의 사장은 중소기업을 운영하는 사람 치고 그렇게 부도덕하지는 않았다. 사장은 결코 직원들 앞에서 거드름을 피우지도, 근무시간에 골프채를 메고 한가롭게 신선놀음을 하지도, 직원들의 임금을 체불하지도 않았다. 사장은 열심이었으며 때로는 직원을 진짜 그의 가족처럼 생각할 만큼 가슴뭉클한 애정을 베풀기도 했다.

그렇다면 이 회사와 적대관계에 있는 다른 회사에서 모함을 위한 투서질이라도 했다는 말인가? 그럴 개연성은 충분히 있다.

같은 업종에 종사하는 비슷한 규모의 중소기업이 여러 곳에 산재해 있다. 다른 회사에 비해 비교적 탄탄한 경영 구조를 지닌 한 회사의 발전을 저해하기 위한 음해공작을 펼 경쟁 회사가 없을 수 없다. 그들이 마음만 먹는다면 이 회사는 치명적인 손상을 입을 수도 있다. 세무조사는 그렇다고 하자.

그런데, 출장을 가기로 예정된 최영호 씨가 급작스럽게 복통을 일으키게 된 까닭은 무엇인가? 평소에 그의 식생활이 나쁜 탓이었던가? 늦은 저녁을 갑자기 먹어 체했기 때문인가? 아니면 본인이 모르고 있던 암이라도 그 동안 뱃속에서 쉬지 않고 꾸역꾸역 자라나서 마침내 한계점에 도달하여 갑자기 외부로 표출되는 증상을 나타냈다는 말인가? 도대체 알 수가 없는 노릇이다.

그렇다면, 그가 이 회사에서 오늘 아침 돌연히 서울 출장을 떠나게 된 것도 예정된 필연인가? 아니면 한순간에 일어나버린 우연의 결과인가?

김기태 씨는 공항을 향해 가는 차 안에서 이런저런 생각에 젖어 있다가 시계를 보았다. 20분 전이었다. 회사가 있는 곳이 공항과 가깝다고는 하나 비행기가 뜨기 전 40분에 출발했던 것은 아무래도 너무 빠듯했다.

이대로의 속도로 차가 달린다면 아마 예약된 비행기는 놓치고 말 것이 분명했다. 그래도 어쩔 수 없지. 그는 반쯤 체념했다.

세상일이 자로 잰 듯이 반듯하게 이행하기가 그렇게 쉬운 일이던가? 그가 공항으로 향하는 이 차 속에 앉아 있는 사실조차도 어제 저녁만 해도 도대체 상상할 수도 없는 일이 아니었던가.

세상일은 불연속적으로 뒤죽박죽 엉겨서 돌아가고, 그것은 나중에 묘하게 자리를 잡아가는 질서를 만들어 낸다.

공항에 늦게 도착해도 할 수 없지. 내 탓만은 아니다. 예약된 비행기를 놓치면 다음 비행기가 또 뜰 게 아닌가. 그것마저 놓치면 그 다음 비행기가 또 뜨겠지. 세세연년 줄줄이 비행기는 하늘을 날 것이니, 걱정할 것은 아무것도 없다. 그는 고개를 뒤로 꺾고 눈을 감았다.

차가 공항에 도착한 시간은 예상했던 대로 예약한 비행기가 활주로를 벗어날 시각과 일치한 11시 정각이었다. 그는 서두를 것 없다는 태도로 천천히 차에서 내려 공항의 인파 속으로 빨려들어갔다.

30분 늦게 출발하는 비행기에 그가 탑승할 수 있었던 것은 결과적으로 행운이었는지, 불운이었는지 김기태 씨로서는 알 수가 없었다. 그는 단지 조금이라도 빨리 떠나는 비행기를 타기를 원했을 뿐이었다.

비행기 좌석은 앞쪽의 창가쪽이었다. 그가 좌석표를 확인하고 앉을 자리를 살펴보니 자신이 앉을 자리에 이미 다른 사람이 앉아 있었다.

　푸른색이 감돌도록 민머리를 드러낸, 풀먹인 빳빳한 승복을 입은 스님이 앉아 있었다. 자비를 베푸는 일을 업으로 삼는 자가 먼저 왔다고 염치도 없이 창가 남의 자리를 차지하다니. 혹시 좌석을 잘못 알고 앉기라도 했는지도 모르지.

　그가 좌석표를 손으로 만지작거리며 자리를 비켜달라고 말하려다 그냥 비어 있는 옆자리에 주저앉았다. 그가 자리에 앉을 동안에 옆자리에 먼저 앉아 있던 스님은 눈길 한 번 주지 않고 묵묵히 앞만 보고 있었다. 그 역시 모른 체하고 서류봉투를 풀었다.

　요즘 스님들은 대체로 뻔뻔스럽기가 그지 없다고 혼자 생각했다. 옛날 승려들이야 고무신 신고 천리길을 마다 않고 걷든지, 털털거리는 시골버스를 곧잘 타고 다녔는데 지금은 승용차에 비행기에 온갖 문명의 이기를 누리고 산다.

　종교를 갖고 있지 않은 까닭도 있지만, 김기태 씨는 성직자에 대해 그렇게 호감을 갖고 있는 편이 아니었다. 신부나 승려들 만큼이나 이기주의자가 이 세상에 따로 없다고 생각하고 있다. 그들은 죄 많은 사람들을 구원하기 위해 대속의 고행이나 참회를 한다고 하나, 그들만큼 자유를 만끽하는 사람들이 어디에 또 있을 것인가?

　도대체 이 세상은 사람들이 죄를 안 짓고도 살아갈 수 있을 만큼 풍부하지도 평온하지도 않다. 자신이 살아가고, 딸린 처자식 먹여 살려야 할 고된 임무를 부여받은 가장이 혼자 고고하게 산다고 작정한다면, 자기 한 몸뚱아리는 성스러울지 모르나 나머지 식구들은 굶어 죽기 꼭 알맞다.

　글을 써 문명깨나 날리던 어떤 스님이 무소유의 자유로움을 설파했는데, 누가 그걸 모르는 사람이 있을려구. 무소유가 소유보다는 훨씬 편하고 좋다는 것은 많은 사람들이 충분히 공감하고 있다. 그러나 사회를 이끌어나가고 가족을 부양할 책임을 진 사람들이 무소유의 망상에 자빠져버리면 이 세상은 개판이 되고 말 것이다.

모든 산업이 중단되고 경제지표가 곤두박질 칠 것이며, 소유의 집착을 포기해 버린 사람들은 모두가 빈털터리가 되어 거리에 흘러넘칠 것이다. 누가 공장을 돌리고, 어떤 사람들이 힘든 농사를 지을 것인가?

도덕성이 결여된 생산보다는 생산성이 전무한 도덕이 삶의 질과 양을 몰락시켜버린다.

인도의 빈곤을 닮아가 갠지스 강가에서 사람을 태워 강물에 흘러보내듯, 천막촌이 우굴우굴한 여의도가 탄생하고 한강물에 시체가 나뒹굴어져 떠내려가는 원시의 과거로 환원되어 갈 것이다.

개인이 갖는 허영과 속물 근성은 메스꺼운 반면, 무소유나 성스러움은 좋고도 아름답다. 그러나 수십억의 인구가 생동하는 이 지구에서 살아남기 위해 사회 생활도 가족도 모두 버리고, 뼈다귀만 남아 있는 히말라야의 요기가 되지 않는 한 관념적 유희나 말장난에 현혹되어서는 곤란하다.

승려들이 산속에 칩거해 있는 행위나 신부들의 독신주의는, 저들은 책임질 일은 아예 아무것도 안 하고 시정에 뒹구는 속인들이나 구경하겠다는 방관자가 갖는 에고이즘의 극치다. 아무것도 갖지 않겠다는 것은 어떤 것도 책임지지 않겠다는 가장 좋은 방편이다. 결혼도 안 하고 거느린 자식도 없이 살겠다는 것은 얼마나 속편한 자기중심인가? 그것은 사회계약의 분명한 위배다.

성직자들은 그렇다.

미래나 사후를 볼모로 잡고 현실의 삶에 갈증을 느끼는 사람들을 위협하려 드는 무리다. 그들도 피 튀기는 치열한 생존의 현장으로 내몰려봐야 한다. 저잣거리에 홀로 독야청청 서 있다고 해서 일용할 양식이 하늘에서 저절로 떨어지지 않는 것은 분명하다. 소유에 집착할 수밖에 없는 이 세상의 이치를 그들도 깨닫고 함께 고통을 분담해야 마땅하다.

　김기태 씨는 최영호 씨가 작성해 둔 서류를 눈으로 빠르게 훑어내려가기 시작했다. 대충 그가 파악하고 있는 것과 별로 상이한 것이 없었다. 이 정도면 서울에서의 일도 쉽게 마무리 되리라 생각하고 서류에서 눈을 떼는 순간, 비행기가 심한 요동을 치기 시작했다.
　스님이 앉아 있는 옆 창문을 통해 바깥을 내다보니 기체는 구름 속에 갇혀 있어 이곳이 어디쯤인지 헤아려 볼 방법이 없었다.
　비행기는 계속해서 몸체를 심하게 떨어 앉은 자세에서 무릎이 들썩들썩할 지경인데도 안내방송 하나 없었다. 사람들이 불안한 눈초리로 스튜어디스를 찾았으나 그녀들도 흔들리는 비행기 안에서 움직일 엄두도 못 내고 한쪽 의자 모서리를 붙들고 엉거주춤 서 있는 상태였다.
　김기태 씨 역시 다급한 마음으로 주위를 둘러보았는데, 대부분의 사람들이 겁에 질려 불안한 표정을 감추지 못하고 있었다. 유독 풀먹인 장삼 아래로 고개를 떨구고 있는 스님만은 요란하게 흔들리는 소동에도 꿈쩍 않고 그대로 앉아 있었다. 위급한 상황에서 신앙심이 투철한 자의 자세는 이런 것인가? 아니면 잠이라도 들어버렸나?
　하기야 살아도 부처고, 죽어도 부처인 그네들에게 비행기가 거꾸로 처박혀 몸이 산산조각이 난다 한들 그게 뭐가 대수겠는가. 있음이 없음과 동일할진대 죽고 사는 게 무슨 차이가 있을려고.
　김기태 씨는 이 비행기가 추락이라도 한다면 그는 30분의 시차를 두고 예약한 비행기를 놓침으로써 당하는 기막힌 운명적인 죽음이 될 것이라고 혼자 혀를 찼다.
　몹시 흔들려 승객들의 혼줄을 빼놓던 기체는 그 사이 구름 속에서 벗어났는지 김기태 씨의 우려와는 달리 수분 후에는 요동을 멈추고는 평정을 되찾았다. 창문 밖을 보니 비행기는 이미 서울 상공에 와 있었다.

비행기에서 내린 김기태 씨는 공항 택시정류장에 줄을 섰다. 그가 찾아가야 할 거래 회사는 평창동 쪽에 있다. 공항에서 거래 회사에 전화를 걸고 갈까 했으나, 이미 연락이 있으리라는 생각에서 곧장 차부터 타기로 마음먹었다.

택시를 기다리는 사람들의 줄은 언제 줄어들지 짐작조차 못할 만큼 끝없이 이어져 있었다. 한시라도 빨리 거래 회사부터 방문해야 한다는 생각으로 그는 같은 방향으로 가는 택시를 합승하기 위해 긴 줄서기에서 이탈했다.

따지고 보면 회사일에 그가 그토록 마음 졸여가면서까지 택시를 합승하겠다고 생각하지 않고 느긋하게 자기 차례가 올 때까지 기다렸어도 좋았을 텐데, 그렇게 서둘게 된 것 역시 알 수 없는 노릇이었다.

이미 손님이 타고 떠나는 택시를 향해 평창동 하고 외치기를 몇 차례 했을 때 차 한 대가 섰다. 생각보다 빨리 동승하는 데 성공한 셈이었다.

먼저 탄 손님이 화곡동 부근에서 내렸다. 그곳에서 평창동으로 가는 길은 대체로 세 가지 방향이 있다. 연대 앞을 지나 서대문을 경유해 가는 방법과 성산대교를 지나 홍은동을 거쳐 상명여대 쪽으로 가는 방법, 그리고 역시 성산대교를 지나 응암동을 거쳐 구기터널을 지나는 길이 있다.

기사가 백미러를 쳐다보며 그에게 물었다.

"어느 쪽으로 갈까요?"

김기태 씨는 처음부터 기사가 마음에 들지 않았다. 껌을 소리내어 쩍쩍 씹는 것도 못마땅했지만, 먼저 태운 손님을 내려주기 위해 화곡

본동의 먼 골목까지 들어가, 그가 가야 할 길에서 한참이나 벗어났다가 차를 되돌려 나오는 것이 여간 기분 나쁘지 않았다. 지방에서 왔다고 깔보는 수작인가? 물론 먼저 탄 손님이 절대적으로 누릴 권리임에는 분명하다. 그러나 그렇게까지 멀리 돌아갈 것을 알고 있는 운전기사라면 평창동 행을 외치는 손님에게는 마땅히 차문을 열어줘서는 안 된다. 아무리 돈벌기에 혈안이 되어 있어도 이건 지나치지 않은가? 그야말로 엿장수 마음대로다. 서울 택시기사는 왜 다 이 모양이지?

그래도 기사가 미안한 마음이라도 들었던지 김포가도에서 그에게 어느 쪽 길을 원하느냐고 선심이라도 쓰듯 물어준 것만도 고맙게 생각해야 할 판이었다.

알 게 뭐야. 제 마음대로 했으니 가는 방향도 마음대로 하라지. 그가 기사의 질문을 묵살했다. 기사는 다시 한 번 백미러로 김기태 씨를 쳐다봤으나 그가 모른 체 딴청을 피우고 있었으므로 기사 역시 더 이상 물어오지도 않고 소리내어 다시 껌을 씹기 시작했다.

차는 성산동에서 좌회전 신호를 받았다. 응암동으로 들어갈 모양이다. 방향을 바꾼 차는 채 몇십 미터도 못 가서 수시로 섰으며, 인적이 뜸한 곳에서는 신호등 따위는 아예 무시하고 마구 달렸다. 합승 손님을 태우기 위해서였다.

뒷좌석에 앉아 있던 김기태 씨는 짜증이 나서 중간에서 내려 다른 차로 바꿔 타야겠다고 수차례 마음을 먹곤 했으나 실행에 옮기지는 못하고 그대로 주저앉아 있었다.

대조시장을 벗어나면 곧 구기터널 쪽으로 진입할 것이므로 그냥 참아내기로 했다. 그 사이 세 사람이 합승을 했고, 그들을 내려주기 위해 또 한 차례 엉뚱한 길을 돌아나와야 했다. 이럴 줄 알았으면 공항에서 줄을 서서 기다렸다가 아예 빈 차를 타고 올 걸 그랬는데, 걸려도 재수 없게 걸렸구나. 아직도 늦지 않았다. 지금이라도 차에서 내리면 된다.

"멈추세요. 나는 이곳에서 내리겠습니다."

얼마나 손쉽고 간단한가. 그러함에도 김기태 씨는 속으로 분을 가라앉히면서 그냥 그대로 참고 있었다.

불광동 사거리에서 차가 멈췄다. 기사는 담배를 피우고 남은, 불붙은 꽁초를 함부로 창 밖으로 내던졌다. 빌어먹을, 이 따위 기사가 매일 서울 거리를 돌아다니는데 무슨 놈의 국제 도시며 선진 조국이란 말인가?

신호가 바뀌기 직전에 기사가 성급하게 차를 전진시켰다. 구기터널을 지나온 차들이 우회전 하다 망나니같이 날뛰는 택시 하나를 발견하고 비상곡예를 부리며 비켜나갔다.

세번째로 지나가던 대형 트럭의 높은 운전석에 앉아 있던 기사는 김기태 씨가 타고 있던 난폭한 택시를 미처 발견하지 못했다. 트럭이 돌진해 오는 순간 김기태 씨는 붙들고 있던 서류봉투를 두 손으로 꽉 움켜쥐며 그가 낼 수 있는 최대의 목청으로 외마디 소리를 내질렀다.

"조심해, 이 미친놈아."

가련하게도 이 한 마디는 김기태 씨가 이 지상에서 남긴 최후의 말이 되고 말았다. 구겨놓은 휴지처럼 짜부라진 차 속에서 김기태 씨를 들어냈을 때, 피투성이가 된 그는 아직 심장이 뛰고 있었다.

일시에 뒤죽박죽으로 뒤엉켜버린 차들을 헤집고, 김기태 씨를 태운 구급차는 곧바로 가까운 병원의 응급실에 도착했다.

병원에서부터 김기태 씨에게 닥칠 운명적인 생사의 난맥은 또 한 번 종잡을 수 없는 급류 속으로 휘말려갔다.

처음 도착한 병원에서 대충 검사를 마쳤다. 환자는 의식이 불분명했으나 맥박이나 호흡, 동공 반사에서 아직은 치명적이라고 여길 만큼의 손상은 발견되지 않았다. 검사 결과에서도 오른쪽 경골부위의 복합골절과 여러 곳에서 피부가 절개된 것을 제외하고는 뚜렷한 이상 소견은 없었다.

그러나 응급실의 젊은 의사는 김기태 씨의 두부손상이 진행되고 있다는 것을 간과했다. 뇌 컴퓨터 단층촬영을 해보기 전에는 경험 많은 신경외과 전문의가 아니라면 두부손상의 예후를 정확하게 알아내기가 쉽지 않다.

불행하게도 김기태 씨가 처음 실려간 그 병원에는 뇌 컴퓨터 촬영을 할 수 있는 시설이 갖추어져 있지도 않았을 뿐만 아니라 신경외과 전문의도 부재했다.

그의 유한적인 생명이 순간 순간 침몰해 가는 줄도 모르고 응급실 의사는 귀중하고 아까운 시간을 탕진하며 찢어진 피부를 꿰매는 일에 쓰잘데없는 정성을 쏟았다.

젊은 의사는 자기 방식대로 최선의 치료를 다했다. 의사의 최선이란 무엇인가? 살아날 수도 있는 생명을 죽여버린, 시간을 잡아먹은 마귀일 뿐이다. 무지한 의사의 최선은 유능한 의사의 차선이나 제일 하선보다 더 불행한 결과를 초래한다. 능력 있는 의사가 단 한 번만에 끝낼 수 있는 일을 가지고 무능한 의사가 밤새워 치료를 한다고 한들 그게 무슨 가치가 있는가?

환자가 죽었을 때 의사는 잠 한 숨 못 자고 밤새도록 최선을 다했다고 강변할지 모르나 그것은 최선이 아니라 무지의 노고일 뿐이다. 의사는 아무 소득 없는 일로 자기대로 고생만 실컷 한 꼴인데도 그들은 그들의 무능을 시인하려 들지 않는다. 지나친 자신감과 극도의 열등감 사이를 넘나드는 그들은 자신들의 결함을 쉽사리 시인하려 들지 않는 게 문제다.

응급실의 젊은 의사가 한 시간도 넘게 진땀을 쏟아내며 찢어진 피부에 대한 봉합술을 끝냈을 때, 김기태 씨의 병세는 걷잡을 수 없이 악화되고 있었다. 혈압이 치솟고 숨길이 고르지 못했으며, 한 쪽 동공의 산대가 확연하게 나타나 있었다. 뇌 손상이 진행되어 급박한 상황으로 생명을 몰아내고 있는 중이었다.

응급실 의사가 당황했다. 그가 계속해서 환자를 붙들고 있다가는 그대로 죽일 판이었다. 그가 다급하게 곁에 선 간호사한테 소리쳤다.

"환자 죽게 생겼어. 빨리 다른 병원으로 후송시키도록 구급차를 대기시켜요."

김기태 씨가 또 다른 구급차에 실려 신경외과 전문의가 있는 병원으로 전원되어 왔을 때는 병원 직원들이 퇴근할 무렵이었다. 두번째로 실려온 병원의 응급실 침대 위에 김기태 씨가 눕혀졌다. 그곳 병원에 근무하는 신경외과 과장이 퇴근길에 간단히 환자를 체크했다. 진찰을 끝낸 그가 차고 있던 손목시계를 들여다 보았다.

이 환자는 어차피 수술이 불기피하다. 하필 퇴근 무렵에 들어올 게 뭐람. 뇌 컴퓨터 검사에 의한 병소 부위를 확인한 다음, 수술실에 연락하고 혈액을 준비시키려면 두 시간은 족히 걸린다.

신경외과 과장은 오늘 저녁에 참석해야 할 중요한 모임을 떠올렸다. 한 달 전부터 계획되어 온 행사다. 그가 참석하지 않으면 모임 자체가 무산될 정도로 오늘밤의 모임에서 그가 맡은 임무는 막중하다. 그가 또 다시 차고 있던 시계를 들여다보았다.

이 시각에 이런 절대절명의 환자가 실려온 게 불행이다. 아무리 서둘러 검사를 끝내고 수술을 시작한다 하더라도 모든 진료가 마무리되고 나면 밤 10시를 넘길 것이 분명하다. 그렇다면 오늘밤의 모임 자체는 아무런 실효를 거둘 수가 없게 된다.

그러함에도 이 환자는 지금 이곳을 떠나면 죽게 될 것이다. 시간은 생명이다. 환자를 살릴 생각이라면 그가 마지막 처리자가 되어야 한다.

　신경외과 의사는 모임을 포기하고 환자 곁에 있을까 아니면 그 반
대로 골치 아픈 이 자리를 떠나버릴까의 갈등에서 잠시 동안 망설였
다. 혼동에 빠진 의사가 드디어 후자 쪽을 선택했다.

　어차피 다른 병원에서 흘러들어온 환자이니 다른 곳으로 보내자.
이렇게 늦게 온 것은 나의 잘못은 아니지 않는가. 이 환자는 운이 나
빴다. 사고도 그렇고 시기도 적절하지 못했다. 어쩔 수 없는 일이다.
그가 혼자 마음 속으로 자위했다.

　갈등의 순간은 길었으나 실행은 빨랐다. 컴퓨터 검사실로 환자의
침대를 밀고 가려는 간호사를 제지했다.

　"잠깐 기다려요. 환자 보호자도 없는 상태에서 이런 위급한 환자를
다루었다가 혹시 죽기라도 한다면 말썽이 날 테니 아예 대학병원으로
보내버려요."

　환자 침대를 잡고 있던 간호사가 뜨악해진 표정으로 신경외과 과장
을 올려다 보았다.

　"빨리 서둘러요. 검사 도중에 죽을 수도 있으니 모든 검사는 포기하
고 환자 옮긴다고 원무과에 연락부터 취하세요. 그 동안에 나는 전원
노트를 작성해 둘 테니 환자 떠날 때 지참시켜 보내도록 해요."

　김기태 씨는 두번째 병원에서 십 분도 체류하지 못하고 다시 차에
실렸다. 그를 태운 구급차가 거리에 나섰을 때는 퇴근 차량들로 길거
리는 거대한 주차장으로 돌변해 있었다. 아무리 요란하게 구급 사이
렌을 울려도 앞서 있는 차들은 꿈쩍도 안 했다.

　김기태 씨의 생명은 길거리에서 거의 모두 소진되어버린 채, 대학
병원 응급실에 도착했을 때 이미 양쪽 동공이 산대되고 대광반사가
완전히 소실되어 있었다. 숨결은 낡은 펌프에서 새어나오는 헛바람
소리마냥 불연속적이었으며, 이미 짙은 죽음의 그림자가 전신을 뒤덮

고 있었다.

대학병원 의사가 환자를 일별하고 소리부터 질렀다.

"사고가 언제 났는데 이렇게 환자를 방치해 두었지? 그래, 아직 검사조차 안 되어 있단 말이야? 맙소사. 이 지경에서 무슨 방법으로 환자를 살려낼 것인가?"

세 사람의 의사가 달려들어 초 응급으로 김기태 씨의 목숨 살리기에 매달렸다. 우선 기관삽관부터 시행하여 숨길을 터준 후에 검사실로 내달았다.

뇌 컴퓨터 검사 결과 뇌경막 바깥 부위에 피가 엄청나게 고여 뇌를 압박하고 있음을 확인했다. 검사를 마친 김기태 씨는 지하 검사실에서 수술실을 향해 곧바로 엘리베이터에 실렸다. 엘리베이터는 내리고 타는 환자들로 인해 십 분도 넘게 움직이지 않고 있었다.

환자 곁에 선 의사가 초조하게 투덜거렸다.

"촌각이 아까운 이 순간에 무슨 놈의 엘리베이터가 이렇게도 느려? 환자 업고 그냥 뛰어올라가는 게 더 빠르겠군."

김기태 씨를 태운 엘리베이터가 간신히 올라가기 시작하여 수술실이 있는 삼 층에서 섰다. 엘리베이터에서 내려 수술실 입구를 향해 급하게 침대를 밀고 들어가던 의사의 손이 갑자기 맥이 풀리며 침대를 놓고 말았다.

김기태 씨는 숨길이 끊어진 채 이미 죽어 있었던 것이다. 결국 가여운 사람은 자기 스스로 죽음을 맞이한 것이 아니라 타인에 의해 피살되었던 것이다. 한 젊은이의 빛나는 청춘, 불타는 정열, 혹은 작은 욕망들이 그렇게 허망하게 사라져버렸다.

김기태 씨의 죽음에 대해 역설적인 무수한 가능성을 생각해 볼 수 있다. 만약 월요일에 세무조사가 없었다면, 회사 동료가 그 놈의 장폐쇄를 앓지만 않았다면, 비행기를 예약대로 탈 수만 있었다면, 공항에서 택시 합승을 하지 않고 그냥 줄을 서서 기다렸다면, 평창동을 향해 가는 다른 길을 선택했다면, 짜증나는 택시에서 내려 다른 차로 바꾸어 탔다면, 처음 찾아간 병원의 의사가 유능했다면, 두번째의 병원에서 신경외과 의사가 참석해야 할 모임이 하루 후였다면, 대학병원으로 후송될 때 차들이 그렇게 많이 밀리지만 않았다면, 그 이외 그가 살아날 수 있는 무수하게 많은 미세한 가능성들이 숨겨져 있다. 찰나적인 한순간의 변화에 의해 생사의 물줄기는 확연하게 달라질 수도 있었다.

기약할 수 없는 죽음에 대한 두려움, 인간사의 덧없음을 깨닫고 창연스런 비감에 젖어본들 무엇하리.

당신들도 나도 지금 그런 세상에 살고 있지 않은가? 우리들 중에서 누가 그런 개연성에 휘말릴 것인가? 나도 당신들도 그 미지의 앞날을 예측할 수 없다는 것이 불행이자 동시에 커다란 행운이기도 하다.

바다는 눈물을 믿지 않는다

　세상을 살아가다보면 필연적으로 사람들을 만나게 되고, 그들 중에
어떤 이는 우리들 삶에 지극히 중요한 한 부분을 점령하게 된다. 예기
치 않았던 그들과의 만남으로 인해 알게 모르게 영향을 받아 처음 의
도했던 방향과는 동떨어진 인생의 행로를 걷기도 한다.
　어떤 사람은 그와 정반대의 경우를 겪기도 한다. 주위에 있는 사람
들과 관계를 맺고 있지만, 그 자신은 도무지 깊이를 알 수 없는 우물
속에 들어 앉아 선명한 내심을 드러내놓지 않은 채로 머물러 있는 사
람들이 있다. 가까이에 있는 듯하지만 결코 가깝지 않은, 그 정체를
쉬 드러내놓지 않은 미스터리의 사람, 우리는 그런 부류의 사람들을
일러 '크레믈린'이란 별명을 붙여주기도 한다. 그들과는 주기적으로,
때로는 예고 없는 만남을 지속하지만 도대체 그의 생애 전부를 파악
하기가 지극히 모호한, 그러면서도 관계를 청산해 버릴 수도 없는 경

우가 발생한다. 나에게도 그런 범주에 드는 사람이 있다. 그의 이름은 김영호다.

　나처럼 지방에서 중고등학교를 마친 경우에는 졸업 후에도 동기생들 대부분의 얼굴과 이름을 기억하기 마련이다. 전출이 잦은 대도시가 아닌 다음에야 6년을 고스란히 함께 보낸 처지이고 보면 한 번도 같은 반 친구가 안 된 경우에라도 동기들의 신상을 파악하는 데 별다른 어려움이 없다. 그런데 예외적으로 김영호만은 동기생들의 대부분이 그가 같은 학교를 다녔다는 사실도 모른 채 고등학교를 졸업했다.
　후에 이름이 신문의 활자로 오르내리는 등 그의 과거력이 드러났을 때에도 동기생들은 전혀 그를 기억하지 못했으며, 어떤 이들은 낡은 졸업앨범을 들춰내 까까머리의 사진을 들여다보면서도 과연 이런 학생이 있었던가 고개를 갸우뚱거렸다. 대부분의 동기생들이 그를 모른다는 것은 지극히 당연했지만 나마저 그를 모른다고 할 수는 없다. 그는 학교를 졸업할 때까지의 짧은 기간 동안 내 옆자리를 지키고 있었으므로.
　고 3 때 한 학생이 우리 반으로 전학을 왔다. 비어 있던 자리라고는 내 옆자리뿐이었기에 그는 당연히 내 짝이 되었다. 원래 그 빈 자리는 명석하기로 이름이 난 빼빼 마른 급우의 것이었으나 수업중에 피를 토하고 쓰러져 병원으로 실려가는 바람에 비어 있었다. 병원에서 내린 진단은 중증으로 진행된 폐결핵이었고 수학에 뛰어난 재능을 보였던 그는 휴학생이 되어 짐보따리를 싸들고 절로 들어가버렸다. 닦아내긴 했으나 선명하게 핏자국이 묻어 있었던 내 옆자리의 의자에는 급우들 중에서 누구도 쉽게 앉으려 들지를 않았는데 나는 그 덕분에 두 사람분의 자리를 차지하고서 참고서나 사전 따위의 잡다한 책들을 얹어두는 공간으로 꽤 유용하게 사용하고 있었다.

그러던 참에 마침내 그 빈 자리의 주인이 나타났던 것이다. 그것도 졸업을 불과 6개월 정도 남겨놓은 2학기가 시작될 무렵의 늦여름에 그는 내 짝이 되었다. 아침 조회 시간에 낯 모르는 학생 한 명을 대동하고 들어온 담임 선생은 별다른 설명도 없이 지극히 간단한 몇 마디로써 그를 우리 반의 일원으로 합류시켜버렸다.

"박민철 옆자리가 비어 있지? 저곳에 가서 앉아."

담임 선생님은 얼떨떨하게 서 있는 학생의 등을 밀어 내 옆자리를 가리켰고 나는 주섬주섬 책들을 챙겨 그의 자리를 비워주었다. 생판 알지도 못하는 새로운 짝을 만나 일순 당혹감에 사로잡히긴 했으나 그것도 아침 조회가 끝나는 것으로 긴장의 끈이 풀려버렸다.

전학을 온 그는 도무지 말이 없었다. 하루 종일 침묵을 지키고 있는 그로부터 내가 겨우 알아낸 것이라고는 이름이 김영호라는 것과 인접한 학교로부터 오게 되었다는 것이었다. 왜 하필이면 3학년 2학기가 되어서야 전학을 올 형편이 되었는지 따위는 아예 물어볼 기회조차 없었다. 세세한 개인사의 궁금증을 시시콜콜 물어보기가 여간 어렵지 않을 만큼 그의 완강한 침묵에는 무게가 실려 있었다.

그 시절에는 그랬다. 언제 누구라도 형편에 따라 학교를 자유자재로 옮길 수가 있었다. 물론 명문학교로의 전학은 상당한 후원금을 내놓아야 가능했지만 내가 다닌 학교는 돈을 싸들고 찾아올 만큼 이름난 학교가 아니었으므로 내 옆자리에 앉게 된 학생이 공부를 잘할 수 있는 기름진 토양을 찾아 졸업 말년에 어거지로 학교를 옮겼으리라고는 생각하지 않았다.

수업 중간중간의 쉬는 시간이 되면 어느 학교에서나 마찬가지겠지만 장난기 많은 아이들이 교실을 난장판으로 만들어놓아 웬만한 강심장이 아니고서는 자기 자리에 앉아 책을 펼쳐 들고 공부를 할 엄두를 내지 못했지만, 김영호만은 예외였다. 그는 쉬는 시간이 되어도 화장실조차 가지 않은 채 꼼짝도 않고 공부만 했다. 등교를 하면 그는 하루 종일 자기 자리에 앉아 일어날 줄 모르고, 열심히 열심히 책만 들여다보는 공부벌레였다. 그가 움직이는 것이라고는 점심시간 때 도시락을 먹은 후 자리에서 일어나 수돗가에서 물을 마시는 정도가 고작이었다. 나는 그가 대단히 성적이 우수하여 폐결핵으로 쓰러진 지난번의 짝궁 못지 않는 실력을 두루 갖춘 수재라고 짐작하고 있었다.

그해 가을에 전교 모의고사를 치렀다. 학년별로 50등까지는 이름을 붓글씨로 적어 대강당 옆 벽면에 붙여두었는데, 나는 내 이름을 찾기에 앞서 우선 김영호의 이름부터 살펴보았다. 열 몇 번째의 자리에 내 이름이 있는 것은 발견하였으나 그는 어디에도 없었다. 석차 50위에도 못 든다면 그가 열심히 파고 있는 공부라는 것은 말짱 헛것이 아닌가. 그 정도도 안 되면서 쉬는 시간에 꿈쩍도 않고 공부를 한다는 게 무슨 의미가 있다는 말인가. 순전히 돌대가리잖아. 남들한테 열심히 공부하는 척 보이려고 애쓰는 바보 같은 놈. 책을 보면서 쓸데없는 잡생각이나 혼자 도맡아 하고 있는 얼간이임에 틀림없다고 단정짓고 그 다음부터 나는 그에 대한 관심을 아예 싹 거두어버렸다.

고등학교 시절의 마지막 크리스마스를 우리는 들뜬 마음으로 기다렸다. 지금처럼 입시 전쟁으로 몸살을 앓는 따위는 아예 없었으므로 대학 입시가 있다고는 하지만 누구도 크게 신경 쓰지는 않았다. 어차피 졸업생 중에서 삼 분의 일 정도만 대학에 들어가고 나머지는 가정 형편이나 실력이 모자라 직업전선으로 나갈 형편이었으니 졸업을 앞둔 시점에서 입시가 목전의 목표가 될 수 없었다. 그래서 학창 시절의 마지막 크리스마스는 유별난 이유가 되었다.

나를 포함한 일곱 사람의 모임에 갓 전학 온 김영호가 참여하게 된 것은 전혀 우연이었다. 같은 학년으로 그 지방 여고에 다니던 사촌을 통해 그녀들의 친구들과 크리스마스 이브에 올 나잇하자는 언약을 받아낸 것은 순전히 나의 노력으로 이루어졌지만, 사촌으로부터 마지막 전갈이 왔을 때는 여학생의 숫자가 한 사람 늘어나 있었다. 이 일을 어쩐다? 약속까지 불과 몇 시간을 남겨놓았는데 어디 가서 누구 모가지를 끌고 오란 말인가? 나는 희안하게도 그때 문득 내 옆자리의 김영호를 떠올렸다. 과묵한 그라면 우리들 모임에 참여시킨다 해도 혼자 잘난 체 뽐내지도 분위기를 제 맘대로 헝클어놓지도 않을 것이라는 안도감에서 그를 선택하기로 했다. 김영호 정도는 당장에 찾을 수가 있다. 겨울방학 들어 그는 하루도 쉬지 않고 학교 도서관에 틀어박혀 고정자리를 뭉개고 있다는 걸 알고 있던 나는 부랴부랴 학교로 올라가 그를 불러냈다.

"너, 여학생들과 놀아본 적 있어?"

"난데없이 여학생이라니, 지금 무슨 말을 하고 있는 거야?"

나는 순간적으로 내심을 도무지 파악할 수 없는 이 두꺼비 같은 녀석이 여학생 따위는 도무지 취미가 없다고 휙 돌아서버릴 것 같은 조바심에 입술이 타들어갔다.

"왜 그런 것 있잖아. 남녀 학생들이 함께 모여 노래도 부르고 게임도 하면서 밤을 세우는 것 말이야."

"학교 교칙에 위배되는 것은 아니야?"

"이런 꽁생원 하고는. 내일모레면 졸업이야, 졸업. 학교 선생들이 무슨 할 일 없다고 졸업반 학생들 하룻밤 노는 것까지 쫓아다니면서 두 눈 부릅뜨고 지켜보겠어. 생각 있어? 없어? 생각이 있다면 오늘밤에 기막힌 곳으로 초대해 줄 테니 책보따리 싸들고 빨리 나와."

그는 한동안 미심쩍은 눈으로 나를 흘겨보긴 했으나 결국 책가방을 들고 도서관 밖으로 나오고 말았다.

"자, 지금부터 내 말 잘 들어. 오늘밤 우리가 만나야 할 시각은 7시인데 지금 시간이 얼마 남아 있지를 않아. 나는 그 동안 다른 친구들을 만나 시장에 들러 먹을 걸 준비해야 하니까 너는 시간에 맞추어 이쪽을 찾아오면 돼."

나는 우리가 만나기로 한 이층집의 약도를 그려 그에게로 건넸다. 그가 약도를 이쪽 저쪽 돌려가며 바라보더니 대뜸 한 마디를 던졌다.

"옷은 어떤 차림으로 하고 참석해야 하지? 사복을 입어야 하는 게 아냐?"

"네 맘대로 해. 옷 같은 것은 상관없으니 시간에 늦지 않도록이나 해."

"알았어."

그는 아마 나를 믿고 있었을 것이다. 우리 반에서 내가 차지하는 위치나 영향력에 대하여 그가 아무리 무관심한 채 눈감고 있었다 해도 모를 리가 없다. 나는 공부로나 주먹으로나 실제적으로 우리 반을 지배하는 몇 사람 중의 한 사람이었으므로 전학온 지 얼마 안 되는 그였지만 그 분위기만은 충분히 감지하고 있었을 것임이 분명했다.

우리가 모이기로 한 골목 안 이층집에는 7시 전후로 하여 사람들이 모여들기 시작했다. 형이나 언니의 옷을 몰래 입고 왔는지 도통 자신의 체구에 어울리지도 않는 차림을 하고 있는 이들도 있었지만 대부분은 교복을 그대로 입고들 있었다. 하기야 그 시절에 우리가 입을 수 있는 옷이란 게 사시사철 입는 교복 이외에 따로 사복을 마련해 두고 입고 다닐 처지가 아니었으므로 누구나 옷차림을 두고 신경을 쓰고 할 형편은 아니었다. 사촌이 골라온 여학생들은 그녀들 학교에서 이름깨나 나 있던 수준급이었다. 우리는 방 한가운데를 가로지르는 탁자를 놓고 하얀 백상지를 깐 다음 그 위에 과자며 과일 따위를 올려놓았다. 탁자를 마주보고 남녀 학생들이 나란히 앉았는데, 남학생 한 사람이 모자랐다. 그때까지 김영호가 나타나지 않았던 것이다.

그 모든 것을 주선한 나는 마음이 조마조마하여 일어섰다 앉았다 안절부절하며 허둥거리기 시작했다. 약속을 했으면 분명하게 시간에 맞추어 나타나야지 멍청한 녀석이 혹시 내가 적어준 약도를 잃어버리지 않았나 모르겠다고 옆에 앉은 친구한테 투덜거리며 대문 소리에 귀를 기울였다. 그렇게 뒤숭숭한 시간을 보내고 있을 무렵 골목 안이 갑자기 왁자지껄하며 소란스러워지기 시작했다. 우리들 중에 누군가가 대문을 열고 밖으로 나갔다가 급히 뛰어들어왔다.

"신발끈 매고 빨리들 나와. 김영호가 골목에서 깡패들하고 싸우고 있어."

"깡패라니? 누군데 그래?"

"백여우 패들 있잖아. 그치들이 영호를 둘러싸고 으르렁거리고 있어."

나는 순간 간담이 서늘했다. 그때 우리가 살던 도시를 공포 속에 몰아넣었던 소악마 백여우는 어린 학생들에게는 뿔 달린 흉흉한 도깨비였다. 그러나 그 순간 많은 여학생들의 주시 아래 겁먹은 꼴로 꼬리를 내리고 있을 수만은 없어 우리는 자리를 박차고 일어나 우르르 대문을 밀고 골목길로 나섰는데 그곳에서 엉뚱한 광경을 목격하고 말았다. 백여우 패들한테 곤욕을 치루고 있을 줄 알았던 김영호는 어떻게 된 셈인지 혼자서 옷에 묻은 먼지를 툭툭 털어내며 빙긋이 웃고 있었다.

"야, 김영호. 도대체 어떻게 된 일이냐?"

"글쎄, 웬 놈들인지 모르지만 길을 막고 시비를 걸길래 한판 붙었어."

"그놈들이 백여우 패라는 걸 몰랐어? 그치들 만나면 아예 달아나는 게 상수인데 어쩌려고 그 따위 무모한 짓을 저질렀지. 그래, 몸은 다친 데가 없어?"

"백여우인지 흑여우인지 내가 알 게 뭐야. 길 가는 사람 잡아놓고 행패를 부리는 놈들을 그냥 둔다는 것은 말이 안 되지. 그 놈들 중에 한 녀석을 업어치기로 메다 꽂았더니 다른 놈들은 슬슬 꽁무니를 빼던 걸."

그가 백여우의 잔학성이나 난폭함을 모르고 있었기에 천만다행이었다. 그놈들은 자전거의 체인줄이나 생선회칼 따위로 린치를 가하기를 예사로 한다. 김영호는 다른 도시에서 이곳으로 이사온 지가 얼마 안 되어 미처 악명 높은 그 깡패들의 면면을 모르고 있었던 탓에 그들과 맞서 당당하게 결투를 한 모양인데, 그자들이 김영호 하나를 못 다루고 피해 갔다니 무슨 기적 같은 현상이 골목 안에서 벌어졌는지 도무지 믿을 수가 없었다. 혹시 모르지, 백여우라면 무조건 겁부터 집어먹고 달아나기 일쑤인데 두려운 표정이라고는 눈꼽만큼도 없이 맞서는 꼴을 보고 저쪽에서 지레 겁을 먹고 피해 간 것은 아닐런지. 그가 대수롭지 않다는 듯 입을 다문 이유도 있었지만 무엇보다 우리를 기다리고 있을 여학생들한테로 빨리 가는 게 우선이었으므로 이 무모한 친구의 무용담을 마냥 듣고만 있을 수가 없었다. 그날 밤 김영호는 대단한 영웅이 될 법도 했는데 전혀 그러하지를 못하고 구석자리를 지키며 내내 조용히 입을 다물고 있었다.

우리들의 마지막 크리스마스 축제가 끝난 후, 김영호는 학교 도서관으로, 나는 나의 공부방으로 되돌아갔다. 겨울방학이 끝날 때까지 김영호는 줄곧 도서관을 지켰다. 그가 줄기차게 도서관에 앉아서 이룩한 것이 학문의 완성이었는지, 아니면 더 없는 망상의 숲이었는지 알 수는 없다. 여전히 그에게 붙어다니는 친구라고는 전무한 채 졸업을 했고, 그리고 대학입시를 치렀다.

처음으로 국가고시를 치르는 해라 필기고사를 치른 후에 각 대학별로 따로 체능시험이 있었다. 몇몇의 학생들이 썰렁한 운동장에 모여 철봉에 매달려 턱걸이 연습을 하거나 넓이뛰기, 달리기 따위를 했는데 김영호도 열심히 하는 축에 끼여 있었다. 한 차례의 연습이 끝난후 우리는 심심파적으로 학교 뒷산을 어슬렁거리며 오르기도 했는데 곁에서 함께 걷던 김영호한테 내가 물어본 적이 있었다.

"너는 앞으로 무엇이 되고 싶니?"

그는 한참이나 뜸을 들인 후에 말문을 열었다.

"우리가 장차 무엇이 되리라고는 누구도 모르잖아? 20년 후에 네가 무엇이 되어 어디에서 나를 만나게 될지 지금 알 수 있겠어?"

나는 그의 대답을 듣고 어린 나이에 참 어른스런 놈이라는 깊은 인상을 받았다. 김영호가 하루 종일 도서관에 처박혀 공부를 어떤 방식으로 하고 어느 대학 무슨 과를 지망했는지는 모르겠으나 결과적으로 그는 대학에 낙방했고 나는 붙었다. 진작에 그가 대학에 떨어질 줄은 나는 처음부터 짐작하고 있었다.

대학에 첫 입학한 5월이었다. 중간고사를 끝내고 나는 무슨 볼 일이 있어 고향으로 내려간 적이 있었다. 시장통을 걷고 있는데 대학교복을 단정하게 입은 낯익은 얼굴이 반대쪽에서 걸어오고 있었다. 김영호였다. 이상도 하지. 학과별 지원으로 이미 대학 정원이 채워진 이후였으므로 2차나 추가 입학이 불가능했던 시기라 그가 대학에 들어갈 가능성은 전혀 없었다. 그럼에도 불구하고 대학교복을 입고 있다니 도대체 무슨 영문인지를 몰라 나는 한순간 다른 사람으로 착각할 뻔했는데 그는 역시 김영호였다. 우리가 가까이 마주섰을 때 그가 빙그레 웃으며 손을 내밀었다.

"졸업 후 처음이구나. 대학에 들어갔다는 소식은 들었지만 만날 수가 없어 미처 축하도 못했는데 늦었지만 입학을 진심으로 축하한다. 그래 대학생활의 재미는 어때?"

"대학이란 게 온통 고등학교의 연장이지 뭐 별게 있으려구. 그런데 지금 어딜 가고 있는 중이야?"

그는 옆구리에 끼고 있던 여러 권의 대학입시 문제집을 치켜올리며 경쾌하게 대답했다.

"보면 모르겠어? 재수생이 공부 아니고 할 게 뭐가 있어."

"응, 도서관에 가는 길이로구나. 그래, 열심히 하여 내년에는 꼭 붙어야지."

"도서관은 무슨 도서관이야. 작년에 그만큼 앉아 있었는데도 미역국 마신 걸 생각하니 이제 도서관 따위는 흥미없어. 송원계곡에 가서 바위 위에 드러누워 흐르는 물소리 들으며 책장이나 그냥 뒤척뒤척 넘기고 있어."

"그래? 송원계곡이라?"

나는 그의 차림새도 놀랐지만 한때 죽어라 하고 도서관에 죽치고 있던 그를 생각하고는 느닷없이 유원지를 찾아가는 지금의 행로를 이해할 수가 없어 눈만 껌벅이고 있었다.

"오해하지 마. 이 옷은 대학에 들어갈 줄 알고 시집간 누이가 미리 맞춰준 거야. 그냥 옷장에 걸어두느니 입고 다니는 게 좋은 것 같아 걸치고 다녀. 그리고 도서관 생활은 이제 졸업이야. 영원히 대학에 못 들어가는 한이 있어도 그곳에는 안 갈 셈이거든."

우리는 다시 악수를 나누고 비켜섰다. 나는 내 갈 길을 가면서 도대체 김영호란 작자는 멍텅구리 철부지인지, 아니면 60살 먹은 노인이 그의 머리 속에 꽉 들어차 있는 애늙은이인지 갈피를 차릴 수 없는 혼란 속에 빠져들고 말았다.

대학 3학년이 되었다. 나는 그 무렵 대학생활에 대한 염증으로 지독한 회의에 빠져 갈팡질팡하고 있었다. 그것에 겹쳐 집안 형편도 나락으로 빠져들어가 남은 대학생활을 제대로 종결지을 수 있을지 지극히 난감한 상태였다. 병든 아버지 대신 집안의 경제를 떠안은 큰형은 곤궁과 싸우느라 지칠 대로 지쳐 허덕이고 있었다. 2학기 등록금을 마련하기 위하여 온갖 방법을 다 동원하였지만 그 결과는 시원치 않아 학교는 그만두고 입대라도 할 작정을 하고 있었다.

방학이 끝나갈 무렵 큰형이 점포를 벌이고 있던 어시장으로 나를 불러 내렸다. 금고를 탈탈 털어낸 돈은 등록금에 빠듯했다.

"모자라는 돈은 아르바이트를 하여 보충하든지 하고 우선 등록부터 마쳐."

큰형이 내미는 돈을 받아쥐며 나는 안도와 절망을 동시에 느꼈다. 책값이며 하숙비는 고사하고라도 당장 올라갈 차비마저 없는 처지에 나는 차라리 대학생활를 때려치우고 말겠다는 비장한 각오마저 했다.

그날 나는 정처없이 거리를 배회했다. 시내 변두리에는 교도소를 뜯어내고 그 자리에 성당 건물을 신축하고 있었고, 역 앞의 간장공장에서 풍기는 달짝지근한 단내는 온동네를 휘감고 있었다. 바다와 연해 있는 얕으막한 산자락에는 기생을 둔 요정들이 몇 군데 운집해 있었는데, 늦잠을 잔 그녀들이 해가 중천에 걸린 오후에야 자리에서 일어나 선하품을 하며 마당에서 세수를 하는 꼴들이 보였다. 나는 안주머니에 들어 있는 두툼한 등록금을 손바닥에 쥐어보며 이 돈으로 기생들의 치마폭에 파묻혀 하룻밤을 원없이 딩굴어버리고 말까 어쩔까 하며 그녀들의 분가루같이 하얀 얼굴을 흘금흘금 훔쳐보기도 했다.

이런저런 우울한 몽상 속에 묻혀 길을 걷던 중 처량한 내 신세를 떠올리자 일순간 걷잡을 수 없는 서러운 감정에 휘말려 갑자기 눈시울이 젖어오더니 느닷없이 눈물이 쏟아지기 시작했다. 한번 울기 시작하니 눈물은 누가 보든 말든 상관없이 그칠 새가 없도록 줄줄이 흘러내렸다. 혼자서 울다 걷다 한참이나 헤매고 다니다보니 배가 고팠다.

허름한 음식점을 발견하고 그곳으로 들어갔다. 벽에 붙여놓은 메뉴라고는 매운탕 딱 한 가지뿐이었는데 그걸 시켜놓고 눈물 젖은 얼굴을 손등으로 쓱 밀었다.

40대쯤으로 보이는 주인 아주머니가 다 찌그러진 쪼글쪼글한 냄비에다 매운탕 재료를 넣고 연탄화덕 위에 올려놓았다. 아직도 훌쩍거리고 있던 나를 물끄러미 바라보던 아주머니가 끌끌 혀를 찼다.

"무슨 한스러운 일이 있는지 모르겠으나 젊은 양반이 청승스럽게 왜 그렇게 눈물이 헤퍼? 자 이제 그만 울고 밥이나 먹어요."

식탁에 차려 내놓은 밥은 식은밥이었는데 아마 보온밥통이 없던 시절이라 큰 양푼이에 퍼놓은 걸 덜어낸 모양으로 사방에 각이진 몇 개의 덩어리를 포개어 놓은 것이었다. 그 밥으로 자글자글 끓는 매운탕을 먹었는데 그 맛이 기가 막히게 좋아 나는 그만 눈물을 뚝 그치고 말았다. 매운탕 속에는 이름을 알 수 없는, 붉은 색깔이 나는 잔고기들이 많았는데 맵고 알싸한 맛이 여간 감칠나는 게 아니었다. 그 매운탕의 기억은 갓 스물을 넘긴, 채 여물지 못한 영혼에 빗살처럼 박힌 비늘이 되어 세월이 흐른 후에도 좀처럼 벗겨내지 못하는 젊은날의 흔적으로 남았다.

대학을 졸업하고 어느 정도 안정된 사회인이 되어 쪼글쪼글 구겨진 냄비 속의 매운탕이 그리워져 그때 그 집을 찾기 위해 생각나는 거리를 온통 뒤지고 다녔지만, 짐작되는 그곳은 8차선 도로가 횅하니 뚫려 있었을 뿐 어디에도 없었다. 지금도 맛있는 매운탕을 먹을 기회가 되면 염치불구하고 찬밥을 청해 먹는데 버릇은 회귀할 수 없는 젊은날에 흘린 오롯한 눈물이 사뭇 그리운 탓이리라.

그날, 매운탕 냄비를 말끔히 비우고 나서 나는 한결 누그러진 마음으로 집으로 돌아가던 길에 그를 만났다. 그이, 김영호 소위를 말이다. 나는 그가 일찌감치 대학 진학을 포기하고 간부후보생으로 장교가 되었다는 이야기를 동기생 누구로부터 들은 적이 있었기에 그의 군복차림을 보고도 새삼 놀라지는 않았다. 나를 발견한 것은 그가 먼 저였다.

"박민철이 아냐? 오랜만이로구나. 대학생활이 어떠하길래 얼굴이 그 모양으로 우거지상이지? 우리 길에서 이럴 게 아니라 다방에 들어 가 차라도 한 잔 하지."

나는 그가 이끄는 대로 찻집으로 들어가면서도 마음은 썩 밝지가 못했다. 자리에 앉은 후 내 표정을 찬찬히 뜯어보던 그가 들고 있던 찻잔을 내려놓고서는 한결 우정이 묻어나는 목소리로 물었다.

"무슨 고민이 있는 모양인데, 어려움이 있으면 나한테 속시원히 털 어놔봐. 나야말로 최전방에서 일 개 소대원의 목숨을 책임진 소대장 의 막중한 임무를 띠고 있는 사나이니까, 친구의 어려운 사정 하나 정 도는 너끈히 풀어줄 수 있어."

그때의 내 심사는 거의 자포자기에 가까웠으리라. 무성한 번뇌의 수풀을 밀쳐낸 나는 말문이 터지자마자 내 처량한 신세를 주절주절 풀어내기 시작했다.

"대학이고 지랄이고 다 때려치우고 너처럼 군대나 뛰어 들어가고 싶어."

"얘가 미쳤나? 아무나 군대생활 하는 거 아니야. 공부라는 것도 할 때 해야지 시기가 지나면 하고 싶어도 못하는 것이니 잔말 말고 학교 나 열심히 다니도록 해."

마치 작은형처럼, 혹은 이웃집 아저씨처럼 씩씩하게 말을 끝내더니 야전 잠바 윗주머니에서 한 다발의 돈을 꺼내어 차탁 위에 얹어놓았 다.

"나는 지금부터 아무 대답도 하지 않을 것이니 일체의 질문 없이 이 돈 갖고 책값이며 하숙비에 보태 써."

그리고는 그는 서둘러 자리에서 일어났다.

"나 월남전에 참전하라는 특명받고 고향에 내려온 길이야. 할 일이 많은 사람이니 먼저 나간다."

내가 어리둥절하며 어쩔 줄 모르고 우왕좌왕할 동안 그는 바람소리를 내며 횡하니 나가버렸다. 나는 그 돈을 거두어 어려운 시절을 넘기는 데 요긴하게 썼다.

주위에 있던 친구들도 하나 둘 군에 입대를 하게 되었고 더러는 월남전에 참전하는 이들도 있어 김영호의 소식은 알게 모르게 듣게 되었다. 그는 소대장으로 몇 개의 중요한 작전에 참여하여 대단한 무공을 세우고 귀국했다는 근황을 들었지만 만나볼 수는 없었다.

차탁 위에 올려놓은 김영호의 돈을 갖고 다방을 나온 날로부터 6년이 지났다. 나는 대학을 졸업한 후 괜찮은 직장을 얻어 어느 정도 경제적 자립을 맛보고 있는 중이었다. 들리는 소식에 의하면 김영호는 대위로 진급된 뒤 중대장으로 월남전에 2차 파병을 했다고 한다. 그가 두 번씩이나 월남에 가야 할 무슨 특별한 이유가 있었는지는 모르겠으나 결국 그는 구정 대공세 때 십여 발의 총탄 세례를 맞고 후송되었다. 정글에서 조명탄을 쏘아놓고 베트콩과 숨바꼭질이나 하는 전쟁놀이가 아닌 다음에야 그라고 해서 언제까지나 생명이 보장되는 것이 아니었으니 용케 살아난 것만도 다들 기적이라고 했다. 본국으로 돌아와 그는 육군병원에서 오랫동안 투병생활을 했다. 상처가 완치된 후, 그 정도에서 군대생활도 끝이 날만 했는데 어인 일인지 그는 전방부대로 되돌아갔다.

김영호가 육군병원에서 퇴원하고 얼마 지나지 않았을 무렵 나는 우연한 기회에 퍽이나 생소한 장소에서 딱 한 번 그를 만난 적이 있었다. 허리우드 극장 뒤편에서 고향 선배가 술집을 연다는 소식을 듣고 축하 겸 한 잔 하려고 들렀더니 그곳에 김영호 대위가 있었다. 그는 군대 동료인 듯한 사람들과 중앙 테이블를 차지하고 앉아 있었는데 나를 발견한 그가 악력이 강한 손으로 내 어깨를 잡아 끌며 그들 일행과의 합석을 권유했다. 김영호를 빼고 나면 전부 모르는 사람들뿐인지라 어쩔까 망설이다 마침 곁을 지나가는 주인 선배를 발견하고는 그를 따라 스탠드에 앉았다. 간혹 선배가 옆자리에 앉아 대작을 해주긴 했으나 대부분 혼자서 술을 마셨다. 선배는 김영호를 잘 알지 못하는 듯했는데 나는 두 사람의 관계에 대해서 이것저것 물어볼 분위기가 아니라 별로 관심을 두지 않았다. 취기가 얼마쯤 올랐을 때 심부름하는 아이를 시켜 김영호를 불렀다.

"그쪽 테이블의 술자리가 끝나면 나와 함께 다른 곳으로 2차를 가지. 하고 싶은 이야기도 있고 그리고 무엇보다 너한테 근사한 술을 한 잔 사고 싶거든."

"좋을 대로 하자."

그날은 마침 월급날이라 명절 보너스까지 합친 꽤 많은 현금을 안주머니에 넣고 나온 터라 마음놓고 술을 마실 형편이 되었다. 광교 쪽으로 옮긴 우리는 다리가 쭉 뻗은 아가씨들의 서비스를 받아가며 술을 마셨다. 옛날에 그가 작은형처럼 씩씩하게 건네준 액수만큼 술을 사고, 꼭 두 배가 되는 돈을 그 자리에서 되갚았다. 지나간 세월로 친다면 그 정도의 인플레는 충분히 되고도 남았으리라.

"나한테 이런 돈 필요없어. 그때 돈 값으라고 네게 준 것은 아니었잖아."

"알고 있어. 나 역시 마찬가지야. 빌린 돈을 갚는 게 아니라 그냥 주고 싶어서 이러니 갖고 가서 전방생활에 보태어 써."

"마음먹고 주는 돈이니 그래, 고맙게 잘 받겠다. 언제 한 번 친구들을 집에 초대할 테니 꼭 와."

"친구라니? 어떤 사람을 말하는 거냐?"

"나한테 별다른 친구가 있을 리는 없고, 고등학교 졸업할 때 크리스마스 이브 기억하고 있을 테지. 그때 모였던 멤버들을 다시 한 번 만나보고 싶어."

그와 헤어진 얼마 후 몇몇의 동기생들로부터 걸려온 전화를 받았다.

"김영호한테 초대를 받았는데, 느닷없이 무슨 일이냐?"

"너도 전화를 받았구나. 좋은 의미로 초대한다는 데 한번 가보지 뭐."

신림동 시장통을 지나 언덕배기에 있는 그의 집을 찾아갔다. 포도나무가 있는 정원이 상당히 넓은 한옥이었는데 할아버지 때부터 물려받은 집이라고 했다. 월남 갔다온 사람들이 처음으로 장만하는 일제 소니 텔레비전이나 내셔널 냉장고 따위는 눈에 보이지 않고 켄우드 전축 한 대만이 덩그렇게 놓여 있는 넓은 방에서 우리는 그가 귀국 박스에 넣어왔다는 헤네시 코냑을 맥주잔에 부어 마셨다.

"전쟁터에서 목숨 걸고 싸운 댓가로 받은 술이니까 마음껏 마셔."

"감개무량하게 마시겠다. 너도 이제 그만큼 군대생활을 했으면 옷을 벗을 때도 됐잖아? 사회로 나와서 다른 일을 찾아보도록 하지."

"군대란 말이야. 너희들도 갔다 와서 알겠지만 가장 정확하고 명료한 집단생활이야. 모든 것이 일직선으로 펑 뚫린 고속도로처럼 한 눈에 보이거든. 어떤 복잡한 행정이나 명령 따위도 별 네 개짜리 대장에서부터 작대기 하나 붙인 졸병까지 한 줄로 관통해 있으니 그보다 더 완벽한 사회체제를 어디에서 찾아보겠어?"

"완벽하다기보다는 단순하니까 그렇게 보이겠지. 그런 시스템은 편리할지는 몰라도 발전이나 생산성은 제로에 가까워."

"배운 게 별로 없는 나한테는 군대가 잘 맞아. 지금 사회에 나간다해도 별로 해볼 만한 일이 없을 뿐더러 여러 갈래로 엉겨 있는 사회

구조를 파헤쳐나갈 엄두도 안 나고 말이야. 나는 지금 생활에 만족해 하고 있어."

"마르고 닳도록 군에 있겠구나. 세월이 지나 어깨에 별이라도 붙이게 되면 목에 힘 주지 말고 지금처럼 친구들 불러 술이나 한 잔씩 사 줘."

"글쎄, 국가가 원하는 시간만큼은 있게 될 테지. 그 세월이 길어진다면 자연히 장군도 될 수 있을 테고 말이야."

"우리가 미처 몰랐군. 우리 곁에 있는 월남전의 영웅, 김영호 장군을 위하여 이 술잔을 드세."

우리는 일제히 술잔을 높이 들고 쨍그랑 소리가 나도록 맞부딪쳤다.

그날의 술자리 이후 또다시 그를 만날 기회는 오지 않았다. 그는 소령, 중령이 될 때까지 대부분의 군생활을 전방에서 보냈다. 그 동안 우리는 그가 없는 자리에서 혹시 그의 이야기라도 나오게 되면 김영호 대신 김 장군이란 호칭을 사용함으로써 임의대로 그를 몇 계급씩이나 격상시켜버렸다.

우리들의 김 장군, 실제로는 중령으로 진급된 지 2년째가 되던 10월 어느날 밤에 김영호가 존경해 마지 않던 키 작은 대통령이 술자리에서 부하한테 총을 맞고 죽는 불상사가 일어났다. 그 사건 이후, 대머리 장군의 경직된 얼굴을 매일 밤 뉴스 화면에서 보아야 했던 어수선한 시절에 그는 중요한 한 사건에 연루되었다. 대머리 장군의 하수인으로 반대편 사령관을 잡으러 갔다가 일어난 총격사고로 그는 복부 관통상을 입었다. 총탄은 횡격막을 뚫고 제11번 흉추골을 관통했는데 오랜 시간에 걸친 수술 끝에 그는 이번에도 목숨은 건지긴 했으나 척추신경의 손상으로 하반신 마비가 되었다.

사람을 끌어들이는 것은 확실한 이득을 안겨줄 때가 아니면 생명을 위협하는 강권에 의해서 이루어진다. 줄곧 전방근무를 해온 그가 어떤 연유로 그 시점에서 서울의 정보기관에 적을 두게 되었으며 정치군인들의 장난질에 휘말리게 되었는지 자세한 내막은 알 수가 없다. 추측컨대 대머리 장군 쪽의 누군가가 그의 완벽한 복무상태를 높이 사 불러들였을 개연성을 짐작할 뿐이다.

월남전의 총탄 세례에서도 살아남아 굳건히 두 발로 뜀박질하던 그였지만 형편없는 장군들의 불장난 같은 싸움에 의해 김영호는 이제는 두 번 다시 제 발로 설 수 없는 불치의 부상을 입고 나락으로 떨어져 버렸다. 체질에 맞아 영원히 군인이고자 했던 그였지만 하반신 마비로 인해 오랜 염원인 장군의 꿈을 버려야 했다. 걷지 못하는 장군은 이 세상에 부재함으로 그 역시 장군이 될 수는 없는 노릇이었다.

육군병원에 입원해 있을 때 친구 몇 사람과 함께 그를 찾아갔다. 휠체어를 탄 그를 뒤에서 밀어주며 병원 뒤뜰을 산책했다. 인적이 뜸한 정자 아래 이르렀을 때 그가 환자복을 들춰 올리며 여러 갈래의 수술 상흔이 있는 복부를 내밀었다.

"이걸 봐. 나이 겨우 마흔에 온몸을 수술 바늘자국으로 짜집기를 해놓았는데 이러고도 지금까지 살아남은 게 기적인지 질긴 운명인지 알 수가 없어."

"몇 년 전 신림동 네 집에서 했던 이야기 생각 안 나? 군대생활은 그만 청산하는 것이 좋을 것이라고 여러 사람들이 충고했었지."

"알고 있어, 아마 대위 때였지. 지금 이런 상태가 되었다 하더라도 그때는 어쩔 수가 없었어. 사람들은 누구나 최선의 행위라고 생각하고 매진했을 때는 그 결과에 대하여 후회하지 않는 법이야. 모든 걸 바칠 만큼 가치 있는 일이라면 한 생명에 갈음할 수도 있지. 지금의 내 심정은 그래."

김영호는 신군부 측으로부터 배려를 받았음인지 대령으로 진급한 후 제대를 했다. 두 차례에 걸친 참전에 의해 가산된 군복무 기간 탓으로 상당한 퇴직금과 대머리 장군 쪽에서 보태주었을 것으로 짐작되는 돈으로 꽤 큰 건물 하나를 소유하게 되어 남은 생애의 경제적 문제 해결은 물론 부의 축적마저 이룬 후 군복을 벗었다. 그리고는 서울에 있던 집을 정리하여 우리가 고등학교를 다녔던 지방으로 이주를 했다. 한 생애를 살아가는 동안에 체험할 수 있는 변신치고는 좀 지나치다는 느낌이 들 정도였지만 여전히 그는 어둠 속에 묻혀 있는 존재로 남아 있었다.

대장 출신의 대통령 두 사람이 물러난 후 그들의 잔학상과 저열한 욕망이 적나라하게 드러나고 역사 바로 세우기의 일환으로 한 시절 권력의 칼날을 제멋대로 휘두르던 자들이 줄줄이 잡혀들어갈 무렵 김영호로부터 꼭 한 번 만나고 싶다는 연락이 왔다. 나는 시기적으로 그가 상당히 민감해 있을 것이라는 짐작으로 방문 시기를 늦출 생각을 하고 있었는데 두번째 연락을 받고는 어쩔 수 없이 그를 만나기 위해 고향으로 내려갔다.

그의 집은 전망이 좋은 산허리에 위치한 넓은 빌라형이었는데 거실에 들어서니 통유리로 된 바깥창으로 앞바다가 훤하게 눈에 들어왔다. 문턱을 완전히 들어내어 집안 어디에서나 휠체어를 타고 자유롭게 나다닐 수 있게 만들어두었다. 그런 훌륭한 주거 환경 속에서 살고 있음에도 불구하고 김영호는 옛날의 그가 아니었다. 한눈에 알아볼 수 있을 만큼 광대뼈가 완연히 드러나도록 말라 있을 뿐만 아니라 악수를 하는 손도 젊은날에 지녔던 강한 악력은 흔적도 없이 사라져버렸는지 힘없이 쥐었다가는 그냥 맥없이 놓고 말았다. 그에게로 밀어닥친 고난의 집적(集積)이 예상보다 훨씬 더 깊다는 걸 실감한 나는 한동안 참담한 심정이 되어 그를 마주보았다.

"바쁠 텐데 와달라고 해서 미안해. 나는 매일 밤낮으로 떠들고 있는 저 역사적 심판에 대해서 누군가에게 나 자신을 설명하지 않고는 견딜 수가 없었어. 평생을 국가에 몸바친 내 명예가 지금에 와서 진흙탕에 딩굴어야 하는 이유를 알 수가 없단 말이야. 사건이 나던 그때 나는 지극히 단순하게 단지 상급자의 명령만을 이행했을 뿐이었는데, 그 명료한 사실이 이렇게 수치스러운 결과로 남았다니, 그들의 하수인이 된 내 자신이 가증스러워 견딜 수가 없어."

"누구에게나 부끄거운 과거는 있게 마련이야. 단지 객관적으로 표출이 되지 않았을 뿐이지 어떤 개인도 지난 시절에 대해 도덕적으로 완벽하게 자유로울 수는 없어."

"이렇게 좁은 나라에서 수많은 젊은이들이 죽어갔어. 그것도 적국과의 전쟁에서가 아니라 단지 권력을 잡기 위한 수단으로 말이야."

"네가 아닌 다른 사람이 그 자리에 있었다고 하더라도 똑같은 일들이 발생하였을 거야. 진실로 참회해야 할 사람들은 그 시절의 장군이지 너는 아니야."

그가 비감한 목소리로 더듬었다.

"그래, 나는 장군이 아니었지. 그러나 명령을 내린 자는 유죄가 되고 실제 행위자는 면죄가 된다면 현장에 있었던 나는 처벌을 받는 자들보다 더 무거운 짐을 지게 되는 꼴이야."

역사는 해석하는 자에 따라 그 의미를 얼마든지 달리할 수 있다. 그리하여 있었던 사실(史實)을 한갓 내란으로 치부하느냐, 혹은 혁명으로 자리매김 하느냐는 후세인들의 몫일 수밖에 없다.

그는 앉아 있던 휠체어에서 몸을 틀어 자세를 바꾸었다. 욕창을 방지하기 위한 방법으로 두 시간마다 눌린 신체 부위를 자유롭게 해주기 위해서였다. 하반신 마비로 인한 투병은 그것 이외에도 여러 가지가 있었다. 요도에 카테트를 연결하여 소변을 뽑아낸다든지 마비된

부분의 장 세척이나 통증에 대한 투약 등은 자기 나름대로 충분히 숙지하고 있었지만 평생을 그렇게 살아야 할 고통을 생각하면 아득한 생각이 들었다. 미래에 대한 희망이라고는 조금도 보이지 않는 절망의 뿌리를 껴안고 그는 방안 가득히 부유하고 있는 작은 먼지입자마냥 그렇게 평생 갇혀만 지낼 것인가.

서가의 끝에 양주병들을 진열해 놓은 탁자 쪽으로 휠체어를 끌고 간 그는 술병 하나를 집어들었다. 헤네시 코냑이었다. 반 넘게 부은 잔을 내 앞으로 밀었다. 옅은 기름기가 도는 호박색 액체를 물끄러미 바라보다가 나는 단숨에 그걸 마셨다.

"역시 좋은 술이군. 옛날 월남에서 갖고 왔다는 술이 아직도 남아 있는 모양이지."

"그때의 술이 지금까지 남아 있을 리는 없고, 한번 맛 들인 것은 오래 가는지 다른 것은 영 먹을 수가 없어. 값은 좀 비싸지만 계속 같은 걸 구해 먹지."

나는 고개를 끄덕였다. 돈이 충분하다면 신체적 불구를 보상받기 위해서라도 값비싼 술 정도는 사 마실 만도 하지. 술병 하나가 비었을 때 나는 얼굴이 달아올라 가쁜 숨을 몰아쉴 지경이었는데 김영호는 젊은날보다 주량이 많이 늘었는지 표정이 별로 달라지지 않았다. 술을 자제하는 나에 비해 그는 스트레이트로 몇 잔을 계속 마셨다. 저렇게 많이 마셔도 불편한 몸을 제대로 추스리게 될지 걱정이 되기도 했지만 그는 개의치 않고 계속 술잔을 비웠다. 한순간 그의 몸이 갸우뚱하며 앞으로 쏠렸다. 내가 손을 뻗어 휠체어의 팔걸이를 잡으려는 찰나 그가 상체를 바로 세우며 잽싸게 바퀴를 돌려 앞쪽으로 돌진해 나갔다. 그리고는 6층 거실을 막아놓은 대형 유리창에 정면으로 부딪쳤다. 일순간에 뒤죽박죽이 되었다. 술병이 넘어지고 잔이 깨어지는 동시에 그는 휠체어와 함께 부딪친 통유리에 튕겨나 바닥에 나동그러졌다. 급히 달려가 부축하는 내 손을 뿌리치며 외쳤다.

"그냥 이대로 둬. 유리창이 부숴질 수만 있다면 나는 몇 번이나 이곳에서 뛰어내려 죽었을 거야. 이제는 죽기조차 내 맘대로 할 수가 없으니 미칠 지경이라고."

월남전에 두 번이나 참전하여 십여 발의 총탄 세례를 맞고도 거뜬히 살아남은 용사의 두 눈에서 눈물이 주르르 흘러내렸다. 그가 울다니, 나는 도무지 믿기지 않는 사실을 발견한 듯 한동안 부르르 몸을 떨었다.

바닷물에 반사되어 튀어오른 빛살 한 줄기가 유리창을 뚫고 거실 안으로 파고 들어왔다. 나는 눈을 들어 창 밖의 푸른 바다를 눈이 시린 듯 내려다보았다. 모두 다 고향을 버리고 떠나고 있는데 김영호만은 절망의 바다와 마주하고 있구나. 수천 년 동안 푸르게 빛나고 있었을 고향의 저 바다는 그가 흘리는 눈물의 의미를 진정 알고나 있을 것인가.

그곳에 하늘이 있었다

　8월 중순에 작가들의 모임이 수유리 4·19 묘지 앞에서 있을 것이라는 연락을 받고 나는 대뜸 왜 하필 그곳이지, 하는 생각부터 들었다. 전철이 곧바로 닿는 곳도 아니고 그렇다고 버스 노선이 많아 어느 곳에서나 쉽게 닿을 수 있는 장소가 아니었으므로 이렇게 더운 여름날에 그곳을 찾아갈 것을 생각하니 여간 막막한 생각이 드는게 아니었다.

　도시의 중심 축에서 본다면 끄트머리에 해당되는 산 쪽으로 약간 쳐져 있는 그곳이 모임장소로 선정된 연유를 알고 보니, 문민정부 들어 4·19 묘지가 국립묘지로 승격 확장되면서 4·19에 관련된 유명 시(詩)를 새겨놓은 여러 개의 시비가 들어섰는데, 모임을 갖게 될 작가 중 한 사람의 시가 그곳에 있다. 그래서 거기에서 기념모임을 갖는다는 이야기였다. 그러고 보면 그곳에서의 모임 자체를 별스럽게 생각할 여지는 없었으니 웬지 나는 목덜미를 잡히는 혼란스러운 기분에 사로잡히지 않을 수 없었다. 그곳에 K가 잠들어 있기 때문이다.

4월 19일에 즈음하여 신문에서 4·19 묘역이 새롭게 단장된다는 기사를 읽고도 나는 그냥 무관심 한 채 그곳에는 K가 있지, 하는 막연한 생각으로 지나쳤다. 무의식적으로도 나는 아마 그렇게 하고 싶었을 것이다. 그런데 작가들 모임에 참석하기 위해서는 나는 이제 피할 수 없이 그곳에 가야만 한다. 그리고는 끝내 내 감정의 불투명함을 어떤 방법으로든 벗겨내어 지난 시절의 진실과 맞닥뜨려야 하는 순간을 겪게 될 것이다. K, 그가 그곳에 있으므로.

작가들의 모임은 토요일 오후 3시로 정해져 있었다. 그곳에 가기 위해 전철을 기다리면서 나는 새삼 K를 떠올렸다. 그 동안 의식적이든 무의식적이든 K에 대해 몰각(沒覺)의 상태에 빠져 있었던 것은 분명하다. 35년의 세월이 지난 지금도 나는 풀지 못한 의문을 갖고 있다. 왜 하필이면 K였던가? 운명의 지침이 바뀌어 그가 아니고 나일 수도 있었지 않았던가? 17살 나던 그 해, 내가 K 대신 죽었다고 해서 억울할 것이 있었을까? 살다보면, 한때 목을 조르듯이 절대적 가치로 추구하던 입학시험, 어떤 여자와의 만남, 취직시험, 또는 얼마만큼의 돈, 집 마련 따위가 그렇게 중요하지 않다는 걸 문득 깨닫게 될 때가 있다. 당시에는 그렇게도 절박했던 대학시험에 낙방했다 하더라도 괜찮았을 것이다. 아니다. 더 좋은 방향으로 전환되었을지도 모른다. 그렇다면 지나온 나의 삶은 완전히 뒤바뀌어도 상관없지 않은가. 그것은 17살 나던 그 해, 내가 이 세상으로부터 소멸되었다 해도 별로 억울해 할 것도 없다는 이야기가 아닌가.

K는 나보다 건강하고 공부도 잘 했는데 나 대신 그가 살아 있다면, 이 세상은 얼마만큼 달라졌을까. 또한 나를 만나 작든 크든 어떤 영향

을 받았던 사람들은 내가 부재하는 세상을 살았을 때 그들의 현재는 어떤 모습으로 바뀌어져 있을까. 내가 있든 없든 나와 연관된 사람들은 나이 먹고, 늙어가고, 수다스러워지고, 뻔뻔해져 얼굴에는 욕심 많은 주름살을 만들어 갈 것이다. 세상 역시 무슨 변화가 있을 것인가. 바람이 불면 나뭇잎이 흔들리고, 해가 기울면 달이 뜨고, 사람들은 끊임없이 태어났다 죽어갈 것이며 과거와 현재, 미래를 잇는 모든 것들은 꿈적않고 여전히 지속될 것이다. 도대체 무엇이 변화될 것인가? 그런데, 그런데도 말이다. 왜 하필이면 그때 내가 아니고 K였던가.

K는 죽고 나는 살아, 지나온 나의 삶은 온당했던가. 먹고, 마시고, 배설하고, 오염시키고, 미워하고, 짜증내고, 가끔씩 사랑하다 끝내 불신의 싹들만 키워온 세월이 아니었던가. 그때, 아니면 20년 전, 혹은 10년 전에 내가 죽어 사라져버렸다 해도 이 세상은 달라질 게 뭐가 있으며 살아온 개개인의 대차대조에 얼마만큼의 차이가 있었을 것인가.

전철이 들어오고 사람들에 떠밀려 어거지로 차에 타고 보니 많은 사람들이 얼섞여 가뜩이나 비좁은 공간에 시큼한 땀냄새가 온통 진동했다. 에어컨이 작동되고 있었으나 성능이 시원찮은지 차가 멈췄다 떠날 때만 잠깐 찬바람이 날 뿐 이내 더운 열기로 차 안은 한증막 그대로였다. 옆에 선 사람이 빠져나가려는 북새통에 나까지 덩달아 안쪽으로 밀려났다.

서울역에서 내 앞에 앉아 있던 사람이 내린 덕분에 나는 자리를 잡았다. 종로 3가를 지나고 동대문을 지났다. 내가 가야 할 수유리는 의정부 가는 도중에 있으므로 그쪽으로 가는 전철을 탄 나는 추호의 의심도 없이 곧 내가 내려야 할 역이 나타날 것으로 생각하고 느긋하게 앉아 있었다. 청량리라는 차내 방송을 듣고서야 차를 잘못 탄 것을 깨닫고 자리에서 벌떡 일어났다. 시각은 이미 3시를 갓 넘기고 있는 중이었다. 동대문으로 되돌아가 전철을 타기에는 약속시간에 대한 내 강박증이 참아낼 것 같지가 않아 길거리로 뛰쳐나와 택시를 탔다.

차창 밖으로는 아스팔트가 이글이글 타고 있는데 어디에서 나타났는지 새들이 어지럽게 공중을 날고 있었다. 덥고 비속하고 더러운 이 도시의 대낮에 무슨 새람. 무연히 새들의 날개짓을 바라보다 나는 문득 지리산 쌍계사 부근에서 자주 나타난다는 되새의 무리를 떠올렸다. 수백 마리, 혹은 수천 마리의 새들이 홀연히 어느 쪽 산자락에서 솟구쳐 올라 하늘을 까맣게 뒤덮던 새떼를 떠올리니 마음이 그윽히 잔잔해졌다. 나는 텔레비전에서 그 장관의 군무(群舞)를 바라보며 경이로운 탄성을 내지르는 순간 이상한 의문에 사로잡혔었다. 그 많은 새떼들이 일시에 날아오르면 서로 부딪쳐 뒤죽박죽이 될 텐데 어떻게 그토록 자연스럽게 간격을 맞추며 솟구쳐 올라 질서정연하게 한 곳을 향해 전진해 나갈까. 그 하늘 한가운데 누군가가 있어 손짓으로 그들을 인도하고 있는 것은 아닐까. 그들이 하늘을 선회하다 어둠이 내려 떠나온 숲과 계곡으로 되돌아가려고 할 때, 급한 마음으로 서로 밀쳐내고 몸부림치느라고 그들의 날개가 찢어지고 몸뚱아리가 상처투성이가 되어 수십 혹은 수백 마리가 지상으로 우수수 추락하지는 않을까. 그러나 다행스럽게도 그런 불상사가 일어났다는 소문은 듣지 못했다.

새들의 관점에서 본다면 지극히 평화스럽고도 당연한 현상을 인간의 잣대로 헤아려 지레 걱정하는 꼴이었다. 그보다 더 많은 새떼들이 하늘 전부를 새까맣게 덮고 있었다 해도 그들은 질서정연하게 되돌아오고 그리고 또다시 솟구쳐 오를 것이다. 만약 사람들을 한 공간 속에 그렇게 조밀하게 뒤섞어 놓는다면 도대체 어떤 일들이 발생할까. 어떤 가능성의 결과도 상상하기 두려울 뿐이다.

차는 가다 멈추고, 멈추다 가며 내 마음 속을 부글부글 들쑤셔놓기 시작했다. 거리의 곳곳에 쓰레기들이 널부러져 있어 도시 전체가 거대한 쓰레기통이나 다를 바가 없었다.

무작정 많이만 가지려고 헐떡거리는 사람들로 인해 이제 서울만 포화상태가 된 것은 아니다. 전국 어디에서나 사람과 차들과 쓰레기들로 넘치고 넘쳐난다. 지리산 꼭대기에도, 잠실 운동장에도, 공항에도, 버스 터미널에도, 은행에도, 동네 목욕탕에도 사느라 곤죽이 된 사람들로 인해 비좁아 미어터질 지경이다.

자연의 질서 속에서 그 조화를 깨뜨리지 않고 지구상에서 살 수 있는 적정수의 인구는 1억 5천만 명이라는데 53억이 갉아먹고 있는 이 땅덩어리는 앞으로 어떻게 파멸되어갈 것인지 생각하면 아득하기만 하다.

나는 속으로 열불을 내며 약속시간에 닿지 못할 것을 상정해 혼자서 터무니없는 내기에 몰두한다. 만약에 먼저 도착한 사람들이 나를 기다리지 않고 가버리면 나는 앞으로 소설 따위는 아예 때려치우겠다. 문학은 뭐 말라죽을 문학인가. 소설이란 게 차들로 뒤범벅이 된 거리 하나 소통시켜주지 못하는 그야말로 언어의 상징성만을 줄줄이 나열한 글들의 짜맞추기 노릇 아니던가. 소설을 써 여물지 않은 자들의 영혼에 같잖은 감동을 줘본들 우리가 살아가는 이 세상이 조금이라도 편해질 가능성이 있는가. 그리하여 차들의 경적소리가 줄어들고, 미어터지는 쓰레기통은 제때 제때 비워지며 사람들은 질서를 지키게 될 것인가. 어림 반푼어치도 없는 기대다.

그런데 만약 먼저 도착한 사람들이 30분도 더 늦게 나타난 나를 기다리고 있다면, 8월의 뙤약볕 아래에서 땀을 뻘뻘 흘리며 내가 올 때까지 끈기 있게 서 있어 준다면, 나는 진실로 문학을 경외할 것이며 소설쓰기에 신명을 바쳐 매진할 것이다. 또한 주위 사람들을 향해 욕을 하지 않을 것이며, 뒤에 오는 자를 위해 내 자리를 선선히 양보할 것이다. 사람을 믿고, 이웃의 행복이 나의 즐거움과 동류임을 이해할 것이며, 세상의 아름다움을 소설로 써 많은 사람들이 동참하도록 노력할 것이다.

내가 혼자 차 안에서 갈팡질팡하며 마음의 갈피를 못 잡고 뒤숭숭해 있을 동안 택시는 언덕을 올라 4·19탑 앞에 섰다. 밖에는 아무도 없었다. 일순 나는 타고 왔던 차를 그대로 돌려 내려가버릴까 하는 억하심정에 빠지기도 했는데, 어렵게 여기까지 왔으니 이곳에 누워 있을 K라도 보고가야겠다는 생각으로 차문을 열었다.

바깥은 후끈 달아오를 정도로 지열이 대단했다. 화강암으로 만든 탑을 한눈에 일별한 후, 묘역 안으로 들어가기 위해 발길을 돌리는데 부르는 소리가 들렸다.

"더운 땡볕에 서 있지 말고 얼른 이쪽으로 와요."

먼저 온 사람들이 묘역 입구에 있는 음식점에 앉아 맥주를 마시며 기다리고 있었는데, 그 안에는 대형 에어컨이 기세좋게 바람을 내뿜고 있어 대단히 시원했다. 자리에 앉은 후 주위를 둘러보니 아직도 도착하지 않은 사람이 반이나 되는 걸로 봐서 이곳까지 찾아오는 길이 여간 힘든 게 아닌 모양이다. 그들이 그곳에 있었음으로 하여간 나는 앞으로도 계속 소설을 쓸 수 있겠다는 혼자만의 내기에 안도했다.

오늘 이렇게 어려운 걸음을 한 4·19 묘지에 한때는 지나칠 만큼 자주 찾은 적이 있었다. 그때는 미친 듯이 산에 다닐 무렵이라 매주말마다 북한산을 올랐다. 구기동을 기점으로 해서 대남문을 거쳐 능선 길을 타는데 위문까지 가서 우이동으로 하산하는 경우도 있었지만 대개는 북한산장을 경유하여 대동문에 이르러 아카데미하우스 쪽으로 하산 경로를 잡는 경우가 많았다. 그쪽 하산길은 바위길에다 경사가 매우 가파서 썩 좋은 등산로는 아니었지만, 그런 이유로 사람들이 별로 다니지를 않아 호젓하다는 이점이 있었다. 나는 혼자 털래털래 계곡을 타고 내려와 아카데미하우스 옆의 큰나무 밑에 앉아 얼마간 쉰 다음 4·19 묘지로 들어가 혼자서 소주를 마시고 나올 때가 더러 있었다. K의 곁으로 가서 앉기도 하고 때로는 그냥 아무데서나 퍼질러 앉아 술병을 비우고 나오기도 했다.

　작가들을 만났다.
　그들은 어떤 의미에서 소설이라는 화두를 껴안고 세상의 온갖 현상들과 온몸으로 맞서온 전사들이다. 누구는 감옥에 들어가기도 하고 누구는 길고 긴 도피생활을 하기도 했으며, 또 어떤 이들은 가난으로 지난한 세월을 보내기도 했다. 그들이 고통과 형극의 삶을 살고 있을 때 나는 뭘 하고 있었던가. 따슨 밥 먹고 신문이나 들척이며, 자슥들, 지가 무슨 영웅이라고 처자식 배 곯리며 반체제 운동이야, 하고 혀나 끌끌 차고 있지나 않았는지 모르겠다.
　우리는 두서넛 씩 짝을 이뤄 4·19 묘역 안으로 들어갔다. 새롭게 확장한 국립묘지답게 넓고 잘 단정되어 있어 찾는 이로 하여금 속이 절로 시원해지는 느낌을 갖게 했다. 이렇게 풍광 좋은 곳에 겨우 17살, 고등학교 2학년을 끝으로 인생을 마감해 버린 친구가 잠들어 있다니 기가 막힌다.
　K는 죽었어도 나에게는 판톤 현상이 나타났다. 다리를 절단한 후에도 원래 있던 자리에서 느끼는 가려움증 같은 것 말이다. 손으로 만져보면 분명 그곳은 텅 빈 공간인데 그 빈 자리에서 육체적 감각을 느낀다는 것은 인간의 잠재 의식이 얼마나 오래 가고 완전무결한 것인가를 증명해 보인다.
　35년 전, 그날 밤 나는 K와 함께 있었다. 불타는 북마산 파출소를 뒤로 하고 그와 나는 또 누구와 함께 어깨동무를 하고 시청을 향해 전진하고 있었다. 수많은 군중이 합세한 대열이 몽고정을 지나고 무학

초등학교 앞까지 왔을 때 어둠을 찢어발기는 듯한 총소리를 들었다. 곁에 있던 K가 말했다.

"겁내지 마. 이건 순전히 공포야. 설마 그들이 사람을 맞대놓고 총을 쏘지는 않을 거야."

순진하게도 투표 당일날 아침 등교길에 기염을 토하며 자유당 정권을 성토하던 그가 마지막 순간에 주구(走狗)들을 믿다니.

K는 눈이 부리부리하고 목소리가 우렁찬 그 시대 우리들의 영웅이었다. 고 2 때, 전교에서 단 한 명 뽑는 학생운영 부위원장의 직책을 맡고 있었다. 고 3이 되면 당연히 운영위원장이 될 터였다. 다분히 선택적이고 귀족적인 생활을 할 수 있었던 K였지만, 학우들과의 교우관계는 퍽 원만하여 그를 찾아오는 이들과는 누구든 가리지 않고 폭넓은 우정을 나누었다.

천재와 어린이의 무구성(無垢性)을 동시에 지닌 K에 대한 기억으로는 세월이 지난 지금에도 유별나게 금방 떠오르는 게 하나 있다. 여름철의 아이스케이크 장사였다. 우리가 고등학교를 다니던 그 시절, 먹을 게 별로 없었던 탓이었는지는 모르나 여름철은 아이스케이크가 성수기를 맞는 계절이기도 했다. 지금의 아이스바에 비견되는, 우유와 설탕을 듬뿍 넣고 만든 그 얼음과자는 입 속에 넣기만 해도 혀가 녹아들어가는 듯한 기분이 들 만큼 맛이 좋았다. 그리하여 나무젓가락에 동그란 막대기 모양으로 얼음을 얼려놓은 그 아이스케이크를 사 먹기 위해 우리는 온갖 방법을 다 동원하곤 했다.

여름방학 때 K를 중심으로 모여들던 우리는 버젓이 교복을 입고 아이스케이크 장사를 시작했다. 순전히 그 달콤한 맛을 누리기 위한 방편으로 시작된 것이었지만, 만약 우리들 개개인이 따로 떨어져 장사를 했다면 부끄러워 도무지 얼굴을 들고 다니지도 못했을 것이다. 그런데 K가 먼저 제안하고 그가 솔선했으므로 우리는 전혀 거리낌없이 당당하게 교모를 쓰고 아이스케이크 통을 어깨에 멜 수 있었다.

9개를 팔면 1개는 우리 차지였다. 50개들이 한 통을 메고 나가 골목을 돌며 '아이스케키' '아이스케키' 하고 외치는 거였다. 한 통을 다 팔면 5개는 통을 메고 나간 사람의 것이 되는데 우리는 파는 도중에 목이 말라 대충 그 나머지 것을 먹어치우기가 일쑤였다. 통을 메고 골목길을 돌다가 아는 학우를 만난다든지, 평소 때 얼만큼 얼굴을 붉히며 비켜가는 여학생과도 맞닥뜨릴 경우가 있었는데, 무슨 용기였을까, 그럴 때는 크게 '아이스케키'를 외쳤다. 아마도 K가 우리와 함께 똑같은 통을 메고 길거리를 누비고 다닌다는 사실에서 위무 아니면 긍지를 느낀 탓이었으리라. 따라서 K는 우리를 지배하는 동시에 인도하는 유일한 대표였다.

정·부통령 선거를 치르던 날, 그것도 선거라고 이름 붙여도 좋을지 모르지만, 등교길에 만나는 학생들을 붙들고 K는 열변을 토했다.

"……나라가 아무리 썩었기로서니 그래, 투표할 사람이 다섯이나 되는 집에 투표용지를 달랑 한 장만 주다니 말이나 돼? 3인조 투표는 뭐며 완장 투표라는 게 도대체 민주사회에서 있을 법한 일이냐구. 투표가 시작되기도 전에 4할이 벌써 투표를 끝냈다는데 이런 부정선거를 그냥 눈 뜨고 바라볼 수는 없어. 이 땅에 정의를 바로 세우기 위해서도 젊은 우리가 부패한 자들을 가로막아야 해."

수업 중의 중간중간 휴식시간에도 그의 분노와 열변은 멈추지 않았다.

"그들이 저지르는 악행을 그냥 보고만 있겠다면 우리가 배우는 학문은 아무 소용이 없어. 이렇게 희망 없고 추악한 세상에서 단순히 글을 익혀 깨우치는 것이 무슨 의미가 있겠어. 차라리 장님이나 벙어리로 사는 게 훨씬 편하지……."

잘 생기고 공부 잘하는 그를 말린 것은 급우들이 아니라 담임 선생이었다.

"이 선거가 개판이라는 건 모두가 잘 알고 있어. 그렇다고 너 혼자서 무슨 용빼는 재주가 있다고 그 자들과 맞서 싸우겠어? 때론 모른 척 하고 사는 것도 인생의 지혜야."

K는 중간에 수업을 작파하고 혼자 학교를 나가버렸다. 후에 그가 혼자서 진해시에 있는 충무공 동상을 찾아 참배하러 갔다는 말들이 있었는데 그가 희생된 다음에 떠돌던 이야기라 확인할 방법이 없었지만, 숨 죽이며 고개를 처박고 지내던 고만고만한 학우들에 비하여 K는 측량할 길 없는 아득한 높이와 넓이를 갖고 있었음은 분명했다.

선거가 끝난 시각, 부림시장을 한 바퀴 돌고 나오던 야당의원들의 꽁무니에 붙은 사람들이 모이고 모여 거대한 물결을 이루며 시내 한복판인 남성동으로 진입해 들어올 때 나는 오행당 약국 부근에서 처음 K를 만났다. 주위에 산만하게 흩어져 있던 학생들은 자연스럽게 그의 주위에 모였고 구호를 외치던 그는 이미 목이 잠겨 있었다. 더러 여고생들도 끼인 우리는 K의 선창에 따라 구호를 외치며 시청 쪽으로 전진하다 최초의 총성을 들었다. 총소리가 울려퍼지자 나는 반사적으로 걸음을 멈추었다.

몇 사람들이 주춤거리는 사이 대오가 허물어지며 계속해서 앞서 나가던 K와는 상당한 거리를 두게 되었다. 갑자기 스며드는 화약냄새, 그리고 눈을 찌를 듯이 파고드는 매캐한 최루연기에 질려 실눈을 뜨고 앞서 있는 K를 찾았는데, 한 순간 K가 그 자리에서 쓰러졌다. 그 광경을 목격한 나는 본능적으로 뒤돌아 필사적으로 달아나기 시작했다. 달아나면서 쓰러진 K를 부축해야 하는데, 그를 들쳐업고 병원으로 뛰어가야 하는데, 생각뿐 끝내 되돌아서지는 못했다.

총소리에 뒤이어 곧장 밀어붙이는 군화발소리를 피해 무학국민학교의 뒷담을 타고 추산동으로 가는 골목길로 뛰어들었다. 뿔뿔이 흩어진 우리는 완전히 쫓기는 신세가 되어 입안에 단내를 풀풀 풍겨내면서 뛰고 또 뛰었지만 뒤따르는 경찰 역시 포기할 기세가 아니었다. 어디에서 나는지는 정확히 알 수 없었으나 총소리는 마치 전쟁터마냥 요란하게 울려퍼지고 있었다.

무학산을 향해 뛰고 있을 무렵에는 대부분이 떨어져나가고 몇 사람만이 헉헉거리는 숨소리와 함께 온몸에 비오듯 땀을 쏟아내며 내달리고 있었다. 경찰의 호각소리는 여전히 뒤에서 가깝게 들려왔고, 우리를 향해 계속 총을 쏘며 따라오고 있을 것 같은 공포로 간이 콩알만하게 졸아든 상태로 산마루를 향해 뛰었다. 산 중턱에 있던 암자를 발견하고 몇 사람이 동시에 그 속으로 뛰어들었다. 헛간 속에 숨어든 우리는 서로 간에 옆 사람으로부터 금방이라도 터져버릴 것 같은 심장의 파열음 소리를 들으며 터져나오는 숨소리를 낮추려고 죽을 힘을 다했다. 얼마의 시간이 흘렀을까. 사위가 조용해진 것을 느낀 우리는 살금살금 밖으로 기어나와 불타고 있는 도시를 내려다보았다.

그날 밤 나를 포함한 네 사람은 암자의 바깥방에서 웅크리고 새벽을 맞았다. 어느 누구도 시내로 다시 들어가자고 말하는 사람이 없었다. 그렇게 내가 무학산을 향해 필사의 질주를 하고 있을 동안 K는 가슴에 총알을 맞고 산화해 갔다.

K가 죽은 것은 단순히 정의를 위해서인가? 분명 그것만은 아닐 것이다. 그렇다면 지금의 세상은 그때보다 조금은 더 정의로운 사회가 되어 있어야 마땅하다. 그런데 과연 그러한가? 오히려 퇴보된 것은 아닌가? 유사(流砂)처럼 막힘 없이 흘러가는 시간 속에 우리는 누군가가 조종하는 거대한 손에 의해 죽고 사는 포로일 뿐이다.

만약 내가 오래 살아 87살에 죽는다면 K가 죽은 17살과 무려 70년간의 간격이 생긴다. 나의 70년은 행복할 것인가? 그 기간 동안 나는 이 사회에 대하여 얼마만큼이나 기여하며 살게 될 것인가? 내가 아니고 K가 만약 70년의 시간을 가진다면 짜증나는 이 국가와 도시는 좀 더 나아진 환경을 갖게 될까? 죽은 그는 억울하고 살아 있는 나는 과연 행운인가? 결론적으로 K는 불행하고 나는 행복한가?

작가들과 함께 우선 K부터 찾기로 했다. 묘지 위에 8월의 태양이 뜨겁게 불타고 있었다. 묘역을 새롭게 확장하기 전에 이곳에 왔던 기억으로는 그의 묘비명 자리는 오른쪽 끝자리에서 왼쪽으로 일곱 칸을 지나 위쪽으로 네번째가 된다.

나는 대충 눈 짐작으로 그가 있을 자리를 향해 걸어갔으나 쉽게 찾지를 못했다. 주위를 두리번거리고만 있자니 같이 간 사람들에게 어쩐지 민망한 생각이 들어 K의 이름과 우리가 함께 다닌 학교명을 불러줬다. 사람들이 흩어져 비명을 찾기 시작한 얼마 후, K는 우리들 앞에 그 이름을 드러냈다.

싸들고 간 소주와 오징어를 꺼내 상석 위에 올려놓고 나는 물러서 구두를 벗고 두 번 절을 했다. 내가 엎드려 있는 동안 같이 간 일행은 내 뒤에 둘러서서 묵념을 올렸다. 소주 한 잔을 주위에 뿌려주고 한 잔을 마셨다. 뽑아줄 잡초도 없을 만큼 묘역의 주위는 깨끗하게 손질되어 있었다. 정의를 외치다 죽은 한 젊은 영혼은 햇빛 쏟아지는 8월의 뙤약볕 아래 침묵으로 누워 있는데, 그를 덮고 있는 잔디는 무심하게도 마냥 푸르기만 했다. 또 한 잔의 술을 부어 K의 이름이 새겨진 묘비명 위에 쏟아부은 후 자리에서 물러섰다.

의례를 끝내고 영현들이 봉안되어 있는 중앙 건물로 들어섰다. 옛날에 올 때는 미처 보지 못한 건물이었는데 상당히 넓고 깨끗하게 단장되어 있었다. 중앙에 모셔진 영정들 앞에서 같이 간 일행들과 함께 묵념을 올렸다. 족자 속의 잘생긴 헌헌장부들을 바라보며 그들이 만약 살아 있다면, 그래서 화강암 돌비석이나 잔디 위에 술을 붓지 않고 펄펄 살아 움직이는 자의 손에 들린 술잔 속에 술을 부어줄 수가 있다면, 아아, 이 모든 게 살아 있는 자의 배부른 정감인가.

몇 년 전, 내 개인적으로 대단히 외롭고도 불우한 시절을 살던 때, 나는 S라는 여자와 함께 이곳을 찾은 적이 있었다. 그때만 해도 그녀와 나 사이는 아직 터놓고 말을 함부로 할 처지가 아닌 매우 조심스러운 형편이었다. 서로의 마음 씀씀이를 곁눈질로 흘끔거리며 탐색을 하고, 저 사람이 저런 말을 하는데 저의가 뭘까 하며 혼자서 암중모색하는 정도의 거리를 유지하고 있을 시기였다.

그날도 소주 한 병을 사서 반쯤 잔디 위에 붓고 반 병을 마신 후, 어느 정도 취기가 올라 있던 상태에서 광주의 5월 이야기가 나왔다. 광주에서 대학을 다니고 있을 때 그녀는 5·18과 맞닥쳤으므로 그야말로 온몸으로 파행적 살육의 현장을 목격한 셈이다.

광주에서 시위가 일어나던 때 나는 그 현장으로부터 시간적으로나 공간적으로 비켜나 있었으므로 그녀의 이야기에 적극적으로 동조할 계제가 못 되었다. '그때, 그런 일들이 있었지' 정도였다. 우리가 만나고 있을 무렵은 야욕에 불타는 신군부가 판을 엎고 나라를 온통 그들 마음대로 짜집기를 하고 있던 때인지라 나로서는 전파로 매개되는 해괴망측한 조작극을 전부는 아니더라도 어느 정도는 믿고 있었던 탓에 그녀의 전율적인 증언을 사실 그대로 받아들이기는 어려웠다. 따라서 항쟁에 참여한 시민군을 폭도는 아니더라도 좀 지나친 집회 정도로 생각하고 있었다.

장소가 장소인 탓이었는지는 몰라도 그녀는 우리 사이의 형식적 체면 따위는 아예 걷어내버리고 진지하고 열띤 어조로 자신이 보고 체험한 내용을 이야기했다. 임산부의 젖꼭지를 대검으로 잘라냈다는 부분에서는 내가 제동을 걸었지만, 그 외의 이야기는 대부분 설득력 있는 진실성을 내포하고 있었다. 언성을 높인 그녀가 말했다.

"부당하게 권력을 쥔 자는 사회의 질서쯤은 얼마든지 무시해도 된다는 초탈법의 자만감에 젖어 있어요. 총으로 정권을 찬탈하기 위해 광주의 젊은이들을 무참하게 학살하며 국헌을 극도로 문란케 한 장본인들이 살아 있는 한 결코 진정한 민주화는 이루어지지 않을 것입니다……."

내가 다소 냉랭한 어투로 그녀의 말허리를 잘랐다.

"그 전에도 똑같은 일이 있었으며, 앞으로도 유사한 일들이 생길 겁니다. 광주에서 일어난 사건은 그곳에 사는 사람들이 부풀린 낭설이라고 생각하는 자들도 있구요, 시간이 지나 그것이 사실(史實)로 굳혀질 때까지 기다리는 게 옳습니다. 지금 당장 그들에 대항하여 목숨을 건다는 것은 무모한 짓이죠. 사회가 올바른 길로 갈 수 있도록 4·19 때, 혹은 5·18 때 꽃다운 젊은 나이로 죽어간 목숨들이 있습니다. 그들의 뜨거운 희생의 대가로 이 사회는 과연 정립되었으며 우리가 누리는 삶의 질은 향상되었던가요."

실신해 하는 표정으로 물끄러미 나를 바라보던 그녀가 결연한 표정으로 반박했다.

"물론 변화가 없을지 모릅니다. 그렇다고 그런 파렴치한 자들을 그냥 눈뜨고 가만히 내버려 둘 수 만은 없지 않은가요? 굴절된 역사의 반복을 막기 위해서라도 그런 불의를 근절시키지 않으면 우리 사회의 발전과 정화는 요원해집니다. 그것은 또한 정의나 도덕 이전에 인간의 존엄성과도 직결되는 문제입니다. 불의를 모른 척 참고 견디는 것은 용기 없는 자의 비굴한 아첨이거나, 모든 걸 상실해도 좋다는 자조적 허무주의에 다름아닙니다."

"그래서 어떻게 하겠다는 거죠?"

"순리의 역사를 거슬리는 자들과는 끝까지 싸워야 하며, 허위가 진실에 의해 굴복되는 것을 입증시켜야 합니다. 물론 처음에는 이기지 못하겠죠. 그러나 그렇게 투쟁을 거듭함으로써 그들이 짜놓은 각본대로 믿고 있는 대다수 사람들의 인식을 돌려놓게 될 겁니다.”

“우리의 과거는 배덕의 역사로 점철되어 왔어요. 원칙을 준수한다면 고려왕조를 배신한 이성계의 무덤부터 파헤쳐야 하고 그러다 보면 역대 왕들을 전부 도마 위에 올려야 합니다. 대부분의 사람들이 지나간 일로 치부하고 잊어버리고 있다면, 그걸 되돌려 세우려는 사람들의 노고는 지대할지 몰라도 그 결과는 너무 미미하게 끝나버리지 않겠어요?.”

“작은 티끌 하나가 쌓여 커다란 산을 만들어냅니다. 작은 얼음이 나중에는 얼마나 큰 결실을 갖고 오는지 모릅니까?”

“백 번 지당한 말씀입니다. 그러나 살아남은 자들의 정의로운 사회 실현을 위하여 죽어가는 사람들은 어떤 보상을 받을 수 있죠? 한 개체에게서 생명은 우주이며 어떤 진실보다도 더 가치 있는 것입니다. 그것은 질량이나 수치로서는 도저히 나타낼 수 없는 무한대의 무게를 지니고 있죠. 성공한 후의 보상이란 것도 그렇습니다. 살아남은 자들의 몫이지 죽어간 자들이 누릴 것은 아무것도 없지 않습니까? 사후의 명예? 그것도 어떤 전기(轉機)를 이루는 데 일익을 담당한 소수의 사람들에게나 돌아갈 뿐이지 대부분의 사람들은 군중을 만드는 구성원이 되어 어떤 역사적 흐름의 한 사건에 연루되는 것으로 끝나버리죠. 목숨을 바친 희생의 대가에 비해 얻는 것은 무에 가깝습니다. 국가가 관리하는 묘역에 겨우 이름자만 올릴 뿐이죠. 나는 그들, 무명의 잊혀진 이름들이 안타깝다는 말입니다.”

“무슨 말인지 알겠어요. 그러나 역사적 사실을 연민의 눈으로 평가해서는 곤란하죠. 불의를 감상적으로 본다면 많은 오류가 생깁니다. 베드로가 유다보다 월등하다고 말할 수 없는 괴변이 발생하는 것이죠. 이 사회가 이렇게 혼란스러운 것은 해방 후 올바르게 청산했어야 할 민족적 과제를 대충 넘겨버린 잘못 때문이에요. 민족을 배역한 자

는 세월이 지났다 해도 끝끝내 응징을 받고 만다는 철칙이 지켜져야
합니다.”

“끝끝내라고요? 그래, 살육이 자행되던 그때 그대는 어디에 있었
죠? 설마 이불을 겹겹이 둘러쓰고 방바닥에 엎드려 부들부들 떨고 있
지는 않았을 테지요.”

“모욕하지 마세요. 그때 광주에 있었던 사람들은 아주머니 할머니
까지 모두 한 몸으로 그 자들과 대항하여 싸웠습니다. 이성을 지닌 인
간이 어떻게 그런 참혹한 지옥을 연출할 수 있었는지 세월이 지난 지
금도, 아니, 내 목숨이 다하는 날까지도 나는 그들을 용서할 수가 없
어요.”

“인간의 뇌세포에는 망각을 전담하는 부분이 있죠. 세월이 흘러가
면 미움이나 증오도 희석되기 마련입니다. 어떻게 허구한 날 한을 가
슴에 안고 악행을 저지른 자의 응징에만 매달려 있습니까. 그들이 진
정으로 참회하고 있다면 용서를 하고 화해하는 것도 좋은 방법이죠.”

“누구 좋으라고 화해를 하란 말이에요. 무덤에 묻힌 희생자 가족들
의 포한(抱恨)은 세세연년을 이어가며 켜켜이 쌓여가 마침내 강물처
럼 흘러내릴 텐데 그 흐름을 어떻게 인위적으로 막아낼 수 있겠어요?”

“개인적 원한인가요? 사회적 부도덕에 대한 적대감인가요?”

“……”

“혹시 그 사건으로 인해 가족 중에 누군가가 희생된 자가 있는가
요?”

“없어요.”

우리가 이야기를 나누고 있는 동안 나는 줄곧 소주를 마시고 있었
고, S는 앉은 자리 주위에 돋아난 풀을 뜯었다가는 무심한 상태로 공
중으로 흩뿌리고 있었는데 그것은 마치 살풀이굿의 한 동작을 연상케
했다.

우리가 묘역을 걸어나올 무렵에는 나는 그녀가 갖춘 외양적 호감보다는 그녀를 사로잡고 있는 내면적 적대감에 아득한 느낌이 들었다. 그녀의 말이 완전히 옳고 지당했음에도 말이다. 폭력은 더 큰 폭력으로만 그것을 잠재울 수 있다. 우리는 얼마만큼의 세월을 흘려보내고 어떤 벌을 주어야 그들을 용서할 수 있을 것인가.

S와 나는 묘역을 나와 윗길로 올라갔다. 아카데미하우스를 왼편에 끼고 계곡길로 올라가면 넓은 공터가 나오고 한가운데 덩그러니 선 집 한 채가 나온다. 집 앞에 평상을 몇 개 놓고 부침개나 도토리 묵을 안주해서 동동주를 파는 집이다. 북한산 등산을 끝내고 대동문을 통과한 사람들이 하산길에 이 집에 들러 칼칼한 목을 축이고 가기도 하는 곳이다. 그녀와 나는 평상 하나를 차지하고 술상을 받았다. 게걸스럽게 닭다리를 뜯어먹는 걸 서로에게 보여줘도 될 만큼 무던한 사이가 아니었으므로 주인 아주머니가 권하는 백숙을 마다하고 부추를 넣고 지져낸 부침개를 먹었다. 그녀는 동동주를 마시고 나는 이왕 먹던 소주를 계속해서 마셨다.

나는 그날 대취했다. 그리고 친구 K를 두고 달아났던 날 밤의 이야기를 했다. 싸늘한 총구 앞에서도 멈출 줄 모르고 전진할 수 있었던 K의 용기와 그 상황에서 달아날 수밖에 없었던 나의 비겁함을 고백했다. 그리고 반문했다. 그래서 어쨌다는 것이냐? K는 죽어 묻혔고, 나는 이렇게 약삭빠르게 오래오래 살아남아 그대 앞에서 술을 마시고 있다. 그런 나를 욕할 것인가. 그렇다면 그대 역시 지금 망월동에 있어야 한다. 대충 그런 맥락의 이야기를 했을 것이다.

술이 취했으므로 나는 그녀의 표정이나 반응을 감지해 낼 방법이 없었고, 그냥 나오는 대로 두서도 없이 뇌까린 탓에 분절된 상황을 이해하느라고 그녀도 여간 힘들어하지 않았을 것이다. 이야기 도중의 어느 순간, 치솟는 감정을 스스로 주체할 수가 없어 나는 꺼억꺼억 울

기도 했다. 살아오면서 왜곡된 현실에 정면으로 맞붙어 한 번도 치열
하게 싸워보지 못한 영원한 추종자일 수밖에 없었던 부끄러움에 대한
회오였는지도 모른다.

　시간이 늦어 가게집도 문을 내리고 등산객들의 내왕도 완전히 끝나
버린 캄캄한 밤중에 걷지도 못할 만큼 엉망으로 취해 버린 나를 부축
하고 S는 제일 가까운 곳에 있던 수유산장이라는 모텔로 들어가 방을
잡아주고 돌아간 모양이다.

　다음 날 아침, 날이 밝아올 무렵에야 나는 혼절상태에서 깨어났다.
그러나 손가락 하나 들어올릴 수 없을 만큼 무력증에 빠져 있었다. 집
을 두고 생소한 곳에서 잠을 잤다는 곤혹감으로 혼란하기 짝이 없었
으며 머리통이 금방이라도 터져나갈 것 같은 숙취로 견딜 수가 없었
다. 그런 와중에서도 마치 뭉텅뭉텅 잘려나간 네거필름처럼 단절된
회상들이 하나 둘씩 불쑥불쑥 튀어올랐다. 4·19 묘역, K, 광주, 소
주, S, 부추전……, 그리고 이곳은 어디인가?

　저녁 끼니도 제대로 챙겨먹지 않고 소주를 들이붓듯이 폭음한 결과
는 참담하기 그지 없었다. 갈증으로 방안에 있는 냉장고 문잡이를 당
겼을 때 틈새에 끼워둔 듯한 메모지 한 장이 툭 떨어졌다.

　"지난 밤에 어떤 실언이나 실추된 행동을 보인 적은 없었으니 안심
하세요. 다만 진실이 담긴 육성을 토해 낸 것은 사실이에요. 자리에서
일어날 만하면 전화 주세요. S."

　그날 모텔방에서의 나의 행적을 소상하게 기록한다는 것은 낯 뜨거
운 노릇이다. 하루 종일 토하느라고 방을 기어다닌 탓에 오후에는 무
릎의 피부가 벗겨질 지경이었다. 그 고통 속에서도 S로부터 걸려온
전화를 세 번이나 받았다. 그녀는 눈물겨운 나 혼자만의 사투를 별로
현실적으로 받아들이지 않았다. 술 먹고 고생 좀 하는구나, 정도로 생
갈하는 듯해 나는 전화를 오래 붙들고 있을 마음이 없었다. 내가 광주

에 대하여 시큰둥하게 반응을 했듯, 누구나 자신의 체험만큼 확실한 느낌을 타인에게 교감시키는 불가능한 모양인가 보았다.

저녁때 쓰린 배를 안고 집으로 돌아가려고 아래층으로 내려오니 언제부터 기다리고 있었는지 현관 로비의 소파에 앉아 있던 S가 내 팔짱을 불쑥 끼었다.

"가요. 술 마시고 속 푸는데 복국만큼 좋은 건 없어요. 내가 복국을 잘 끓이는 집을 알고 있으니 그곳으로 가요."

나는 뭉클하게 팔등에 닿는 그녀의 젖가슴을 의식하며 현관문을 나섰다. 그리고 혼자 중얼거렸다. 이럴 때는 십 년 산 마누라보다 더 정감이 있군.

그녀와 언제, 무슨 일로 헤어지게 되었는지 정확하게 기억할 수가 없다. 아마 내가 견디다 견디다 더 이상 견딜 수 없어 서울 생활을 때려치우고 시골로 내려갈 때 고속버스 터미널에서 만난 게 마지막이 아니었던가 싶다.

작가들의 모임이 있는 얼마 후, 나는 고등학교 동기회로부터 부쳐온 한 장의 속달등기 우편을 받았다. 동창회에 꼭 참석해 달라는, 별것 아닌 내용이었는데도 등기로 보낸 걸 보니 동기생들의 참석률이 저조하여 총무가 고육지책으로 그런 생각을 해낸 모양이다. 연락 못받았다는 엉뚱한 변명은 안 통하니 이번에는 꼭 참석하라는 강청(强請) 같았다.

우리 동기회가 주관하는 행사가 모교에서 있으니 타관에 나가 있는 사람들도 모두 참석하라는 내용이었는데, 날짜를 보니 10월 초순이었다. 아직 시일이 많이 남았는데 왜 이렇게 서둘러 보냈을까? 총무가 전화를 걸어 참석하니 안 하니 신경전을 부리기보다는 아예 확실하게 못을 박아둘 요량인지 같은 내용의 등기속달은 그후에도 세 차례나 더 왔다.

모임의 날짜가 임박해지자 나는 초조해지기 시작했다. 가야 하나? 안 가고 그냥 버티나? 속달등기 우편을 네 번이나 받고도 안 간다면 다음에 총무를 만나 뭐라고 변명을 하지. 몸이 아파서? 마누라가 입원을 해서? 갑자기 맹장 수술을 받느라고? 나는 어떤 핑계도 이유가 될 수 없음을 알고서도 참석 유무에 대한 결정을 미루고 있었다.

모임이 있는 날은 토요일이었다. 그 이틀 전날 저녁에 나는 꿈을 꾸었다. 고 3 때 수학을 가르쳤던 빅타마추어(선생의 별명이 그랬다)와 모교의 운동장 모서리에 앉아 있는 꿈이었다. 34년 전에 있었던 일을 생생히도 다시 꿈꾸다니. 그 시절 나는 인생의 갈림길에서 퍽이나 번민하는 젊음을 보내고 있을 때였다. 문학에 내 인생의 전부를 송두리째 걸어버리기에는 1960년대의 세상은 너무 황량해 있었다. 그때 빅타마추어 선생은 내 문학에의 열정을 잠재워준 카운셀러였다.

금요일 오후 회의를 마치고 혼자서 2층 계단을 걸어 내려올 때 문득 간밤의 꿈을 떠올렸고, 나는 모교의 운동장이 불현듯 그리워, 갑자기 생경스러운 그 넓은 터가 목마르게 보고 싶었다. 그 느낌은 순간적으로 너무 간절하여 내 손등에 작은 소름이 전류처럼 타고 흐르며 솟아올랐다.

위쪽으로는 성지여고, 아래쪽으로는 호수 같은 바다가 보였던 곳이었지. 그래, 가자. 내 젊은 날 꿈의 한 자락을 휘감고 있었던 나의 학교, 모교의 교정에 서보자. 작정하고 보니 마음은 다급하여 일이 제대로 손에 잡히지가 않았다.

다음 날, 모교의 교문을 들어서니 행사를 알리는 현수막이 나붙었고 그 아래 모교 출신 국회의원의 축하 화환이 놓여 있었다. 나는 잠시 정문에 서서, 봄철이 되면 흐드러지게 벚꽃이 피어나고 만개된 꽃잎들이 등교하는 우리들 머리 위로 분분히 날리던, 완월교와 모교 사이의 그 꿈의 길을 정감어린 눈으로 바라보았다. 그런데 세월이 지난 지금 그 길을 다시 보니 너무 좁고도 짧아 그 길이 이 길이었나 싶어 새삼 연연(戀戀)한 마음에 젖어들었다.

사람들을 만났다. 반쯤 알고 반쯤 모르고 그리고 많이 늙어 생활의 앙금이 착 가라앉은, 얼마만큼 삶에 진력이 나 있는 얼굴들이었다. 뒤돌아 서서 옛날 검은 교복 시절에 연필깎이 칼로 내 이름 끝자를 새겨 두었던 나무를 찾았다. 저 나무일까 하고 두리번거리고 있는 나를 회장이 불렀다.

"뭘 보고 있는 거야. 우선 K한테 가보지 않고서."

그렇지, K가 이곳에 있었지. 불의를 향해 온몸을 던지며 활화산처럼 일어났던 우리들의 영웅.

그때, K가 죽고 또 한 사람의 모교 재학생이 총에 맞아 죽었다. 처음 그 사실이 밝혀졌을 때 학생들이나 선생들 모두가 별로 마음에 두지 않았다. 원체 죽은 사람이 많은 탓에 그 무리들 속에 섞여 누구의 관심도 끌지 못했음은 당연했다.

4월 11일, 얼굴에 최루탄이 박힌 김주열의 시신이 앞 바다에 떠오른 후, 도시는 걷잡을 수 없는 회오리 바람 속에 휘몰리기 시작했다. 도립병원에 안치된 김주열의 시신을 조문하고 나온 여학생들은 건너편 세무서 담벼락에 기대어 서로의 가슴을 부둥켜안고 통곡을 터뜨렸다. 남학생들 역시 도립병원 마당에 퍼질러 앉아 움켜쥔 주먹으로 땅바닥을 내리치며 씩씩거리는 숨결을 토해 냈다. 4월 11일 이후, 서울 광화문에서의 4·19까지 도시는 용광로처럼 끓어올랐고 우리는 어깨동무를 하고 시내를 뛰어다니느라고 교복 상의 단추가 다 떨어져나갔고 바지 아랫단은 너덜너덜 터져 있었다.

늙은 대통령이 하와이로 떠난 후, 도시와 학교에는 평화가 왔다. 그리고 죽은 두 사람의 학우를 기리는 비석이 교정에 섰다.

이제 또 다시 그의 비명 앞에 서서 내가 잔을 잡고 동기회 회장이 술을 부어 그걸 주위에 뿌렸다. 고기 두어 점, 과일 몇 점 놓고서 젓가락을 옮겨놓으며 잠시 고개를 숙였다. 가슴 밑바닥으로부터 파도쳐오는 잔잔한 물결, 좋은 놈은 일찍 가는구나. 죽은 네 앞에 산해진미를 쌓아놓고 나폴레옹 코냑을 박스째 갖다주면 뭘 하나. 바르게 살라고 외치며 아직 피지도 못한 17살의 어린 나이로 너는 죽어 묻혔는데, 개명한 이 시대에 아직도 부정은 횡행하고 황금을 삼킨 도적들이 뻔뻔스럽게 국회를 들락거리지 않는가. 부끄러운 사람들만이 오래오래 추하게 살아남아 있다.

차일을 쳐놓은 곳으로 다시 와서 팀을 나누어 축구 경기를 시작한 후 남아 있는 사람들은 군데군데 둘러앉아 술잔을 돌렸다. 본부 동기회에 처음 참석하는 나는 딱히 누가 누구인지 가려낼 사이도 없이 이곳 저곳에서 두서없이 주는 잔을 사양 않고 받았다.

운동시합의 열기가 더해 가고 어지간히 술기운도 뻗쳐올 무렵 나는 혼자 학교를 둘러보았다. 본관 뒷켠의 작은 연못은 그때와 똑같이 연잎을 드리운 채 깊은 정적 속에 잠겨 있었고, 책을 보다 가끔 눈을 들어 푸른 물결이 넘실대던 앞바다를 나직이 내려다 보던 도서실은 정문 쪽으로 옮겨져 있었다. 줄을 서서 국밥을 사먹던 식당은 문이 잠겨져 있었고, 전국 체전에서 수차례 우승컵을 따온 테니스부, 그 후배들이 오늘도 똑같은 장소에서 귓전을 때리는 타구음 소리를 내며 열심히 공을 치고 있었다. 돌아서 나오다 바라다본 운동장. 십대 후반, 참으로 은성했던 시절, 나의 젊음이 송두리째 잠겨 있었던 그 운동장의 한 모서리에서 나는 눈을 들어 위를 보았다.

아아, 눈이 시리도록 푸른 하늘이 그곳에 있었다. 하늘이, 그렇다. 그 청자빛 하늘을 34년 만에 다시 만난 것이다. 세상은 오염되어도 아직 이곳은 맑고 깨끗하구나. 갑자기 가슴 한 언저리에서 솟구쳐 나

와 온몸을 타고 아련하게 퍼져나가는 한 줄기 짙은 감동이 있었다. 오
래 살아 있어야겠구나, 그리하여 가끔 혼탁한 영혼을 씻겨내는 정화
를 맛보기 위해 사는 게 지치고 외로워질 때 이곳으로 찾아와야지. 그
것은 닫아두기만 했던 내 젊은 시절의 창을 열기 위하여 처음으로 접
근해 가는 길이기도 했다.

역설 수양애사

역사는 말하고 있다.

1453년 단종 1년 10월, 수양대군은 김종서를 대문 밖으로 불러내어 불시에 쇠절구공이로 내려쳐 머리통이 박살나 죽게 만든 후, 조정 권력을 장악하기 시작한다. 이조·병조판서의 직책을 자임해서 떠맡고 권력의 핵으로 떠오른다. 시덥잖은 눈으로 대세의 흐름을 바라보고 있던 비판 세력인 집현전의 젊은 학사들을 회유하기 위해 공신책정을 단행한다. 학사들의 일부는 공신칭호를 받고 은연중에 묵시의 낮은 자세를 취하고, 또 어떤 부류는 거세게 반대하여 공신 따위는 필요 없으니 취소하라는 상소를 올린다. 전자는 신숙주 계열이고 후자는 성삼문 계열이다. 이른바 계유정란의 뒤끝이다.

그리고 1455년 단종 3년 6월, 어린 왕은 똑바로 쳐다보기만 해도 무섭기만 한 숙부 수양대군에게 임금자리를 양위하고 상왕으로 물러난다. 16세의 상왕이라니 상상만 해도 자못 희극적이다. 왕의 양위에 대해 성삼문 등이 격렬하게 반대 의견을 개진했으나 이미 방향을 달리한 채 튀어오르는 대세를 꺾기에는 역부족이었다. 결국 경회루 연못에 빠져 죽겠다는 박팽년에게 뒷날을 도모하자고 달래서 함께 뒷간에 들어가 눈물을 흘리며 통분을 머금은 게 전부였다.

세조가 왕위를 찬탈한 후 1년이 지난 1456년 6월, 사육신이 주축이 된 단종복위 계획이 김질과 그의 장인 정창손의 밀고에 의해 수포로 돌아간다. 분노한 세조에 의해 피비린내 나는 숙청의 회오리에 휘말리게 되고 성삼문은 삼족멸문의 화를 입고 살점이 떨어져나가는 고통 속에 죽어갔고, 단종은 노산군(魯山君)으로 강봉되어 강원도 영월로 유배되었다가 후에 죽임을 당한다.

지난 역사의 대부분은 왕들의 개인사며 그 주위 친인척들과 신하들의 가족사다. 그것도 잔혹한 참살과 린치, 공포를 동반하는 음모, 피의 복수극, 여자의 치맛바람과 그 주위를 맴도는 자들의 싸움, 공맹(孔孟)의 명분이라는 같잖은 구실을 핑계삼아 붕당을 만들어 교활하고 악마적인 힘을 소유한 자들끼리 파워게임을 치루어내는 잔혹의 역사이다. 정의와 상관없이 살아남은 자들의 이야기며, 권세를 장악한 승리자의 편에서 기술한 기록이다.

후세의 사람들은 조상의 기록을 들춰내고, 지지리도 못나고 체면도 없이 설쳐댔던 탐욕에 가득찬 과거 사람들의 영상을 자신들의 얼굴 위에 겹쳐놓는다.

지금 무엇이 달라졌는가. 세월은 흘러갔으나 인간들의 생각과 욕망은 변함없이 이어져 이 시대에는 쇠절구공이나 약사발 대신 총과 기계가 그 일을 대신하고 있다. 자신의 욕망을 충족시키기 위해 타인을 죽이는 방법으로 약사발이나 작두, 아니면 기요틴이나 교수형, 혹은 총과 전기의자 중에서 어느 것을 사용하는 것이 더 인간적인가. 인간적이라니, 그것을 비교하는 것조차 참으로 동물적이기 짝이 없다. 인간이 같은 종족의 목을 아무렇지도 않게 잘라버리는 수단에서 약간의 차이가 있어본들, 그 행위 자체는 완전히 비인간적일 수밖에 없다. 필연적 살인의 홍수 속에서 노도와 같이 흘러가는 역사의 줄기에 휩쓸린 하잘것없는 우리들 삶의 역할은 과연 무엇일까?

과거의 역사는 결코 뒤바뀌어지지 않으나 역설적 가설을 상상해 보는 것은 그나마 후세 사람들이 누릴 수 있는 자유며 작은 재미이기도 하다. 상상의 날개 속에서 역설적 역사를 꿈꾸어보며 치욕의 과거를 세탁해 보는 것마저 누가 제어할 것인가. 그리하여 역사를 만든 자들의 권세나 부귀와는 하등의 상관 관계도 없는 나는 마음대로 백일몽이나 꾸어 위무를 삼으려 한다.

만약 세종대왕이 장남이 아닌 차남을 선택하여 문종이 아니고 수양대군의 손을 들어주었다면, 혹은 세습받은 문종이 제 자식을 제처두고 영민한 동생한테 왕의 자리를 물려주었다면 집현전의 무고한 젊은 학자들의 애통한 죽음 따위는 없었을 것이다. 또 모르지, 수양의 폭력보다 더 무서운 잔학과 살생이 다른 사람들에 의해 저질러졌을지. 그날로 되돌아가보지 않는 한 아무도 알 수가 없다.. 역사는 가설을 전제로 하는 건 결코 아니지만 나는 다만 상상의 한계 내에서 지금 역설적 역사를 엮어보려 한다.

세종대왕은 대노했다.

"당장 유(柔 : 수양)를 찾아 대령시켜라. 천하에 무례한 놈 같으니라구. 서열이 칼날같이 무서운 왕자들끼리 그 무슨 해괴한 짓들이냐."

대왕의 수염이 부들부들 떨리는 걸 지켜본 내시는 등으로 식은땀이 줄줄이 흘렀다. 노했다면 혹시 차자(次子)를 요절내기 위해 누구처럼 아들을 뒤주 속에 가두어두고 대못질을 해대지나 않을까 염려스러워

뒷걸음질로 물러섰다. 하명을 받은 내시가 수양을 찾아 두리번거리며 돌아보니 버들나무가 늘어진 개천가에서 수양은 웃옷을 벗어 제끼고 땀을 씻고 있었다.

"큰일 났어요. 지금 대왕마마가 이렇게 뿔이 돋았다구요."

내시가 겁먹은 시늉으로 두 주먹을 이마 위에 얹으며 도깨비 시늉을 냈다. 보고 있던 수양이 껄껄 웃었다.

"겁낼 것 없소. 나는 정정당당히 형과 함께 게임을 치루었는데 노인네가 공연히 형의 역성을 드느라 그러는 거요."

"저런 저런, 말버릇하고는. 하여간 대왕이 급히 부르고 있으니 빨리 옷이나 입고 찾아뵙도록 해요."

"땀이나 식어야 찾아갈 게 아니오"

"나는 전달했으니 이제 알아서 해요. 대왕인지 소왕인지 뿔이 돋아 도깨비가 되든지 허깨비가 되든지 나는 모르겠소."

바쁠 것 없다는 듯이 내시는 휘젓휘젓 제 갈 길을 걸어가버렸다. 대왕이 진노한 사건의 발단은 사냥터에서 발생한 작은 사고로 인한 것이었다. 두 왕자가 서소문 밖으로 말을 타고 사냥을 갔다. 원래 장자는 문약했던 탓에 사냥 따위에는 별로 흥미를 느끼지 못했으나 아버지인 대왕이 등을 떠밀다시피 궁궐 밖으로 밀어내는 통에 동생과 함께 나선 길이었다.

"내 다음에 왕의 자리에 앉을 녀석이 몸이 그렇게 허약해 가지고서 어떻게 한 나라를 다스리겠다는 것이냐. 공부도 좋지만 우선은 신체가 강건해야 신하들이 기가 죽어 덤벼들지를 않지, 왕이 비리비리하다는 걸 눈치채면 그때부터 굽실거리던 놈들이 사방에서 벌떼같이 일어나 화적질을 해댈 게 분명한데, 그 자들을 눌러놓기 위해서라도 우선 자신의 몸부터 다져놓아야 해. 그리고 무엇보다 후손을 위한 생산력을 높여야 할 터인데 그 몸으로 어디 여자 두서너 명이라도 제대로 감당하겠느냐. 나를 보라, 옛날 부여 쪽에 살던 누구처럼 3,000명은 곤란하다고 해도 적어도 2~300명 정도의 여자들은 거뜬히 거느려야 몇십 명의 생산이 가능할 게 아니겠냐. 빨리 신체부터 튼튼히 하도록 해라."

그런 윽박질을 당하고 사냥터에 나선 장자는 정작 짐승을 잡는 데는 별 재미가 없었다. 그 대신 아우는 신이 나 있었다. 옆으로 달려가는 아우의 장딴지 같은 팔뚝과 불룩한 허릿살을 보니 그의 건강이 내심 부럽기도 했지만, 선천적으로 타고난 체질이 그러려니 하고 체념했다. 그는 말을 타고 어슬렁어슬렁 그냥 걷는 시늉만 하고 있었는데, 그때 문득 눈앞으로 노루 한 마리가 놀란 눈을 뜨고 우뚝 섰다. 노루의 눈과 마주치는 순간, 불현듯 가련하다는 생각이 들어 화살 없는 활시위 소리만 크게 내어 노루를 달아나게 했다. 뒤따라 오던 아우가 그 광경을 보고 고삐를 낚아챘다.

"저런, 차려놓은 밥상도 마다하다니, 저러고도 형이 왕위를 온전히 계승할 수 있을까."

아우가 탄 말이 급히 뛰어나가면서 앞서 가던 형의 말 잔등을 걸어 찼다. 걸어 채인 말이 놀라 뛰어오르는 순간 그 위에 타고 있던 형이 말 아래로 굴러떨어지며 팔목뼈가 부러졌다. 동생은 형의 낙마에도 상관 않고 그대로 달려나가 마침 방향을 틀고 있던 노루의 정수리에 화살을 꽂아놓았다. 그날 두 형제의 수확은 그 노루 한 마리가 전부였지만 형의 부상은 지대한 문제점을 노출시켰다. 사냥을 따라나선 군졸들로부터 퍼져나간 이야기가 궁내 내인들을 통해 여러 사람들의 입에 오르내렸다.

"형이 건강하지 못한 것도 문제지만 동생이란 자가 너무 설쳐. 하필이면 앞서 있는 형을 밀치고 나갈 게 뭐냐."

"같은 씨를 물려받았는데 왜 그렇게 형제가 다를까. 나 같으면 똑똑

하고 힘 있는 차자를 후계자로 삼겠는 걸."

"쉿, 그런 소리를 함부로 지껄이다가는 목이 열 개라도 모자라. 이 번에는 어떤 일이 있어도 장자우선원칙을 지킨다는데 잘못 수군거렸 다가는 영락없이 참살감이야."

"누구든 원칙을 몰라서 그 윗대들이 엉뚱한 짓을 했을까. 지금 대왕 의 형들이 대왕이 하고자 하는 원칙주의를 떠올린다면 억울해서 잠이 안 올걸. 그들이 지금이라도 들고 일어나 무엇이 부족해 장자나 차자 인 자신들이 후계자의 대열에서 벗어났는지를 따진다면 할 말이 없잖 아."

"소리를 낮춰. 더 이상의 골육상쟁을 막아보겠다는 마지막 구국의 결단이겠지. 대왕 자신도 장자나 차자의 사람 됨됨이를 모르고 있는 것은 아니잖아."

사고 소식을 들은 대왕은 처음에는 모른 척 묵살해 버리려고 했으 나 주위에서 수군거리는 말들을 그냥 덮어두면 앞으로 장자의 위신에 상당한 문제점이 발생하리라는 염려 때문에 짐짓 노한 체 수양을 불 렀던 것이다. 대왕 앞에 불려나간 수양은 전혀 두려워하는 기색이 없 었다. 당당하게 서 있는 차자를 바라보던 대왕은 낮게 신음소리를 내 질렀다.

할 수 없지. 네가 아무리 그렇게 뻗어나가려 해도 차자로 태어난 네 운명이 그러하니 나로서도 도리가 없다. 혹시 모르지. 운이 하늘에 닿 는다면 내 죽은 후에 무슨 일이 일어날지. 그러나 내가 살아 있는 한 장자를 제친 차자의 월권행위는 도저히 용납할 수가 없다.

"너는 형을 모시고 사냥터에 나간 주제에 그래, 분수도 모르고 윗사 람에게 위해를 끼쳤다는 것이 과연 옳은 일이라고 생각하느냐?"

"저는 몰랐습니다. 형님 앞에 나타난 노루를 발견하고 형님의 동정 을 살펴보니 잡을 기색이 전혀 없었습니다. 형님이 포기한 제물을 동생된 자가 거두었을 뿐 형님을 고의로 해코지한 것은 아닙니다."

"그것은 그렇다고 치자. 그런데 가만히 있는 사람을 왜 치고 앞으로 나갔느냐?"

"그것은 전혀 저의 잘못이 아닙니다. 제가 타고 있던 말의 조급함과 그걸 미처 피하지 못한 우매한 형님의 말 탓입니다."

"형에게 진심으로 사과를 했는가?"

"물론 무릎을 꿇고 용서를 빌었으나 형님은 쾌념치 말라고 오히려 저에게 위무를 주었습니다."

대왕은 분명하게 사리를 밝히는 차자를 향해 더 이상 추궁할 말이 없었다.

"알았으니 물러가라."

그날 밤이었다. 밤이 깊어갈수록 대왕은 마음이 답답하고 숨이 차 올라 자리에 가만히 누워 있을 수가 없었다. 더없이 넓은 구중궁궐은 밤의 정적 속에 파묻혀 깊이 침착해 있었고, 어디선가 쥐울음 소리가 간간히 들리는 것 이외는 죽음 같은 깊은 나락 속에 잠들어 있었다. 대왕은 마침내 자리에서 일어났다. 헛기침을 두세 번 하자 옆방에서 대왕의 취침 상태를 숨을 죽이고 지키고 있던 나이 많은 상궁이 살며시 방문을 열고 들어섰다.

"마마, 잠자리가 심히 불편하오신가 본데 무슨 시키실 일이라도 있습니까?"

"내 나이 들고 쇠잔해지니 해소병이 도져 숨을 쉬기가 힘들구나. 크게 염려할 것은 아니니 시원한 물이라도 한 그릇 갖고 오너라."

"잠자리에 드시기에 심히 불편하시다면 의원을 부르는 게 어떠하올지요?"

"그럴 것까지는 없네. 다들 곤히 잠들고 있을 터인데, 나로 인해 별스런 수고를 끼칠 수는 없지. 어서 냉수나 한 그릇 갖고 오도록 하게."

　곧이어 상궁이 받쳐들고 온 차가운 물을 반쯤 마시고 나니 갑갑하던 속이 한결 풀려나는 기분이 들었다. 여자를 멀리 하고 혼자 잠들기를 몇 년째, 대왕의 기력은 극도로 쇠약해 있었다. 이제 나도 뒷전으로 물러나 조용히 죽음을 맞을 준비를 해야 될 때가 되었구나.

　하늘로부터 점지 받아야만 비로소 그 자리에 나아갈 수 있다는, 왕이라는 천하 제일의 자리를 지키기 위하여 그 동안 얼마나 오랜 시간 마음을 졸이며 살아왔던가. 스물두 살에 왕의 자리에 오른 후 하루도 마음 편한 날이 없이 전력투구하며 매진했던 많은 일들을 떠올렸다. 우매한 백성들한테 글자를 깨우쳐 읽히고 쓰게 하느라고 집현전 젊은 학사들과 어깨를 맞대고 훈민정음이라는 전대미문의 우수한 나라글을 창제 반포하였고, 『월인천강지곡』, 『용비어천가』, 『고려사』, 『석보상절』 등을 편찬하였으며 해시계, 물시계 등의 새로운 과학기구를 발명 제작케 하여 논리적 사고에 눈을 뜨게 만든 것 이외에도 아악의 기초를 확립케 하고, 무비에도 힘써 북방에 육진을 설치한 것은 후세 사람들에게 두고두고 귀감이 될 만했다. 실로 내정, 외치, 문화의 여러 면에서 조선조의 가장 찬란한 업적을 남겼음은 주지하는 바다.

　그 많은 일들은 커다란 공과로 남겨졌지만 돌이켜보면 산다는 것은 허무하고 맹랑하기 짝이 없기도 했다. 나이 들고 몸은 쇠약해졌는데, 남긴 일들은 과연 이 늙은 몸과 무슨 상관이 있던가. 모든게 헛되고 헛될 뿐이다. 허망한 마음 속에서 불현듯 떠나간 형들이 그리웠다. 그들이 일찍이 누려도 좋았을 모든 영화를 나를 위해 헌신짝처럼 내팽겨쳤던 양녕과 효령대군. 지존의 자리를 오늘까지 굳건히 지켜낸 내 삶이 과연 그들의 것보다 더 훌륭하고 뛰어났던가. 혹시 형들은 동생한테 베푼 사랑의 뒤편에서 알 수 없는 미움이나 증오로 가슴을 앓지나 않았을까.

　물려준 왕좌를 지킨다는 것은 때때로 파렴치하고 피비린내 나는 격전장이 아닐 수가 없었다. 하나의 법통을 지켜나가기 위해, 혹은 그것을 뒤엎어버리는 역류의 물줄기를 가닥잡으려는 음모자들에 의해 무수한 약사발과 린치와 유배가 뒤따른다.

　아버지 태종의 쿠데타도 그러했다. 성공은 했으나 그 과정에서 저지른 극악무도한 아들의 광기를 보고 마침내 그 자신이 역성혁명을 성공시킨 태조마저도 등을 돌리고 함경도로 떠나가지 않았던가. 임금이 안 될 수도 있었던 자들의 욕망과 횡포로 인해 이 나라는 초장부터 피를 부르는 아수라장으로 치닫고 있었다. 최고 책임자의 자리를 노린 자들의 목표가 유보되거나 좌절될 때 사욕의 허망에 갇힌 자들은 무차별적 폭력을 동원하여 최고 정점에 앉기를 주저치 않는다. 그 싸움의 와중에 휘말려 살아남기 위해서는 굴신의 처세를 터득해야 한다. 장자와 차자를 두고 3남인 그가 왕위에 오른 것만 해도 올바른 왕통과는 거리가 멀지 않았던가. 잘못 흘러가기 시작한 역사는 우매한 민중을 도탄 속에 몰아넣고 빈곤과 무기력한 삶으로 전락시키고 만다.

　일찍이 선대왕은 그를 불러 다짐시켰다.

　"많은 자식들 중에서 너를 능가할 만한 인물이 없어 후계자로 지명하니, 왕의 자리에 오르게 되면 부디 네 형제와 일가붙이를 경계해야 한다는 것을 명심하라. 그들이 조금이라도 네게 반항의 몸짓을 나타내보이면 즉시 목에 칼을 들이대는 것을 잊지 마라. 그것만이 네 자신을 지키고 이 나라의 존립을 지탱하는 길이니라."

　"그러나 그들은 저의 친 동기간들인데, 어찌 그렇게 참혹하게 대하겠습니까?"

　"무슨 소리를 하는 거냐. 왕실을 지키기 위해서는 어떤 희생도 감수할 준비가 되어 있어야 하느니라. 그들이 설사 부모형제라 하더라도 걸림돌이 된다면 일시에 제거함이 마땅한 것이다."

이 무슨 막말인가. 그는 끝내 묵묵부답으로 선왕 앞을 물러났다. 영민하나 착하기 이를 데 없는 세종의 마음 됨됨이를 짐작하고 있던 그의 부친 태종은 그가 실권을 장악하고 있을 때 아예 위험 유발 인자의 싹부터 잘라야겠다는 생각으로 장자와 차자를 처버릴 생각을 굳혔으나, 아버지의 무자비한 처벌을 눈치챈 두 아들은 생명부지의 수단으로 하나는 아예 미쳐버렸고, 또 하나는 삭발한 중이 되어 겨우 목숨줄을 붙들 수 있었다. 그것은 일국의 왕자로 태어나서 누려야 할 영화와는 달리 천민보다 못한 굴욕이었고 깡그리 말살된 인격이었다. 왕조의 역사는 비슷한 무리 중에서 억지로 차이를 만들어 그 중에서 하나를 선택해야 하는 필연성을 강요함으로 그 와중에 목숨을 건 경쟁과 싸움질, 갈등과 증오가 점철될 수밖에 없다. 결국 차별화에 순응할 때 질서는 생기고 반기를 들 때 혼란이 발생한다.

혈기왕성했던 선왕이 죽고 세종이 왕의 자리에 올랐을 때 그는 형들에 대한 연민과 죄스러움에 한동안 몸둘 바를 몰랐으나, 개국 초기의 어수선한 행정과 기강을 바로 잡는 일에 정신을 쏟느라 곧 그 일을 잊었다. 그 동안 그의 형들은 내장이 뒤틀리는 마음고생 속에서도 언제 날아올지도 모를 독화살을 피해 죽은 듯이 엎드려 있었다.

이제 형들도 늙었고 자신의 육체마저 피폐해져버린 지금 형들에 대한 송구함을 진정으로 털어내고 싶은데, 요 근래에는 형들의 행방조차 알 수가 없었다. 억하심정이 들고도 남았을 그들은 무슨 재미로 한 평생을 견뎌냈을까. 인간의 지혜로써 전부를 헤아리기에는 역부족인 세상은 참으로 알 수 없게 돌아가고 있다는 생각이 들었다. 날이 밝고, 어둠이 내리고, 하루가 가고, 새로운 내일이 열리는 엄연한 이치 이외에 사람이 판단할 수 있는 미래라고는 아무것도 없지 않은가. 대왕은 지난날에 대한 회한과 허무와 앞날에 대한 불투명한 기우를 안고 가까스로 잠 속으로 빠져들었다.

다음 날 아침 조례를 끝내고 대왕은 집현전에 들렀다. 누구를 벌 주고 누구를 귀양보내야 하고, 또 누구에게는 상을 내려야 한다는 끝없는 상소를 듣고 머리가 뻐근할 때로 무거워진 상태에서 집현전 젊은 학사들을 만났는데, 대왕은 돌연 낯색이 부드러워지며 한결 마음이 평강해짐을 느꼈다. 젊은 학사들의 사심 없는 향학열을 접할 때면 자신마저도 젊음의 열기 속에 휘말리게 되는 묘한 감동을 받곤 한다. 그래서 대왕은 그들을 좋아했다. 지금은 직급이 낮지만 언젠가는 이 나라를 지탱해 갈 기둥들이 아니던가.

집현전에서 한글 창제와 보급을 위한 여러 가지 구상과 계획들이 차질 없이 입안되고 시행되는 걸 눈으로 확인했다. 대왕은 젊은 학사들에게 격려를 잊지 않았다.

"그 동안 경들의 노고가 매우 컸소. 경들이 밤낮으로 연구 노력하지 않았다면 이런 훌륭한 글자는 만들어낼 수가 없었을 것이오."

"황공하옵니다. 모두가 주상전하의 지혜로운 혜안으로 이루어진 것입니다."

대왕이 집현전을 물러나올 때 가까이에 부복하고 있던 성삼문과 신숙주에게 눈짓을 보냈다. 일이 끝나면 찾아오라는 은밀한 신호였다. 대왕이 떠나간 후 신숙주가 자리에서 먼저 일어섰다.

"오랜 시간 서책을 들여다보고 있었더니 눈이 침침해서 더 이상 글을 읽을 수가 없군. 오늘 해야 할 일은 대충 마무리를 지었으니, 자, 이제 그만들 하고 자리에서 일어들 나지."

곁에서 성삼문이 거들었다.

"그렇게 함세. 자리에 오래 앉아 있다고 해서 별달리 좋은 생각이 떠오르지도 않을 텐데, 오늘은 그만하세. 그럼 범옹(신숙주의 자)은 나랑 같이 잠시 뒤뜰에 나가 산보나 하세."

그렇게 하여 두 사람은 무리에서 떨어져나와 대왕을 만나러 갔다. 대왕은 두 사람과의 은밀한 약속을 위해 후궁의 묘처에서 술상을 받아놓고 기다리고 있었다. 그곳은 대단히 은밀한 곳이기 때문에 대왕과 성삼문, 신숙주, 그리고 시중드는 나인 몇 사람 이외는 누구도 얼씬하지 않았다. 이윽고 두 사람이 당도하고, 그들은 술상을 가운데 두고 마주앉았다. 왕과 심복 두 사람과의 대작은 천천히, 그리고 유유하게 이어졌다. 술잔이 몇 순배 돌아간 후 대왕은 근심어린 눈으로 두 사람을 건너보며 말문을 열었다.

"짐이 떠난 후에 일어날 혼란이 예사롭지 않을 것 같아 요즘 통 잠을 이룰 수가 없소. 어떻게 해야 좋을지 경들의 생각을 말해 주시오."

대왕의 질문은 왕위승계에 대한 문제였다. 차기 대권을 누가 갖느냐의 첨예한 사안은 지금 궁궐 내에 최대의 관심사로 떠올라 사람들마다 그 의견이 분분했으므로 대왕은 골머리를 앓고 있는 중이었다. 정통 왕권을 수호하기 위해서는 장자한테 양위해야 한다는 보수주의자들과 능력 있는 차자에게 왕의 자리를 물려줌이 마땅하다는 개혁진보주의자로 양분되어 있었다. 대왕이 시퍼렇게 살아 있는 지금에도 타협을 모르는 신하들의 주장이 엇갈려 국론이 분열되어 있는데, 죽고 난 후에 그 혼란이 자못 심각하리라는 것은 능히 짐작이 가고도 남았다.

대왕이 지극히 신뢰하는 집현전 두 젊은 학사마저도 주장을 달리하고 있었다. 성삼문은 장자옹립의 전통 보수주의자였고, 신숙주는 국가의 이익을 위해서라면 명분을 버려서라도 실익을 추구하겠다는 진보개혁의 기수였다. 따라서 그들이 생각하고 있는 후계자의 구도도 다를 수밖에 없다는 것은 이해가 가나 절대군주 앞에서까지 한사코 자기의 의견만이 옳다고 우겨대는 것은 좀 지나친 감이 없지 않았다.

성삼문과 신숙주는 비슷한 나이로 집현전에서 함께 종사하며 각별한 우정을 지닌 젊은 학사들이다. 그들은 대왕을 도와『훈민정음』을 창제하느라 명나라를 열세 번이나 방문하여 한림학자 황천을 만나 자문을 구했던 장본인들이다. 학문을 연마하고 정사를 돌보는 데는 더 없이 친근하고 우애가 깊은 두 사람 사이였지만 후계자 문제에서만은 한 치도 양보할 수 없는 첨예한 대립 양상을 띠고 있었다.

세종대왕이 집권하고 있을 동안은 집현전 학사들이 현실정치에 적극적으로 뛰어들 여지가 없었으므로 별다른 마찰 없이 두 사람의 우정은 그대로 유지되겠지만 사후에는 어떻게 될지 알 수가 없었다.

왕의 질문에 먼저 대답한 이는 성삼문이었다.

"맏아들이 몸이 유약하다고는 하나 대통을 잇는 것은 유교의 근본 이치일진데, 더 이상 후계자 문제를 미루며 저울질하는 것은 혼란만 가중시킬 것이니 이번 기회에 장자의 손을 들어줌이 마땅하온 줄 아뢰옵니다."

"그도 그렇지. 숙주의 생각은 어떠한가?"

"성 학사의 말대로 장자가 최고 책임자의 자리를 물려받는다 해도 소임을 다할 기간이 얼마나 될지 지극히 불안한 상태에서 만약 불의의 변고라도 발생한다면 어린 손자가 그뒤를 곧바로 이을 수가 없습니다. 그렇게 된다면 또다시 피비린내 나는 모반과 역적질이 자연발생적으로 일어날 것이 분명한데, 그럴 바에야 아예 처음부터 강건하고 영민한 차자한테 승계함이 국가사직을 튼튼케 하고 나아가서는 만백성을 평안하게 하는 옳은 길이라고 믿고 있습니다."

"그것도 옳은 생각이오. 둘 중 하나를 선택하기가 이렇게도 어려우니 두 사람이 왕권을 똑같이 이등분하여 분배하는 집단 지도 체제를 도입해 봄도 좋을 듯한데, 일찍이 그런 이상야릇한 왕위 계승의 사례가 없었으니 그것도 불가능할 것이고, 아무튼 내 두 사람에게 간곡히 부탁하건데 의견이 다르다고 해도 내가 마지막으로 지명하는 자에게

조건 없이 순복하겠다는 각서를 써주기 바라오."

"그렇게 하겠습니다."

두 사람은 동시에 부복했다. 대왕은 그가 죽은 후에 틀림없이 지금의 두 사람이 권력의 핵심부로 뛰어올라 막강한 세력을 지니게 될 것임을 꿰뚫고 있었다. 조정 안에서는 그들만한 인물이 없었으며 지금 그들은 떠오르는 태양으로 추앙받고 있었다. 대왕은 죽기 전에 그들로부터 덫 하나씩을 받아놓은 셈인데, 글쎄, 난세에 지필묵으로 갈겨 쓴 두루마리 하나가 무슨 보증수표라도 되는 양 믿고 있었다면 대왕은 보기보다는 꽤나 순진했던 모양이다.

마침내 대왕이 숨을 거두었다. 사후에 그의 후손들 중에서 금삼의 피에 젖은 원한으로 무수한 생명들이 초개의 목숨으로 스러져가고, 아비된 이가 제 자식을 미친병으로 몰아붙여 뒤주 속에 가둬 죽이고, 간신이 나라를 거들내먹는 치욕의 역사가 전개되리라고는 꿈에도 생각하지 못하고 제위 31년 만에 그는 그렇게 갔다.

세종 다음에 왕위에 오른 자는 종실의 법통에 따라 당연히 장자였다. 일찍이 세종이 태종에 의해 두 형들을 물리치고 선택된 후 자신이 치루어내야 했던 정신적 갈등은 이제 그의 시대가 종막됨으로써 종지부를 찍고, 다음 세대부터는 장자우선원칙을 철저히 지켜나갈 것을 뭇 신하들에게 거듭 당부하기를 잊지 않았다. 그렇게 여러 번 다짐을 해뒀는데도 한편으로 생각하면 혈기방장하고 무소불위로 쏘다니고 다니는 유(瑈 : 수양)를 두고 문약한 향(珦 : 문종)에게 왕권을 계승시키게 하는 것은 아무래도 위험부담을 안고 있었다.

일찍이 대왕의 부친 태종도 그 혈기 하나만을 믿고 이복동생을 줄줄이 죽이지 않았던가. 물론 태종의 쿠데타가 성공을 거둠으로써 자신의 오늘이 있었음은 인정한다. 궁중 내 살육은 이제 그것으로 제발 끝이 났으면 좋겠다. 대왕 자신은 그렇게 얻은 지존의 자리였으니 그의 후손만은 제발 자기 말을 듣고 순응해 주기를 바랐는데, 장자의 지휘 체계가 제대로 먹혀들어가지 못하고 차자의 자제력이 한계를 뛰어넘는다면 법통이니 명분 따위는 하루아침에 쓰레기통 속으로 구겨박힐 테고 겨우 자리잡은 왕권마저 남의 입에 달랑 바치기에 꼭 알맞다.

대왕은 숨을 거두기 며칠 전 명료한 의식을 되찾았을 때 차세대 선두주자인 성삼문과 신숙주를 급히 불러 주위를 물리치고 거듭 당부하는 걸 잊지 않았다.

"그대들은 이제 떠오르는 태양으로서 주위에 막강한 파워를 형성할 것이 분명하고 누구도 감히 그대들의 세력 앞에 대적할 이들이 나타나지 않을 것인즉, 지난번에도 당부했듯이 이 늙은이가 눈을 감기 전에 다시 한 번 간곡히 이르노니 부디 내가 선택한 후계자를 밀어주시오."

두 사람이 소리쳤다.

"천지신명께 맹세합니다. 대왕은 아무 염려 마시고 편히 잠드소서."

그리하여 문종은 그의 나이 36살에 제5대 임금으로 즉위하기에 이르렀다. 문종은 선왕이 그에게 왕위를 물려주긴 했으나 남들이 말하는 그 화려한 자리를 별로 탐탐하게 생각하지 않았다. 자신은 웬만한 집이나 장만하고 조석으로 양식이나 떨어지지 않는 형편에서 평생 글이나 읽고 싶은데 이 골치 아픈 일을 떠맡아 어쩌란 말인가. 내가 아니라도 하고 싶어하는 건장한 동생이 있는데 부왕은 어쩌자고 정치에 별 흥미도 느끼지 못하는 나를 선택한 것일까. 차라리 차자로 태어남보다 못하지 않은가.

도대체 왕이란 자리가 만백성 위에 군림하는 것이 아니라 그들을 아무 불평 없이 편안하게 먹여살려야 하는 막중한 짐만 안겨주고, 담벼락 높고 넓은 집에 처박혀 여러 가지 제약과 굴레에 짓눌려 지내기

쉽상이다. 그 속에서 기껏 본다는 게 바람기 많은 여자들의 치맛자락이나 들춰보든지 아니면 그녀들의 화냥끼 많은 까뒤집힌 눈자위나 쳐다보는 게 고작인 주제에 가는 곳마다 줄줄이 따라다니며 마마, 이것도 아니되옵니다, 저것도 아니되옵니다 등 흰소리만 외쳐대니 사람 갑갑해 못 살 지경이었다. 이런 곳에서 평생을 숨죽이며 살아야 하다니 지겨워 죽을 판인데, 선왕의 명령은 수정 불가능한 절대 왕명임으로 차마 그걸 박찰 수 없는 게 문제였다. 그는 내키지 않았지만 어쩔 수 없이 왕관을 머리 위에 얹었다. 그리고 제일 먼저 성삼문을 불렀다. 태어날 때 하늘에서 아이가 태어났느냐고 세 번씩이나 물었을 정도로 두뇌 회전이 빠른 성삼문은 이제 문종의 최 측근 중의 측근이었다.

"나는 원래 다스리는 데는 별로 취미가 없소. 책이나 읽고 가끔 낚시나 하는 게 유일한 낙인데 앞으로도 그럴 작정이니 당신이 알아서 모든 정보를 총괄하여 관리하시오. 당신한테 왕의 인감을 맡겨놓을 테니 사람을 죽이는 일이 아니라면 당신 손에서 전결해도 좋소."

"제가 그 일을 대신하는 것은 심히 부당합니다. 정치판에도 엄연히 위계와 질서가 있는 법인데 하루 아침에 실권을 한 사람에게 몰아주면 조정안이 대단히 시끄럽게 될 터인즉 부디 그 명을 거두어주소서."

"그게 무슨 해괴한 변명이오. 도대체 왕한테 인사권도 없다는 말이오? 그래 당신 말대로 지체 높다는 영감쟁이들을 만나봐야 되지도 않는 설교나 잔뜩 늘어놓을 게 뻔한데, 군소리 말고 내가 시키는 대로 그냥 일을 맡아하시오."

문종은 비단주머니에서 큼지막한 도장을 꺼내어 성삼문한테 획 던져주고는 낚싯대를 챙겨들고 연못가로 가버렸다. 군·관·민의 정보를 완전 장악한 성삼문은 왕의 절대적인 신임으로 그의 행보에 힘이 실려 욱일승천하는 기세로 단번에 실권을 손아귀에 쥐었다.

성삼문은 기회가 있을 때마다 문종에게 경각심을 일깨웠다.

"동생을 조심하십시오. 그는 대단히 무서운 자로 호시탐탐 왕의 자리를 엿보고 있습니다. 어떤 음모를 꾸미고 있는 줄은 정보를 장악하고 있는 저조차도 알 수 없을 만큼 음흉합니다. 명령만 내려주신다면 제가 당장 약사발을 안겨버리겠습니다."

"쓸데없는 소리. 그 자는 나의 둘도 없는 아우야. 나를 내몰고 왕이 된다고 해도 나는 별로 불만이 없으니 하고 싶은 대로 하라고 해."

"그건 말도 안 되는 이야기이니 아예 입 밖에 꺼내지도 마십시오. 선왕인 세종대왕께서 들으셨다가는 지하에서 벌떡 일어나시겠습니다."

측근들이 그러나 말거나 문종은 아무 사심 없이 수양을 가까이에 두고 각종 연회에 초대하는 걸 잊지 않았다.

문종과 성삼문이 누린 밀월의 세월은 꼭 3년, 선대왕의 염려대로 어느 날 아침 문종은 숨을 거두었다. 일찍이 자신의 죽음을 예감이라도 한 듯 문종은 자신이 직접 작성한 유언을 보관시켜두었는데, 사후에 그것이 공개되었다. 유언의 주된 내용은 이러했다.

짐의 몸이 허약하여 언제 불의의 변고로 목숨줄을 놓을지 몰라 이 유언을 작성해 두는 바이니 관련 있는 자들은 그대로 이행해 주기 바람.

왕위의 인계는 아들인 홍위(弘偉 : 단종)의 나이가 만 15세를 넘기면 마땅히 그가 지존의 자리에 앉을 것이며, 그렇지 못할 경우 아우인 수양대군에게 왕의 자리를 물려준다. 수양대군은 왕위에 오른 후 조카에서 어떤 물리적인 가해를 하지 않겠다는 것을 만천하에 공표함으로써 이 유언의 효력이 발생한다는 것을 부언한다.

유언의 의미는 대단히 중요했다. 어린 나이에 후계자로 등극시켜봐야 명예욕에 불타는 숙부에 의해 왕의 자리가 찬탈당할 것이 뻔하고 잘못하다가는 귀한 목숨마저 날아갈 게 분명한데, 후손을 구하기 위해서는 차선을 선택함이 아비된 자로서 어쩔 수 없었던 방법이었음으로 유언장의 공개석상에 참석한 사람들은 절묘한 마지막 승부수에 탄복했다.

"어벙하기 짝이 없던 왕의 머리에 어떻게 이런 고단위 생각이 떠올랐을까?"

"가계보존에 대한 각별한 부성애의 발로군. 혹시 모르지, 성삼문의 머리에서 나온 묘수인지도."

"그래도 알 수가 없는 노릇이야. 생전에 왕의 밀지로 동생을 처단할 수도 있었을 텐데, 그런 방법을 사용하지 않았다는 건 역시 놀랄만해."

"더 이상 골육상쟁은 막아야겠다는 충정이겠지. 성삼문이 몇 차례나 수양한테 약사발을 안기자고 간청했는데도 끝내 거절했다잖아."

"앞으로 성삼문의 신세가 처량해지겠군. 수양이 어떻게 복수할지가 꽤 재미있는 구경거리가 될 걸."

후에 단종이 될 홍위에게는 천만유감이지만 그의 나이가 12살밖에 안 되었으므로 유언의 집행에 따라 그의 숙부 수양대군이 왕위에 올라 제6대 세조가 되었다. 세조는 형의 간곡한 유지를 따라 조카를 정성으로 보살폈다. 모든 이의 염려와는 달리 성삼문도 무사했다. 단지 그가 장악하고 있던 정보 활동과 측근들의 내사 권한은 신숙주에게로 대거 이양되고 한직으로 밀려났다. 세조가 지닌 넓은 도량과 과거의 일은 일체 불문에 붙이겠다는 그의 즉위공약 탓에 성삼문은 그렇게 살아남았다.

홍위 나이 15세 되던 해, 그는 한양을 떠나 시골에서 조용히 살고 싶으니 먼 곳으로 가게 해달라고 왕에게 청을 넣었다. 이유는 그러했으나 그 내막은 심히 복잡했다. 문종이 남긴 유언에는 세조가 인계할 최고위 자리를 조카가 15세가 되면 다시 넘겨주어야 한다는 문구는 어디에도 없었으나, 그 자리를 맡을 수 있는 최저 연령이 15세라는 것은 분명하게 명시해 두었음으로 사람들은 이제 왕권은 원위치로 되돌려줌이 마땅하다고 생각하고 있었다.

그런데 세조의 생각은 천만의 말씀이었다. 이렇게 좋은 자리를 내가 왜 물려주지? 여봐라, 한 마디에 남자를 여자로 바꾸는 것 외에는 안 되는 게 없는 천상천하 제일의 자리를 어느 쪼다가 제발로 물러나겠다는 말인가. 어린 조카보다는 아무래도 내가 났지. 그 동안의 업적을 보라구. 북쪽에서 깝죽거리는 야인들을 정벌하고, 안으로는 문치에 힘써 『국조보감』이나 『경국대전』을 편찬하지 않았느냐. 젖비린내나는 어린 아이가 중대한 국가 시책을 원활하게 추진하기에는 아무래도 역부족이지. 그냥 이대로 내 식으로 밀고 나가자.

홍위의 시골행은 그런 숙부의 강경책을 눈치채고 우선 쏟아지는 소나기부터 피해 볼 양으로 찾아낸 피난처였다. 그는 숙부의 승낙하에 강원도 영월로 내려가 여장을 풀었다. 그곳에서 그는 우연한 기회에 무림계의 최고수인 무학 대사를 만나 장안권법을 전수받았다. 훗날을 기약하자. 그는 이를 갈며 신체를 단련하고, 책을 읽고 무예를 익히는 데 게을리하지 않았다.

단종의 나이 18세. 헌헌장부의 풍모가 완연했다. 그때 서북방 변방을 지키고 있던 김종서가 황보인과 임무교대를 끝내고 노구를 이끌고 한양으로 돌아가던 중 칩거하고 있던 단종과 손이 닿았다. 일찍이 할아버지대로부터 충성을 바쳐온 보수주의자의 원로다. 세조 등극 후에 변방으로 밀려났다가 이제 나이 들어 은퇴하려고 돌아가는 길이었다. 단종이 김종서한테 눈물을 흘리며 하소연했다.

"응당 내가 앉아야 할 임금자리를 숙부가 대신 차고 앉아 있소. 나는 원통하니 내 자리를 되찾을 셈인데 부디 도와주시오. 만약 일이 성사된다면 성공보수금은 충분히 드리겠소."

"그 일이라면 나도 찬동하는 바이오. 그러나 내가 직접 나서서 일을 도모하기에는 너무 나이가 많고 몸이 쇠약해 있으니 몇 사람들을 천거하겠소. 그들을 은밀히 만나 일을 성사시키도록 애를 써보시오."

"좋소. 그들이 누구인지 말해 주시오."

"성삼문과 그의 아비 성승, 박팽년과 하위지, 유응부, 이개 등이오. 그리고 무엇보다 중요한 것은 대사를 순조롭게 이끌기 위하여 먼저 한명회와 신숙주를 제거하는 것을 잊지 마시오."

세조 즉위 7년. 한명회와 신숙주를 암살하기 위해 기회를 엿보고 있던 중 뜻하지 않은 찬스를 잡았다. 명나라 사신을 맞을 잔치가 창덕궁에서 열린다는 공고가 붙었다. 왕이 참석하는 공식행사에 무장들이 칼을 차고 좌우에 시립하는 별운검의 자리에 성승과 유응부가 서기로 결정되었다. 절호의 기회였다. 성승이 세조를 치고 유응부가 그의 아들을 자르기로 내약했다.

전날 이 모의를 눈치 챈 자가 있었다. 김질과 그의 장인 정창손이었다. 두 사람은 엄청난 정보를 입수하고 두근거리는 가슴을 안고 숙의에 숙의를 거듭했다.

"장인어른, 이 일을 어쩌지요? 그냥 뒀다가는 한 나라의 왕통이 하루 아침에 뒤바뀔 판인데 그냥 모른 체 할 수가 없잖습니까."

"기다려보세. 간밤에 별자리를 보니 천하의 운세가 점차 영월 쪽으로 기울어져 가고 있는 듯하니 아마 거사는 성공하고 말거야. 모른 체 그냥 내버려두는 게 좋겠어."

"그렇지만 조카가 숙부를 치고 왕위를 찬탈하는 게 말이라도 되는 일입니까?"

"원래 그 자리는 숙부의 자리가 아니지. 겁 많은 선대가 일을 그렇게 만들어놓았지만 지금이라도 올바로 돌려놓는 게 바른 순서야. 그 일로 숙부가 형벌을 받는다고 해서 크게 문제될 바도 아니지."

"임금자리가 도대체 뭐길래 골육끼리 치고 받고 싸우고 죽이고 야단들인지. 하는 짓들 보니 개판이 따로 없습니다."

"원래 이 나라의 출발이 그러하지 않았던가. 이씨가 왕씨를 몰아내고 세운 나라의 기틀이란 게 모두 죽고 죽임의 결과였지. 이성계가 위화도 회군으로 움켜잡은 정권 역시 혁명이라고 우기고 있지만 따지고 보면 반역이 아니고 무엇이던가."

사위와 장인은 굳게 입을 다물기로 작정했다.

『왕조실록』에는 이렇다. 김질과 정창손이 세조에게로 득달같이 달려가 별운검 거사의 내막을 밀고해 버린다. 물론 피를 부르는 숙청이 있었음은 자명하다.

그런데 오늘 우리들은 두 사람의 입을 봉하게 함으로써 또 다른 역사의 한 장을 구경하게 된다.

그날, 명나라 사신을 맞은 창덕궁 연회장에서 별운검을 쥔 성승은 수양이 자리에 앉은 수분 후에 그의 목을 내려쳤다. 삽시간에 잔치는 뒤죽박죽이 되고 놀란 사신은 버선발로 도망을 쳤으며 쌓아놓은 음식 위에는 선혈이 낭자하게 튀었다. 유응부가 눈을 동그랗게 뜨고 기겁을 하고 있는 수양의 아들 등짝을 칼로 찍어 눌렀다. 뒷문으로 달아나는 한명회는 장안권법에 통달해 있는 단종이 휘두른 쇠절구공으로 뒷통수를 얻어맞고 머리통이 박살이 나 바닥에 내팽겨졌다.

순식간에 대세를 휘어잡은 영월파들은 수양에 빌붙어 지내던 관리들을 모조리 잡아 옥에 가두었다. 그날 죽은 자가 수양을 포함해 7명, 사상자가 십수 명에 이르렀으나 외부로는 공표되지 않은 극비의 기밀사항으로 처리되었다.

3일 후 제7대 임금으로 단종이 즉위했다. 단종은 즉시 공신 책봉에 들어갔는데, 1등 공신에 든 자들의 면면은 김종서, 성삼문, 박팽년, 하위지 등이었으며 그 동안 한직으로 밀려나 있던 성삼문은 일약 대제학으로 뛰어올랐다.

수양의 측근인 신숙주는 구속되어 무지막지한 무장들의 짚신 아래 짓밟혀 그 꼴이 말이 아니었다. 태종 14년에 충북 청원군 가덕면에서 태어난 신숙주는 수양을 도와 많은 업적을 쌓은 뛰어난 학자며 외교관이었다. 그가 세조의 편에 선 것은 세종대왕 때처럼 강력한 왕권으로 나라의 체통을 세워야만 태평성대가 열리게 되며, 자신은 신하된 도리로 지성으로 왕을 보필함으로써 이 나라의 앞날은 더없이 부강해지리라는 기대 탓이었다. 그런데 이게 무슨 날벼락인가. 하루 아침에 조카가 숙부의 목을 쳐대는 살생을 자행하다니, 도무지 믿을 수 없는 일련의 사건들에 대해 경악을 감출 수가 없었다.

이미 죽은 자는 그것으로 종멸을 보았지만 살아 있는 자는 그들대로의 지혜가 필요했다. 단종이 그 재주를 아깝게 여겨 신숙주를 친히 불러 회유했다.

"지금도 늦지 않았으니 죽은 수양을 버리고 우리들 캠프에 합류한다면 내가 그대의 죄를 눈감아주리다."

"하늘에는 해가 둘이 아니고, 한 나라에는 임금이 둘이 아닌 법이오. 내 이미 한 임금을 섬겼거늘 그대가 자칭 왕이라고 아무리 떠들어도 나로서는 수긍할 수가 없소. 이 한 몸 이미 죽을 각오를 했으니 알아서 처분하시오."

"앞으로 내 밑에서 녹을 먹고 신하로서 살겠다면 많은 상금을 내릴 테니 부디 마음을 돌려 먹게."

"나는 굶어 죽어도 나으리가 주는 재물이라면 띠끌 하나도 손 대고 싶지 않으니 그런 말 같잖은 소리는 두 번 다시 하지 마시오."

"뭐라고, 나보고 나으리라고? 네 이놈 어디 한번 죽어보아라."

　단종이 대노하여 물고문을 시키고도 모자라 급기야는 낙형(烙形)의 고문을 가하니 옆에서 보는 이 누구 하나 눈을 돌리지 않는 이가 없었다. 지독한 태형에도 정작 본인만은 피를 줄줄이 흘리며 아무 말이 없었다. 단종의 곁에 시립한 성삼문이 신숙주의 처참한 몰골을 보다 못해 그의 곁으로 다가갔다.

　"여보게, 숙주. 고집은 그만부리고 지금이라도 마음을 돌려먹게. 그렇게만 한다면 내가 주상께 말씀드려 그 동안의 일은 없었던 것으로 하겠네."

　"네 이놈, 삼문아. 일찍이 세종대왕 앞에서 우리 두 사람이 언약한 약속을 잊었드냐. 대왕이 선택한 후계자를 나는 아무 말 않고 인정했는데, 그 다음의 임명권자가 결정한 엄연한 왕위 계승을 너는 어찌하여 왜곡되게 해석하여 네 멋대로 역사의 물줄기를 바꾸려 하느냐?"

　그 말을 끝내고 신숙주는 마침내 혼절하고 말았다.

　그날 심히 지쳐 있는 상태로 성삼문이 퇴궐하여 집으로 돌아오니 부인이 흰 소복을 입고 대들보에 목을 매려고 하고 있었다.

　"이게 도대체 무슨 짓이오?"

　"신 학사가 지금 만고에 충절을 지켜 목숨이 태풍 앞에 촛불 같은데, 만약 당신이 변절자로 낙인 찍혀 세인의 웃음거리가 된다면 그 꼴을 보고 더 이상 살 수가 없어요."

　"그 무슨 해괴한 논리요? 내가 무슨 까닭으로 변절자이며, 숙주가 충신이 된다는 이치는 알 수가 없구려. 우리는 부당한 왕위 계승을 뒤엎고 올바른 왕통을 세우기 위해 몸을 던졌을 뿐이오. 앞으로 계속 장자 상속의 원칙이 이루어지지 않는다면 이 나라는 임금자리 하나를 두고 피비린내 나는 왕권 싸움으로 날이 새고 질 것이 분명하오. 지금이라도 완벽한 전통을 세워 차자가 아무리 뛰어나다 하더라도 장자에게 왕위가 자연스럽게 인계되는 토대를 만드는 것은 지극히 당연한 일인데, 어찌하여 그것이 변절이란 말이오?"

"수양이 왕의 자리에 오른 것이 선왕이 남긴 유언에 의한 합법적인 절차이거늘, 그것이 어떻게 법도에 벗어나는지 알 수가 없어요."

"그 당시는 나이가 어려 숙부가 대행 체제를 맡았으나 이제 그 아들이 장성했으니 마땅히 정상의 자리를 물려줌이 당연한데도 수양은 전혀 그런 기색이 없질 않았소. 뿐만 아니라 자신의 아들로 하여금 최고위 자리에 오르도록 한명회, 권남, 신숙주 등을 사주하여 후계자 구도에 대한 분위기를 조성하고 있는 판인데, 그 일을 그냥 묵과하는 것이 진정 옳은 일이라고 믿고 있소?"

"그 일은 그렇다고 하더라도 항간에는 개인의 영화를 노려 어린 단종을 등에 업고 설치는 자들의 행패짓이라는 말들이 파다하니 그게 수치스러워요."

"염려마시오. 모든 혁명의 초기에는 유언비어가 돌고 혼란이 발생하는 것이 당연하지만 곧 민심을 수습할 중대 발표들이 있을 것이오. 부인은 너무 심려마오."

부인을 달랜 성삼문은 늦은 밤에 수행자도 거느리지 않고 혼자 신숙주가 갇혀 있는 옥으로 갔다. 옥졸이 단번에 그를 알아보고 옥문을 열었다. 피바람을 일으키고 있는 이 난세에 권력 핵심부에 가장 가까이 접근해 있는 그의 앞을 가로막을 자는 아무도 없었다. 컴컴한 지하도를 지나 마침내 신숙주가 갇힌 문 앞에 섰다. 온몸에 피범벅이 된 신숙주가 낮은 신음소리를 연신 토해 내고 있었다.

"여보게 숙주, 날세. 좀 일어나 보게나."

"나라는 자가 누구냐? 그대가 성삼문이라는 이름을 지닌 자라면 그냥 되돌아가는 것이 좋을 걸세. 나는 더 이상 그대와 나눌 말이 없네."

"왜 그렇게 고지식한가. 잠깐 눈을 뜨고 내 말을 들어보게나. 우리가 일찍이 세종대왕을 모시고 늦은 밤에 술잔을 나눌 때, 이렇게 두 사람이 갈라서자고 긴긴 밤을 지세우지는 않았잖은가. 수양이 아무리 뛰어난 임금이라 하더라도 이제 정통 왕권을 인수할 자가 장성했으니 물려주었음이 도리 아니던가."

"그 일이라면 여러 사람이 모인 자리에서 충분히 토론을 거쳐 의견을 수렴한 후에 결정해도 좋을 텐데, 백주대낮에 이게 무슨 가당찮은 테러인가."

"그 점은 용서하게. 그러나 임금의 자리란 게 사전에 의견 조율을 거친 다음 자리 바꿈을 하는 것이 쉽지 않다는 것을 자네도 잘 알고 있잖나. 속전속결이 아니면 이쪽이 당할 것이 뻔한데 어느 멍청이가 그런 낌새를 만천하에 나발불고 다닌단 말인가?"

"하여간 나는 돌아설 수 없네. 자네가 꼭 그렇게 하겠다면 자네는 자네의 길을 가고 나는 나의 길을 가는 것이 옳겠네."

성삼문은 두어 시간이나 신숙주 곁에서 머물렀으나 끝내 그의 편으로 회유시키는 데는 실패했다. 새 시대에는 그에 합당한 새로운 일들이 많은데 그의 아까운 능력을 썩혀버리다니 참으로 애석한 일이었다. 성삼문이 자리에서 일어날 무렵 신숙주가 한 가지 청을 넣었다.

"여보게, 내 지금 갈증이 매우 심하니 나가는 길에 술이나 한 잔 들여보내주게나."

"나도 목이 칼칼하던 참인데 마침 잘 됐군. 우리 여기서 술이나 한 잔 나눔세."

얼마 후 배달되어 온 한 항아리의 술을 두 친구는 침묵 속에 나누어 마셨다. 술독을 비우고 일어서 돌아서는 성삼문을 향해 신숙주가 한 결 촉촉해진 음성으로 나직하게 당부했다.

"자네도 토사구팽(兎死拘烹)당하지 않으려거든 이제 나 같은 친구는 잊어버리게."

발걸음을 멈춘 성삼문이 지극히 부드러운 눈길을 친구에게 보냈다.

"고맙네. 잘 있게."

그것이 그들의 마지막 만남이었다. 왕들의 싸움으로 어느 쪽인가의 선택을 강요받을 수밖에 없었던 두 사람은 그후 삶과 죽음의 길로 갈라서고 사후에도 평가가 극명하게 엇갈리게 되었다. 그 시대 남들보다 많이 배우고 익혀 판단할 능력을 두루 갖춘 엘리트 계층이 그러할진대, 자신의 의지와는 무관하게 역사의 틈바퀴에 끼여 필멸하는 민초들의 삶은 어떠했을까.

사흘 후 고문에 못 이긴 신숙주는 옥사했다. 성삼문은 승승장구하여 영의정에 오르고 자자손손 영화를 누리게 된 것은 자명하다. 목숨을 걸고 단종의 편에 서서 수양을 축출시킨 다음 새로운 왕을 옹립하는 한순간의 결정으로 그는 한 시대의 획을 긋는 풍운아가 되었던 것이다.

이제 잠시 현장을 떠나 단종의 후손으로 넘어가 보자. 쿠데타를 일으킬 만큼 튼튼한 심장과 지혜를 두루 갖춘 그의 후손 역시 하나같이 자못 강성하여 10대 왕 때는 만주 지방을 평정해 국토를 두배나 넓혔고, 14대 왕에 이르러서는 남해안에서 해적질을 일삼는 왜군들을 일망타진했다. 마침내 임진년에 일본이라는 섬나라에 대군을 이끌고 들어가 본토를 초토화시켜버렸다. 그 당시 선봉대장을 섰던 신립이라는 장수는 왜군의 대장군인 풍신수길을 사로잡아 생간을 끄집어내어 땅바닥에 내동댕이 쳐버렸다는데, 그 광경을 지켜본 왜왕은 기겁을 하고 일본 정벌의 총대장인 이순신 앞에서 단을 쌓아놓고 세 번씩이나 무릎을 꿇고 항복하는 예를 올렸다.

그 시대 무예와 학문에 두루 뛰어난 승려가 있었는데 이름이 사명대사라고 했다던가. 속국이 되기 전, 전쟁에 밀리고 있던 일본은 애걸복걸 화평을 요청했는데, 조정 사신의 자격으로 구름을 타고 바다를 건너간 사명 대사는 펄펄 끓는 가마솥 안에서 하룻밤을 보냈다. 다음 날 아침 조반으로 청주 두 병과 암퇘지 한 마리를 거뜬히 먹어치우는 걸 보고 왜인들은 혀를 내둘렀다고 야사에는 전한다.

후세의 사가들이 말하길 그때 왕국이 그토록 부국강병했던 이유는 단종에 의해 새롭게 이룩한 왕권이 뿌리를 튼튼히 내린 탓과 그를 추종했던 뛰어난 엘리트들이 힘을 합하여 나라의 기강을 바로 세운 연유라고 설명했다.

물론 장자에게 왕권이 계승되는 것은 하늘의 뜻만큼이나 확실하게 지켜졌고, 수양 이후 왕위 계승을 넘보는 자는 아무도 없었음은 주지의 사실이다.

만약에, 만약에 말이다. 지금까지의 황당무계한 이야기가 백일몽이 아니고 실제의 역사로 존재했다면, 그로부터 정확히 538년이 지난 지금 1995년의 우리는 어떤 환경 속에서 살고 있을까. 역시 꿈은 꿈이로다.

욕망, 허무 그리고 소설쓰기

소설가는 저주받은 영혼의 소유자인가?

대부분의 사람들이 바라보기에는 지극히 평범하고 정상적인 세상살이가 작가들의 눈에는 옳지 않고 왜곡되게 보인다. 그들은 보편타당성을 지닌 질서에 전율하며 일상적 가치를 장벽으로 간주한다. 그 벽을 뛰어넘기 위하여 소설가들은 평범한 삶을 택하는 대신 운명처럼 어둠의 세계로 빨려들게 된다. 그러나 그들은 깨어 있는 자의식이 대단히 강하기 때문에 쉽게 괴멸당하지 않고, 추잡한 욕망과 자기 향유적 생활에 탐닉하는 현대인을 고발하며 새로운 삶의 질서를 처절하게 추구해 나간다. 그것은 얼마나 아름다운 승화인가.

여름소설학교에 참가할 때까지 나는 중대한 결정 하나를 미루고 있었다.

오래 전부터 끊임없이 나 자신을 채근질하고 있던 문제를 이제는 어떻게 하든 매듭을 지워놓아야 할 지경으로 내몰리고 있는 형편이었다. 2박 3일 동안의 여름소설학교 참가 기간 동안에 내가 내린 결심이 확고불변한가에 대하여, 그렇다면 그 결행의 시기를 언제쯤으로 정하는 것이 좋은가를 면밀하게 점검해 볼 생각을 갖고 있었다.

그 결행이란 평생을 천직이라고 여기고 종사해 온 의사라는 직업을 버리는 것이었다. 지금 남천동에 신경외과 의원을 열고 있는 곳에 문을 내리고, 남은 생애 동안은 오로지 독서와 소설쓰기에만 전념할 수 있는 전업작가의 길로 들어서겠다는 결심이었다. 보편적인 사고를 지닌 사람들이 일상적으로 그 이야기를 듣는다면 대단히 황당무계한 계획으로 웃어넘길지 모르나, 그 일로서 갈팡질팡하고 있는 나로서는 실로 중차대한 결정이 아닐 수 없었다.

나는 나 스스로에게 다짐시켰다. 앞으로 더욱 치열하게 살자. 만약 의업을 버리고 문학을 선택한 후 비록 나에게 뼈저린 외로움이나 고통, 아니면 현실적 빈곤 상태로 내몰리더라도 투명하게 받아들이자. 외로움이나 절망 없이 어찌 소설쓰기의 그 순수함에 닿으랴. 그 동안 소설을 꿈꾸기보다는 포기하는 것이 더 힘들지 않았던가.

몽테뉴는 그 유명한 『수상록』을 쓰기 전 집필에 앞서 그의 귀거래사에서 이렇게 밝혔다.

> 기원 1571년, 덧없는 인생 38년을 산 나, 미셸 드 몽테뉴는 오랜 법원 생활에 지친 나머지 이제 남은 혈기를 조용히 사색하면서 저술 활동에 바치고저 하노니……

그는 관직을 버리고 프랑스의 보르도 지방으로 되돌아갔다. 그곳은 빛나는 태양과 세계 제일로 치는 양질의 포도주가 있어 몽테뉴가 사색과 창작에 전념할 수 있게끔 하는 좋은 환경이 되어 주었다. 그는 38살에 법관을 그만두고 아름다운 고향 땅에서 원통형의 꼭대기 방에 칩거하며 12년 간의 각고 끝에 마커스 아우렐리우스의 『수상록』이나 파스칼의 『팡세』에 버금가는 명저를 남겼다.

그는 법원 생활을 할 동안에 주위에서 듣고 보는 온갖 것이 허깨비와 잡소리뿐이라는 걸 진작에 알아내고 30대 후반에 훌훌히 털고 일어날 수 있었다. 147cm의 단구에 평생 동안 간질로 고생하면서 인간이라는 지극히 애매모호하고 혼동된 개성을 지닌 자들의 내면 탐구와 그런 자들이 공동 생활을 영위하기 위한 필수불가결한 지혜를 찾아 헤매던 그가 마지막으로 남긴 말은 "나는 무엇을 아는가?" 하는 단순한 자기 부정이었으니 이 위대한 천재의 결론은 자못 겸손하기 짝이 없다.

나는 25년의 의사 생활을 했다. 이제 무엇을 더 얻기 위하여 나의 결심을 미룰 것인가. 모아둔 재산은 없다. 지나간 시절, 굴절된 내 인생행로 때문에 비축해 둔 상당한 돈을 날린 적이 있다. 아깝긴 하나 잃어버린 재물이 되돌아오지도 않을 것이며, 그걸 되찾기 위하여 어떤 일을 시도하기에는 너무 늦어버린 나이다. 그게 대순가. 축재의 한 수단으로 의사일을 지속하고 있다면, 내가 지금 거금을 안고 있다고 하더라도 그 일에서 손쉽게 멀어지기는 힘들 것이다.

언젠가 이런 이야기를 꺼냈을 때 선배작가인 윤정규 형은 내 서두름을 탓했다.

"의사 생활하면서 시간 날 때마다 천천히 쓰면 될 텐데, 뭐가 급해서 그렇게 서둘러?"

"소설이 안 되니 답답해서 그렇지요."

"그 동안 쓸 만큼 썼잖아."

"소설을 써내기만 하면 뭘 해요. 나는 내 생애 동안 만족할 한 편의 소설만이라도 썼으면 좋겠는데, 지금 형편으로는 도무지 요원한 생각이 드니 미칠 지경이라구요."

"답답하고 미칠 일도 많다. 소설을 못 써서 그 지경이라니 서천 소가 웃을 판이다."

나이 50줄에 접어든 지금, 내가 앞으로 소설을 쓰기 위해 비축해 둔 시간은 너무나 짧고도 짧다. 나는 초조하다. 살아남아 있을 시간 동안에 하고 싶은 독서와 소설쓰기에만 매진한다고 해도 그 시간은 너무나 짧지 않은가? 나이 들어 치매에 빠지기 전 명료한 의식을 지니고 있을 동안에 정말 괜찮은 작품을 써낼 수 있게 될까?

문학 하나에만 매달려 내 남은 인생이 더없이 피폐해진다 해도 받아들여야 한다. 그것은 젊은날의 완벽하지 못했던 행로에 대한 형벌이며, 또 한편으로는 그것으로 내 삶의 일부분이나마 구원을 받을 계기가 된다면 내가 그걸 담담하게 받아들이지 못할 이유가 없다.

비가 오던 날 서울에서 내려온 유익서 형을 만나기 위해 주점 양산박에 들렀을 때, 먼저 들어와 술을 마시고 있던 이복구 형은 거두절미하고,

"전용문 형은 다른 것 안 하고 소설만 쓴다면 참 괜찮은 작품을 써낼 텐데, 매우 아깝습니다."

그때 나는 애매하게 웃었다.

"그런가요? 만약 다 때려치우고 소설 하나만 붙들고 있다가 그것마저 제대로 안 되면 어쩌지요?"

"그럴리가, 그렇다 하더라도 의사가 굶어 죽기야 하겠어요?"

"전직 의사라고 해서 항상 배부르게 살 수만은 없지요. 허기사 요즘 세상에 굶어 죽었다는 사람 이야기는 못 들어봤으니 그거야 안심해도

되겠지만, 배수진을 치고 달려들면 더 불안해져서 물 속으로 자진해 떨어질 것 같은 예감이 들어요."

병원에 놀러왔던 후배 최영철 시인은 이러지도 저러지도 못하고 난망해 하는 나를 보고 이렇게 말했다.

"어떤 결정을 내리더라도 결국 갈등 속에 휩쓸릴 겁니다."

그 결론은 정곡을 찌른 말이다. 더 이상 보태고 빼고 자시고 할 어떤 말도 불필요하다.

세상만사는 언제나 자기 편의주의적으로 설명하려 든다. 만약 의사의 일을 계속하면 나는 소설가로서 소설을 못 써내도 질책을 면할 수 있다. 유예된 상태다. 사람들은 의사의 일만도 바쁠 텐데 소설까지 써낼 수가 있겠나 하고 한 수 접어주고 대할 테지만 내 경우에는 천만에다. 타인들이 어떤 생각으로 비켜서서 바라보든말든 개인적으로 나 자신에 대해서 조금도 봐줄 수가 없다. 나는 나에게 가혹하게 채찍질할 뿐이다. 소설가라는 이름을 갖고 있으면 소설을 써내라. 의사일 때문에 못 하겠다고? 의사일은 수단이지 목적은 아니었으니까 그 일을 그만두면 된다. 아까워서 망설여진다고? 그렇다면 소설가의 이름을 버려라. 그건 더 못 하겠다고? 비열한 이기주의자의 욕심이다. 양손에 밥과 빵을 쥐고 무엇을 먹을까 하고 행복한 고민에 빠져 있다. 주위에는 밥이나 빵 중 어느 한 가지도 못 가진 자들이 수룩한데도.

의사일이나 열심히 하고 구순하게 살아가면 대체적으로 만족한 인생이 될까? 그렇게 살겠다고 생각하니 모든 것이 막연하여 가슴에 비가 주룩주룩 내리는 기분이 든다. 그렇다면 내가 지금 소설쓰기에 믿고 있는 절대적인 희망이나 기쁨 혹은 고통이나 비애는 진실일까? 그 모든 느낌으로부터 무감동해질 때까지 줄기차게 기다리고만 있을까? 세월이 지나면 문학의 열기도 자연적으로 시들해져 마침내 포기하게 될까?

『삼국지』에서 오나라의 주유가 죽기 전에 하늘을 원망하며 통탄했다는 고사가 떠오른다.

"하늘이 이미 주유를 내셨으면, 왜 또다시 제갈량을 내리셨는가?"

적벽대전에서 조조를 죽음 직전까지 몰고 갈 만큼 지모가 뛰어난 불세출의 명장인 주유도 제갈량과의 대결에서는 번번히 패하고 만다. 그는 살아 최선을 다했으나 언제나 제갈량보다 한 수 아래였다. 그것이 주유가 타고난 운명이었다.

소설쓰기에 절망해 버린 나는 목에 칼을 대고 무엇이라고 항변을 해야 하나?

"하늘은 내게 의사의 길을 걷게 해주고, 또 어이하여 문학이란 올가미를 덧씌웠습니까?"

종합병원 봉직의 생활을 청산하고 처음 의원을 개원할 때, 나는 처음부터 참담한 실패를 예견해 왔다. 이익을 취함에 남들보다 뛰어나지도 못함을 스스로 알고 있는 형편에, 패배를 작정하고 시작한 개원 생활은 매사에 소극적이고 비능률적인 생활습관을 만들어내었다. 그래서 나는 언제라도 의사의 일로부터 쉽게 손을 떼려고 준비하고 있었는지도 모른다.

많은 작가들이 소설에만 매달려 대부분의 시간을 그 일에 소진시켜 그들의 영혼을 불태우고 있다. 그들이 과연 물질적으로 나보다 가난한가? 아니다. 내가 만나본 전업작가들은 세상일의 원칙에만 고수하는 덜 떨어진 의사들보다는 확실하게 부유했다. 그러나 사람들은 그렇게 믿지 않는다.

내가 만약 의사의 일을 버리고 소설에만 매달린다면 가난해도 된다. 이 시대 이 땅에 살고 있는 대부분의 사람들이 의사들은 부를 움켜쥘 수 있는 가장 안전하고 빠른 길을 선택한 사람들이라는 고정관

넘에서 벗어나지 않는다면, 나는 의사라는 직업을 지니고 있는 한 남들보다 부유하지 않으면 안 된다.

실제로 의업에 종사하는 의사들이 일반인들이 지니고 있는 생각들과는 엄청난 괴리를 느끼고 있는데도 불구하고 부모들은 머리 좋은 자녀들을 의과대학에 보내려고 혈안이 되어 있다. 단지 남들보다 잘 먹고 잘 살기 위하여, 아이들의 천재적 머리가 의학에 물들어가면서 그들의 개성이 형체도 없이 모두 사라져버려 거대한 기계의 일부 구조물로 전락해 간다는 사실을 도외시 한 채 부모들은 한사코 자식들을 의과대학에 보내려고 애를 쓴다. 영리한 아이들은 자기가 바라던 삶과는 영 딴판인 외곬의 인생행로를 걷게 되고, 장년의 의사가 되면 모두가 외로움에 치를 떨면서 회의와 후회의 나날들과 맞닥뜨리게 된다.

나는 그런 면에서 비켜서는 행운을 맛보았다. 늦은 나이에 소설가의 대열에 참여하면서 의사들이 쉽게 빠져버리는 제한된 속박과 제물의 굴레를 아무렇지도 않게 털어낼 수 있는 안목을 지니게 된 셈이다. 하기야 따지고 보면 내 운명의 서장이 의과대학을 선택함으로써 엉뚱한 방향으로 빗나가고 말았다면, 그것이 내 의지와 상관이 있든 없든 한 번쯤은 남을 원망할 수도 있다. 그러나 지금에 와서 내 부모를, 고등학교 시절의 내 담임 선생을 원망해 본들 무슨 소용이 있겠는가. 세월은 속절없이 흘러가버렸고, 이제 맑은 눈과 머리로 나의 문학세계를 만들어나갈 시간은 너무도 짧게 남아버리고 말았는데, 공연히 남을 탓하고 있을 시간마저도 아까울 지경에 이르지 않았던가.

병원에서의 일을 끝내고 나면 집으로 돌아오는 길에서 우회하여 바다가 보이는 방파제 쪽으로 간다. 방파제를 만들고 있는 커다란 삼발이 시멘트 덩어리 위에 걸터앉아 구두를 벗고 양말마저 벗어던지고 맨발바닥을 시멘트 바닥에 부비며 낙조의 바다를 지켜볼 때가 많다. 그것은 여름 내내 습관처럼 되어, 해질녘의 바다를 구경하겠다는 생각은 나를 일상으로부터 벗어나게 하는 좋은 구실이 되었다.

이윽고 바다에 어둠이 내리고 파도가 일렁이는 저편 건너 쪽에서 불을 밝힌 배들이 하나 둘 나타날 때면 나는 자리에서 일어나 혼자 늦은 귀가를 재촉한다. 그곳에 앉아서 무슨 생각을 했을까?

끝없이 이어지는 환상들 속에서 헤밍웨이를 떠올렸고, 소설 『노인과 바다』에서 노인이 갖던 사자의 꿈을 나도 꾸었다. 꿈을 꿀 수 있는 자는 소설을 통해 신화를 만들어내고, 독자는 작가를 따라 이역의 항구를 배회한다. 그렇다. 쿠바의 아바나항은 헤밍웨이의 항구다. 카스트로와 체 게바라가 전설처럼 살아 숨쉬는 혁명의 나라, 쿠바에 헤밍웨이라는 문호가 함께 공존한다는 것은 지극히 아이러니하다. 문학과 혁명의 나라, 나는 카리브해의 푸른 물결을 광안리의 해안에서 그리워했다.

헤밍웨이는 괴팍한 정열가다. 세 번의 결혼과 참전, 그리고 마지막의 자살, 천재의 광기는 허무와 동류항이다. 죽음을 항상 염두에 두고 예비하고 있는 자가 앞뒤를 가리지 않고 마구 덤벼들듯, 헤밍웨이는 자살에 대한 강박관념으로 참전, 투우, 낚시, 권투 등의 모험으로 일관되는 불꽃 같은 생애를 살지 않았을까?

그에게 아바나의 생활이 없었다면 『노인과 바다』라는 소설은 부재했을 것이다. 안정효도 추자도의 갯바위에서 감성돔을 잡고 흥분하는, 그래서 그만큼 크기의 호설인 『미늘』을 썼다. 그것에 비해 헤밍웨이는 직접 배를 타고 대양을 가로질러 산더미 같은 큰 파도와 싸우며 고기를 잡았다. 몇 톤씩이나 되는 다랑어를 잡아올리기 위하여 상어떼들과 목숨 건 사투를 벌이면서 그는 온몸으로 바다와 부딪쳐나갔다. 그 결과로 『노인과 바다』라는 걸작을 남길 수 있었다. 한국작가의 작품과 비교한다면 해변가에서 낚싯대로 잔챙이 고기를 잡는 아이들과 대양에서 참치를 낚아올리는 어부만큼이나 격차가 나는 셈이다.

몇 시간이고 고기와 사투를 벌이다가 마침내 낚시바늘에 걸려 공중으로 뛰어오르는 참치의 거대한 공중회전을 바라보며 천재적인 작가가 '저보다 더 아름다운 것은 세상에 존재하지 않는다'고 찬탄해 마지 않았다. 결국 작가는 살아가는 삶의 깊이와 질의 차이에 따라 작가가 만들어내는 소설 역시 가벼운 신변잡기의 범주 내에서 벗어나지 못하는 작은 소설과, 인류와 자연에 대해 근원적인 접근을 시도해 보는 스케일이 큰 소설이 만들어지는 결과가 발생한다.

방파제에 앉아 바다를 보며 헤밍웨이의 생애를 추적하다가 그가 스페인 참전 후에 쓴 『누구를 위하여 종은 울리나』라는 소설을 생각했고 곧이어 나는 게리 쿠퍼와 잉그리드 버그만이 공연한 영화를 떠올렸다. 그리고는 나는 수채화처럼 아름다운 지난날의 회상 하나를 끄집어 내었다.

젊은 시절을 함께 보냈던 여자를 생각하면 언제나 감미롭고 청량한 풀잎냄새가 난다.

그녀는 내가 태어나고 자란 도시에서 함께 고등학교를 다녔다. 이름이 김수자였는데 노래를 기가 막히게 잘 부르는 미인이었다. 우리가 고등학교 2학년이 되었을 무렵 김수자는 나의 친한 벗이었던 손청과 가까운 사이였는데, 고등학생이 무슨 깊은 연애 감정을 지닌 것도 아니고 같은 성당에 다니는 성가대원이라 잘 어울려 다니는 정도였다. 나는 친구를 만나러 성당에 갔다가 그들이 성가 연습하는 걸 옆에서 구경하기도 했고, 연습이 끝나면 함께 바닷가에 가기도 했으므로 자연히 김수자를 알고 지내게 되었다.

김수자의 진면목을 발견하고 내가 그녀의 참다운 미에 눈을 뜬 것은 그해 늦은 가을이었다. 화창한 일요일 날 성당 미사를 끝낸 후 친구 손청의 누나가 우리를 인솔하고 시내 변두리에 있던 결핵요양원에 위문을 간 적이 있었다. 우리는 그곳에서 서울에서 치료차 입원하고 있던 여자 환자 두 사람을 만났는데 그 중 한 사람은 동국대학교 국문과를 다니다 휴학한 여대생이었다. 너무 창백하여 푸른색이 도는 얼굴을 가진 그 여대생이 어린 고등학생들 앞에서 이런 말을 했다.

"내 가슴에는 지금 결핵균으로 곳곳에 구멍이 나 있을지는 몰라도 나는 목숨이 다하는 날까지 시(詩)를 사랑하며 남은 인생을 보낼 것이다. 앞으로 나는 얼마나 더 오래 살지는 모르겠으나 마지막 날까지 시를 안고 싶어 매일 한 편의 시를 외우며 살고 있다."

눈물 겨운 문학소녀의 투병 생활은 한 편의 시가 마지막 잎새가 되어 그녀의 목숨줄을 붙들고 있었다. 그녀는 릴케의 시 몇 편을 우리들에게 암송해 주었다. 우리가 화답할 차례가 되었다. 김수자가 자리에서 일어났다. 우리는 그때 병실 밖으로 나와 바다가 보이는 산마루터에 앉아서 이야기를 나누고 있었는데, 자리에서 일어선 김수자는 곁에 서 있는 소나무를 곁가지를 흰 손수건을 감아쥔 손으로 붙들고 노래를 불렀다. 곡명은 지금도 잊을 수 없는 〈저 구름 흘러가는 곳〉이었다. 노랫소리는 잔잔한 파문을 일으키며 주위를 맴돌다 우리들 가슴을 흠뻑 적셔주고, 바다가 보이는 하늘 위로 나래를 펴듯 잔잔히 울려 퍼져갔다.

노랫소리에 취한 나는 요동치는 심장을 진정시킬 길이 없이 완전히 혼이 빠진 상태로 무아지경이 되어 그녀를 올려다보았는데, 나무를 붙들고 함초롬이 서 있던 그녀의 자태는 완벽한 아름다움의 극치였다. 가을 하늘과 송림을 훑고가는 바람소리, 밝은 햇살 속에 어우러진 그녀는 한 치의 틈도 없는 절대적인 풍경이 되어 나를 압도해 왔다. 고백하거니와 나는 지금까지 살아오면서 그때 느꼈던 그 아름다운 정경을 두 번 다시 접할 기회를 갖지 못했다.

환자 위문을 끝내고 바닷길을 걸어 집으로 돌아오면서 나는 김수자가 일렁거리는 주위로부터 한시도 눈을 돌릴 수가 없었다. 그러나 어쩌랴. 그녀는 나의 친구와 더 가까운 사이였고, 그 사이를 비집고 들어갈 조금의 틈새도 보이지 않았으니 나 혼자만의 연모에 젖을 수밖에 별 도리가 없었다.

우리는 다 함께 고등학교를 졸업하고 친구 손청은 서울에 있는 대학으로 진학하고 나는 부산으로 왔다. 김수자의 소식을 모르고 있었다.

대학 1학년 여름방학, 우리가 자란 도시로 되돌아왔을 때 시내 강남극장에서 영화 〈누구를 위하여 종은 울리나〉가 상연되고 있었다. 나는 어느 날 혼자서 마지막 상연 시간에 맞추어 극장에 들어갔는데, 영화상영 전에 여러 가지의 공지사항을 알리는 여자 아나운서의 음성을 어디에선가 많이 들어본 느낌을 받았다. 예고편이 시작될 무렵 비어 있던 내 옆자리에 누군가 살포시 앉았는데 얼굴을 돌려보니 김수자였다.

"어? 여긴 웬 일이지?"

"나 이 극장에 아나운서로 취직해 있는 거 몰랐지?"

"그랬었구나. 어디서 많이 들어본 목소리 같다고 생각했더니, 그건 그렇고 음악은 어떻하고?"

"대학에도 못 들어갔는데 음악은 이제 그만둬야지. 영화 잘 보고, 있다 나중에 만나."

그녀가 자리에서 일어나고 곧 본영화는 시작되었다. 잉그리드 버그만의 하얀 치아, 짧게 깎은 머리, 게리 쿠퍼의 장신에 어울리는 걸음걸이, 눈물겨운 사랑과 이별이 교차하는 진한 감동을 안겨주는 명화였다. 영화가 끝나고 나서도 나는 그 감동의 여운이 그대로 남아 쉽게 자리에서 일어날 수가 없었다. 대부분의 사람들이 빠져나간 후에야 출구 쪽을 향하던 내 곁으로 김수자가 다가왔다. 그녀는 매일 같은 영화를 반복해서 보았음에도 조금도 식상하지 않다는 표정으로 나를 올려다보았다.

"참 좋은 영화지? 나는 볼 때마다 울곤 해."

"그래, 이렇게 좋은 영화를 보기는 난생 처음이야."

우리는 함께 극장문을 나왔다. 극장의 왼편 언덕 위에 철교가 놓여 있었는데 많은 사람들이 보도로 사용하고 있었다. 우리는 철교 위를 걸었다. 사실 나는 영화가 준 감동에 젖어 그 마지막 장면을 되씹어보느라고 누구와 이야기를 나눌 기분이 전혀 아니었다. 곁에서 같이 걸어가는 여자가 내 젊은날의 영혼을 송두리째 뒤흔들어놓은 김수자라 할지라도. 김수자는 명석하게도 단번에 내 감정을 읽어냈다.

"좋은 영화 보고 나서 옆에서 누군가가 자꾸 말 시키면 신경질 나는 거 나도 잘 알아. 그럼 난 여기서 이 아랫길로 내려갈 테니 잘가. 그리고 극장에 오면 아나운서실로 한 번쯤 들려줘."

그것이 그녀의 마지막이었다. 방학이 끝나갈 무렵 또 다른 영화를 보기 위하여 강남 극장을 찾았을 때 아나운서는 바뀌어 있었고, 내가 전임자의 행적을 물었을 때 들은 대답은 뜻밖이었다.

"방송국에 취직하기 위해 서울로 간다고 진작에 떠났어요."

그후, 어느 방송국에서도 그녀의 이름이나 얼굴을 찾을 수 없었고 오래 전 친구인 손청과도 연락이 두절된 상태였다. 그녀는 지금 어디에 있을까?

헤밍웨이는 나를 옛날 무지개 빛깔 같은 감미로운 추억 하나를 들춰내어준 셈이다.

헤밍웨이는 말년에 대단히 고독한 삶을 살았다. 그의 극적인 마지막 행로는 정신과 치료를 받은 후 통나무집으로 돌아와 아내가 잠든 걸 확인하고 혼자 서재로 걸어가 엽총 자살로 인생을 종결지우는 것으로 막을 내렸다.

미국인 작가면서 미국에는 살지 않았고, 프랑스, 이탈리아, 쿠바, 아프리카, 스페인 등지로 떠돌아 다닌 자유인이었던 그의 자살 이유에 대해서는 여러 가지 원인들이 알려져 있다.

첫째 이유로는 그가 젊었을 때 입은 다섯 번의 뇌진탕으로 인한 후유증으로 설명한다. 전투 참전, 오토바이 사고, 자동차 사고, 잦은 권투시합 등으로 그의 뇌가 노년에 들어 회복불능 상태의 치매가 되지 않았나 하는 의문이다.

두번째로는 피해망상증에 시달림을 받은 정신착란증의 결과로 짐작한다. 쿠바의 아바나항에 오랫동안 상주한 후 쿠바인과 어울려 다니면서 노벨상금으로 받은 돈을 쿠바 정부에 헌납하고 쿠바깃발에 키스를 하는 등 완전한 쿠바인이었다. 그로 인해 FBI로부터 미행당한다는 강박관념 속에 살아야 했으며, 후에 정신과에서 뇌 전기충격 치료를 받을 만큼 중증으로 악화되었다. 과대망상으로 고통을 받으며 쿠바에 머물고 있을 당시 존 F. 케네디가 쿠바의 무력화에 경고를 보내는 것을 텔레비전으로 보고 나서 헤밍웨이는 미국 대통령에게 편지를 보냈다.

"위대하고 용감한 대통령이 이 시기에 백악관을 지키고 있으므로 매우 든든하다."

아부성 짙은 편지 내용으로 보아 그는 피해망상으로부터 벗어나기 위해 온갖 노력을 기울였음이 분명했다.

세번째는 소설 『노인과 바다』를 쓴 후의 노년에 이제는 소설을 더쓸 수 없다는 절망감에 사로잡혀 극심한 우울증에 빠졌기 때문이다. 그것에 더 보태어 점점 도가 심해지는 알코올 중독 증상으로 그의 정신이 상당히 분열된 양상을 띠게 되었다. 게을러지고 창작의욕도 잃어버린 그는 목욕을 자주 하지 않아 세번째로 결혼한 부인으로부터 핀잔을 자주 듣기도 했다.

새로운 소설을 쓸 때마다 아내를 바꾼 그의 생을 지켜준 것은 꺼질 줄 모르는 열정이었다. 베니스에서 19살의 청순한 소녀와 열애에 빠지고 곧 이어 소설을 완성하기도 했던 그의 불타는 정열이 꺼져버린 노년의 절망감은 결국 스스로 주검을 안은 것으로 종결을 지운 셈이다.

네번째로 가족사적인 영향에서 벗어나지를 못했다. 그의 아버지는 명포수였으나 아내의 구박으로 권총 자살을 감행했다. 아버지가 죽은 후 헤밍웨이의 어머니는 남편이 자살에 사용한 권총을 아들한테 소포로 보내면서 짧은 편지를 동봉했다.

"너도 아버지처럼 죽을 수 있으면 죽어봐라."

집안을 휩싸고 있는 어두운 죽음의 그림자가 그로 하여금 마침내 아버지와 같은 길을 들어서게 만들지 않았을까? 그는 죽음에 대하여 말하기를 죽음이 삶의 연속이라고 생각하지 않으면 아무도 제대로 죽지 못한다고 했다. 그가 엽총을 서재 바닥에 세워두고 자신을 겨누고 쏠 때 자신이 했던 말에 진정으로 동의했을까?

헤밍웨이는 그렇게 파란만장한 생애를 살고 많은 명작을 남긴 후 그의 뜻대로 죽어갔는데, 동방의 작은 나라 항구에 파묻혀 지내는 무명의 작가인 나는 도대체 이 나이가 되도록 어떻게 살아왔으며 무엇 하나 제대로 이룩해 놓은 것이 있었던가? 망설이고 망설이다 결국에는 나는 소설다운 소설 한 편 못 써놓고 비명횡사하지 않을지 모르겠다.

헤밍웨이의 생애만 추적해 갈 것이 아니라 나를 위한 참 인생을 살기 위하여 이 여름에 나의 결행을 확정지우자. 그리고 추호의 망설임이나 미적거리며 되돌아보지 않겠다는 완전한 절연을 이룩하자.

　내가 참가하기로 작정했던 여름소설학교가 열리는 장소는 함양 용추계곡의 상류쪽에 위치한 초등학교 분교로 결정되어 있었다.

　남북정상회담을 앞두고 느닷없이 김일성이 심근경색증으로 죽더니, 사상 유례없는 가뭄과 무더위가 남부 지방에서 한 달 가까이나 계속되고 있었다. 이 여름에도 사람들은 더위를 피해 도시를 탈출하느라고 북새통을 이루며 차에 치어 죽고, 물에 빠져 죽고, 싸움에 휘말려 죽어갔다. 언제나 그러하듯 죽은 사람은 예고없이 죽어갔고, 살 사람은 여름이 아니라 적도 아래서도 살아남았다.

　세상이 그러나 말거나 여름소설학교는 그대로 진행되어 7월 말에 부산진역에서 출발하는 버스에 올랐다. 나는 되도록이면 사람들과의 대화를 피하기 위해 앞자리의 창가에 자리를 잡았다. 버스가 부산을 벗어날 즈음부터 매달려왔던 문제의 생각들을 하나하나 정리해 나가기 시작했다.

　병원 문을 닫고 나서 제일 먼저 인도 여행부터 떠나자. 누구랑 같이 갈까? 혼자가 좋겠지. 그곳에서 얼마 동안이나 지체할까? 티베트를 둘러보아야지. 요기들의 삶을 관찰할 기회가 있을까? 자신들의 몸을 사원으로 삼고 자신들의 내부에 있는 신을 모신다는 요기들의 수행법은 어떤 것일까? 그들은 하루를 살아가기 위한 양식으로 얼마만큼 최소한의 음식이 필요할까? 요기들의 생활을 보고 그들로부터 먹지 않고도 살아갈 수 있는 방법을 배운다면 세상살이는 참으로 간편해질 것이다.

　이 세상을 지배하는 것은 먹어도 먹어도 끝이 없는 먹이사슬의 싸움이다. 그 사슬을 끊고 물과 바람만 마시며 홀로 청정하게 살아갈 수는 없을까? 요기를 만나본 다음 카트만투에서 히말라야 만년설을 보자. 여행경비는? 물가가 싼 곳이라 얼마 들지 않겠지. 창작노트를 들고 가야 할 텐데 어떤 것이 좋을까? 차라리 녹음 테이프를 사용하는 게 더 편하지 않을까? 여행중에 피곤에 절어 글 한 자 써내기도 힘들 텐데 소형 녹음기를 휴대하고 간다면 그때 그때 떠오르는 생각을 곧 바로 체록할 수 있을 테지. 돌아와서도 카세트의 녹음 내용을 들으면 여행 당시의 기분이나 정감을 훨씬 더 가깝게 접해 볼 수 있지 않을 까?

그런데 나의 신체조건이 혼자 떠돌이 생활을 감당할 만큼 건강한 가? 근래 와서 새벽마다 가슴에 쥐어짜는 듯한 통증을 느끼고 있는데 협심증은 아닐까? 협심증 치료약인 나이트로 글리세린을 아예 준비하 고 떠나? 의원을 폐업한 후에 날라올 세금 계산은 어떻게 하지? 세금 에 대한 이의 신청을 하게 된다면 본인이 없어도 가능할까? 혹시 풍 토병에 걸려 오도 가도 못하고 이국땅에서 까마귀 밥이나 되는 꼴이 안 될까? 의사가 제 몸 하나도 다스릴 수 없다니, 하기야 그곳에 약이 있나? 의료 기구가 있나? 무슨 용빼는 재주로 내가 내 배를 갈라? 맹 장수술이나 받고 떠날까?

아아! 나는 또다시 가련하게도 쓰잘데없는 일상사의 미망에 빠지고 말았다.

생각은 생각을 낳고 생각의 늪에 빠져 헝클어진 실타래의 첫 가닥 을 찾아 하나의 줄로 풀어 내놓기가 어렵고도 어려웠다. 버스가 강가 의 휴게소에 두번째 섰을 때, 나는 그 작업을 포기하기로 작심했다. 머리 속을 하얗게 비워버리려고 마음먹었는데 그것 또한 쉽지 않았 다. 사무국장이 던져주고 간 캔맥주를 단숨에 마셨다. 그런 다음에야 가까스로 나는 생각의 뱀들이 만들어놓은 또아리 속을 벗어날 수 있 었다.

버스가 목적지에 닿았다.

사용하지 않는 분교는 아름다웠다. 어디에선가 금방 낮은 풍금소리가 들려올 듯한 분위기가 났다. 곱게 한복을 차려입은 정결한 시골 여선생이 잔잔한 미소를 지우며 창가에 서서 교실 밖을 내다보거나, 학교 우물가나 철봉대가 있는 모래사장 부근에서 깔깔거리는 아이들의 웃음소리가 들리는 듯했는데, 주위를 둘러보면 교문을 싸고 있는 담벼락에서 튀어오르는 햇살뿐 어디에도 사람들의 흔적은 보이지 않은 채 학교는 텅 비어 있었다. 투명한 대기, 밝은 햇살, 바람에 살랑거리는 나뭇잎새, 맑은 공기, 매미 울음소리, 사람 손끝을 무서워하지 않는 잠자리들, 간간히 쏟아지는 소낙비, 새벽녘에 들리던 청아한 계곡의 물소리, 그 속에서 2박 3일의 일정은 차질없이 진행되었다.

조가 짜여지고, 내가 속했던 조는 밤의 분임토의 시간에 『서편제』를 주제로 잡았다. 한국인의 한과, 예술을 위해 딸의 눈을 멀게 할 수도 있다는 가언적 추론(假言的 推論)에 대하여 여러 가지 의견을 나누었다. 토론이 끝난 후 같은 조에 속했던 조은정 양의 창을 들었다. 그녀의 창은 맑고 티없이 울려나와 조용히 잠자고 있던 감성을 들쑤셔놓았다. 뛰어난 명창의 소리를 들으면 나는 웬지 모를 부끄러움으로 온몸에 소름이 돋는다. 그것은 그냥 내지르는 소리가 아니라 눈물이고, 고통이며, 피가 티는 전류처럼 들려와 허망하게 보내버린 나의 지난 세월에 대한 질책이 되어 내심을 마구 두드린다.

밤이 이슥하도록 잔을 돌려가며 마셨던 술, 창과 문학이 어우러져 조화를 이루어내었다. 첫날은 그렇게 갔다. 다음 날 강의가 없는 소설가들과 어울려 계곡에서 발가벗고 목욕을 했다. 늙은 작가들의 히히덕거림, 마광수, 에로티시즘, 모든 동물은 교미 후에 허무를 느낀다는 가설, 색정을 느낄 수 없는 젊은 여자를 가까이 데리고 일을 시키고 싶다는 부질없는 욕망, 무더기로 쏟아지는 지방의 시인들, 소설이 서야 할 자리, 못 쓰는 자들의 한탄, 계류에 떠내려가는 술잔들이 있었다.

　목욕 후에 나는 소설가들과 떨어져 운동장 한 켠의 나무 아래서 자리를 깔고 누웠다. 또다시 미루고 있던 결행의 카운터다운 날짜를 헤기 시작했다. 여름을 보내고 나서 문을 닫자. 올해 말까지는 해볼까? 아니지, 건물임대 계약 만기일이 아직 6개월도 더 남았는데 그때까지만 참고 견디자. 이렇게 미루다보면 결국 나는 앉은 자리에서 한 번 용트림도 못 해보고 영원히 주저앉고 말걸. 부산으로 돌아가는 즉시 다 때려치우고 엎어버리자.

　소설창작이란 것에 한번 맛을 들여놓으면 그 즐거움의 기억에서 좀체 벗어나지를 못한다. 어떤 가치 있는 일도 창작활동만큼의 극적인 성취감을 느낄 수가 없게 되지만, 그러나 처음에 느꼈던 희열에는 끝내 도달하지 못한다. 우리가 자장면을 자주 먹는 것은 어릴 적에 제일 처음 먹어본 그 기억에 닿기 위해서이다. 그것이 영원히 불가능한데도 그냥 첫 기억의 환상을 찾아 맛이라는 우리의 미각이 변모해 간 줄도 모르고 자장면 먹기를 계속하고 있을 뿐이다.

　어쨌든, 과연 나는 눈부신 소설 한 편을 제대로 써낼 것인가? 나한테 그런 능력이 있는가? 누구로부터 검증을 받아보았던가? 나 혼자 갖는 같잖은 취기나 허풍이 아니던가? 남들보다 조금 더 갖기 위해서가 아니라 남들보다 더 많이 존재하기 위하여 문학을 선택한다는 내 사고는 타당한가? 아니면 병원생활에 싫증을 느낀, 지친 한 외과의사가 남들의 눈을 교묘하게 속일 수 있는 안전하고 손쉬운 도피처를 찾아나서는 꼴이 아닌가? 하나의 실타래를 붙들고 나는 또다시 걷잡을 수 없는 혼란에 빠지고 말았다.

　땅바닥에 깔아놓은 자리 위로 벌레들이 기어오르고, 숲가의 모기들이 달려드는 통에 모기향을 찾아 빈 맥주병에 꽂고 불을 붙여 이곳 저곳에 두었다.

　수돗가에 앉아서 술을 마시고 있던 윤정규 형이 혼자 뒤척이고 있는 나를 찾아왔다. 그는 지금 신문사의 논설위원으로 재직하고 있으며, 오랫동안 부산 소설가협회 회장직을 맡았던 관계로 윤 두목으로 통한다. 그는 때때로 고집불통이지만, 넉넉하고 든든하며 낙천적인 보스임에는 분명하다. 그가 슬리퍼 신은 맨발로 내 옆구리를 걷어찼다.

"혼자서 끙끙거리며 뭘 하고 있는 거야. 빨리 일어나 술이나 마셔."

내가 고개를 반쯤 치켜들고 댓거리를 놓았다.

"가만히 누워 있는 사람 공연히 발로 차는 걸 보니 그놈의 신문사에는 깡패들도 논설을 쓰시는구려."

"너 말 다했지!"

아뿔사. 이 말이 나오면 그로부터 달아나버리든지, 엉겨붙든지 하여간 행동으로 옮겨야 한다. 두목이 더 이상 으르렁거리기 전에 나는 얼른 자리를 박차고 일어났다.

"알았으니 들고 있는 술이나 한 잔 부어주슈."

우리는 곧장 주거니 받거니 화기애애한 술자리를 만들었다.

윤 두목과 나는 한때 자주 만나 술판을 벌이곤 했다. 그가 근무하는 신문사와 내가 다니던 종합병원이 지척지간에 있었기 때문에 우리는 퇴근 때가 되면 아무런 연락이 없었는데도 곧잘 마주치곤 했다. 만나면 물론 그냥 지나치는 법이 없었다.

그와 나의 직장 중간지점에 상당히 오래된 영해루란 중국집이 있었다. 같은 장소에서 수십 년 간 문을 열고 있는 중국 본토사람이 하는 곳인데 고추잡채를 맛있게 만들어 내놓는 집이다. 어떤 때는 마호타이 술을 공짜로 한 잔씩 얻어 먹기도 하고, 중국담배를 선물받기도 하는 등 주인과도 꽤 친한 사이가 되었다.

두 사람이 중간지점에서 만나게 되면 무조건 중국집 문을 밀치고 들어가 청요리 한두 가지를 시켜놓고 빼갈 3병 정도를 둘이서 마셨다. 술을 마시다 안주가 약간 모자랄 경우 추가로 더 시키기도 어정쩡한 처지에 빠지면 주인 여자는 잽싸게 계란탕 같은 것을 서비스로 내놓아 우리를 흐뭇하게 해주기도 했다.

윤 두목과의 술자리가 그 중국집에서 끝난 경우는 한 번도 없었다. 서면으로 나가든지, 동래 쪽으로 건너와 다른 사람들을 불러내 2차, 3차를 거치고서야 끝장을 보았는데, 술을 마신 다음 날 무지하게 고생을 하면서도 한 사흘 못 만나면 소식도 궁금하고 보고 싶기도 해 어떤 날은 퇴근길에 그와 내가 엇비껴가는 육교 아래에서 한참이나 비를 맞고 기다린 적도 있었다. 그런 날, 끝내 윤 두목을 못 만나게 되면 웬지 귀가길이 허전하고 맥이 빠지기도 했는데, 우리들의 오작교 만남은 내가 서울로 직장을 옮기는 바람에 단절되고 말았다.

그런 예외적인 만남이 아니라도 소설가 회원들과의 모임이라든가 무슨 문학상 시상식에 참석한 자리에서 만나는 기회가 닿으면 유독 윤 두목과 내가 마지막 술자리를 지키는 경우가 대부분이었으니 두 사람의 배포가 맞기도 했을 뿐만 아니라 일면 재미도 있은 탓이었으리라.

미국에서 의사로 활동하고 있는 그의 동생이 나한테는 의과대학 2년 선배니 나보다 5년 정도 년배가 많으리라고 짐작을 하고 있는데, 우리는 그 동안 나이 따위 문제로 한 번도 불편감을 느껴본 적이 없었다.

세상에는 타인과의 원만한 관계를 유지하기 위하여 자신의 이익을 버리거나 불편함을 감수하는 이들이 있다. 특히 소설을 쓰는 사람들을 만날 때면 나는 종종 그런 체험을 받고 콧잔등이 시큰거릴 때가 있다. 그들은 결코 남들보다 더 많이 소유하지도, 더 높이 앉아 있지도 않는데도 마음이 넓고 풍족하여 주위 사람들을 편안하게 해준다. 그들은 대개가 겸손하며 자기 희생적이다. 의사들의 저 오만한 이기심에 견준다면 단연 선비격이다.

소설가들의 만남과 우정을 생각하면 캄캄한 바다에서 난파당하여 혼자 외롭게 파도와 싸우다가 간신히 붙잡게 된 커다란 부표 같은 느낌이 든다. 그런데도 그들은 자신을 드러내는 데 연연하지 않고 언제나 묵묵히 그곳에 떠 있을 뿐이다. 윤 두목은 색깔 있는 부표다.

여름소설학교에 와서도 그는 두목답게 처음부터 끝까지 회원들을 닦달하고 돌아다니며 비어 있는 시간마다 줄창 술을 마셨다. 마지막 날까지 술에 취해 있던 그가 부산으로 되돌아와 부산역에서 해산식을 가진 후 소설가끼리 모인 뒷풀이에서 술잔에 전혀 손을 대지 않던 것을 보고 참으로 의아한 생각이 들었지만, 그는 장소와 시간을 가리지 않고 술잔이 놓인 자리를 두고 먼저 사라지지 않는 두주불사의 주량과 풍류를 두루 갖춘 당대의 주선이다.

혼자 나무그늘 밑에 누워 온갖 망상에 머리 속이 뒤죽박죽인 채로 모기향에 불을 붙이고 있던 내가 그때 윤 두목한테 내 복잡한 심사를 어떻게 조율해서 표출해 낼 수 있었겠는가? 나는 차라리 입을 닫고 노래 쪽을 선택했다.

"나, 노래 한 곡조 뽑을게요. 〈카츄샤〉 알지요?"

언제나 가슴을 눅눅하게 만들어주는 윤 두목과도 두 가지 사안에 대하여 크게 논쟁을 벌인 적이 있다.

부산 소설가협회의 문협 탈퇴와 그것과 맞물린 한 회원의 제명 문제였다. 우리는 여러 차례 그 문제로 부딪쳤지만 결론을 도출하지 못한 채 결국 내가 입을 닫았다.

나는 합리주의자다. 의학이 합리주의를 근간으로 하여 이룩해 놓은 학문임으로 그것에 길들여진 나로서는 어쩔 수가 없다. 그에 반하여 윤 두목은 윤리적 도덕에 근간을 두고 있다. 비분강개형이며 지사(志

士)형이다. 옳고 그름을 칼날같이 가린다. 잘못이 있다면 부관참시라
도 단행할 기세다.

그 사건에 대한 우리의 수용자세가 틀리는 이상 두 사람이 동시에
합의점을 찾기란 쉽지 않다. 그 문제는 잠수해 있는 상태이다.

내가 문단에 나오기 전에 윤 두목은《현대문학》지를 통하여 일찍부
터 소설을 써왔고, 요산 선생의 직계로서 젊었을 때는 화려한 문학활
동을 한 모양인데 늦게서야 그 대열에 참여한 나로서는 잘 모르고 있
는 사실이다. 그러나 지금은 소설창작으로부터 손을 놓고 있다. 나는
그가 요 근래 몇 년 동안 제대로 읽을 만한 소설을 써낸 적이 없음을
잘 알고 있다. 답답하여 내가 물었다.

"사형(詞兄)은 논객입니까? 소설가입니까? 신문사에서 논설만 쓰
겠다면 소설가 모임에서 빠지세요."

"무슨 소리야. 누구는 20년 만에 소설을 써 화제가 되기도 하던데,
몇 년 쉬고 있다고 그러지들 마."

"하도 태평스럽게 보여서 그렇지요. 나 같은 놈은 애가 타서 미칠
지경인데, 그렇게 편하게 살고 있으니 부럽기도 하고 딱하기도 해요."

"젊어서 잘 나갈 때 많이 쓰라. 그것도 나이 들면 머리가 잘 돌아가
지 않아 힘들다."

"사형이 얼마나 늙었다고 그런 말을 해요? 좋은 소설 쓰세요. 옆에
사람들도 자극 좀 받게."

"알았으니 기압 그만 넣고 술이나 마셔."

그가 담배를 집어들었다. 윤 두목이 피우는 담배는 낙타가 걸어가
는 카멜이다. 딴청을 피우는 그에게 내가 대들듯이 말했다.

"두목이 국산 담배를 피워야 졸개들도 본을 보고 따라할 게 아니
오."

"피우라고 내놓았는데, 그래 사 피울 자유도 없어?"

"공인이니까 그렇지요."

"공인 같은 소리하고 있네. 우리가 공인이라고 사회로부터 어떤 대접을 받았다고 그런 말 같잖은 소리를 하고 있어?"

나는 한때 말보로를 피우다가 이 즈음은 국산 담배로 바꾸었다. 어떤 자리에서 소설가가 외제 담배를 피운다고 성토가 대단했다. 의사가 외제 담배를 피웠다면 별 말이 없었을 텐데 소설가는 안 된다니 무슨 도덕률이람. 나는 그때 시덥잖은 잔소리를 듣고 나서 그 이후에 담배를 바꾸긴 바꾸었다.

문학은 삶의 족적이고 그 족적을 형상화시킨 것이 소설이다. 윤 두목은 진보적인 민족문학 시각에서 소설을 읽고 쓴다. 나는 가끔 극단적으로 치우친 그의 균형감각에 우정어린 조바심을 느낄 때가 있다. 그런데 저 윤 두목이 외제 담배를 고집하는 뱃심은 알 수가 없는 노릇이다.

나는 때때로 그로부터 위안받는다. 그마저도 지금 소설을 못 쓰고 있지 않은가. 그에 비하여 문단 경력이 일천한 내가 못 쓰는 것은 당연하지. 그러나 언젠가 두목은 내 어깨를 내려치며 외칠지도 모른다.

"자, 우리 지금부터 소설 같은 소설 한번 제대로 써보자."

나는 그런 그의 외침을 내심 초조하게 기다리고 있다.

여름소설학교에 참가하기 전 나는 우연한 기회에 미시마 유키오의 『금각사』를 다시 읽을 기회가 있었다. 책을 손에 잡은 날은 일요일이었다. 후덥지근한 더위를 피해 집 밖으로 나와 광안리 해변을 걸었다. 살고 있는 곳이 남천동 아파트라 곧장 그곳이 그곳이다.

사람들이 북새통을 이루고 있는 해변을 걸어가다 새마을 문고를 발견했다. 별 생각 없이 서가쪽으로 다가섰는데 첫눈에 금각사란 책이 내 눈에 들어왔다. 곧바로 책을 뽑아들고 후루룩 책장을 넘기던 중 내

머리 속에는 언뜻 이 소설을 쓴 작가의 생전의 모습이 떠올랐다. 보디빌딩으로 다듬은 단단하게 뭉쳐진 그의 근육질 상박부를 연상하고 나는 입가에 희미한 미소를 만든 듯했는데, 곧이어 그가 46살에 천황폐하 만세를 외치며 백주에 할복자살을 했던 장본인임을 생각해 내고 그 미소는 일그러진 표정으로 바뀌어졌다.

그가 일본도로 복부를 갈랐을 때 튀어나온 창자나 내장들이 정오의 대낮에 얼마나 처참하게 뒤틀렸을까. 그리고 참고 있던 분수가 마침내 물줄기를 뿜어내듯 솟아오르는 선명하고도 붉은 핏방울들은 또한 얼마나 눈부셨을까. 나는 그 처절한 광경을 직접 보기라도 하듯 순간적인 환시에 사로잡혔다.

책을 들고 서가 곁을 빠져나오면서 문득 추리작가인 김성종 형과 나눈 대화를 떠올렸다. 작년이었던가. 서면에서 소설가들의 모임이 끝나고 2차로 자리를 옮긴 곳에서였다. 앞자리에 김성종 형이 앉았는데, 우리는 무슨 이야기 끝에 미시마 유키오와 그의 소설 『금각사』에 대한 이야기를 나누었다. 술자리에서 흔히 있었던 문학류의 대화라 특별하게 떠오르는 기억은 없다. 아마 극도의 열정은 허무와 맞닿아 있다는 이야기를 내가 했는지도 모르겠다. 그래서 『금각사』라는 소설은 결국 절을 불태워야만 성공할 수 있는 작품이 될 수 있었고, 작가는 자신의 생을 자살로 마감함으로써 그의 전설이 영원히 살아남으리라는 결론에 도달했던 것 같다. 그때 김성종 형 역시 미시마 유키오의 탐미적인 작품에 대하여 깊은 관심을 갖고 있었다는 기억은 남아 있다.

미시마가 젊은 시절에 원로작가 타사이 오사무의 『사양』을 구역질나는 소설이라고 말했다는 글을 읽고, 문득 하이델베르그의 고성을 떠올리며 성의 고목에 목을 걸고 죽고 싶다던 타사이 오사무의 소설 주인공을 생각했다.

서기 1300년 경에 축성했다는 하이델베르크 성을 몇 년 전에 내가 찾았을 때 고색창연한 성벽 아래로는 네카 강물이 흘러가고 있었다. 세계 최대의 포도주 술통이 있다는 고성의 지하실을 구경하고 밖으로 나왔을 때, 나는 혹시 내 목을 걸고 깊도록 유혹을 느낄 만한 고목이 있는지를 둘러보기 위하여 같이 간 일행과 상당히 떨어져 혼자 두리번거리며 걸어 나왔다. 내가 끝내 고목을 발견할 수 없었던 것은 내 마음의 고목이 그곳에 없었기 때문이었지, 목을 걸 수 있는 나무는 많고도 많았다.

『금각사』를 들고 소설을 쓴 작가의 일생을 생각하며 눈부시게 햇살이 부서지는 모래사장에서 온몸에 땀범벅이 되어 그늘을 찾아 주위를 두리번거리며 돌아다녔다. 이윽고 해양경찰이 들어서 있는 천막 가장자리에서 내 몸 하나를 간신히 가릴 수 있는 그늘을 발견하고 그곳에 앉아 『금각사』를 읽기 시작했다.

그 책은 이번까지 포함한다면 나에게 두번째로 읽혀지는 소설이다. 나는 『금각사』를 읽으면서 작가가 후에 왜 자살을 하게 되었는지 그 이유를 찾기 위하여 소설의 행간을 더듬으며 줄창 매달렸다. 그것은 소설의 재미에 이끌려가기보다도 작가의 정신분석에 더 집착해 있었다는 이야기가 된다. 이 여름에 다시 읽는 소설 『금각사』의 독서는 결국 작가 미시마 유키오가 결행한 자살의 원인 규명을 위한 하나의 참고서였다. 나는 소설이 거의 끝나갈 무렵, 놀랍도록 완벽한 하나의 실마리를 찾는 데 성공했다.

카시와가라는 안장다리를 가진 이가 주인공이자 말더듬이인 나에게 이야기하는 대화체다.

"난 자네에게 가르쳐주고 싶었어. 이 세계를 변모시키는 것은 인식(認識)이라고 말야. 알겠나, 그 외 어떤 것이라도 세계를 변모시킬 수가 없는 거야. 인식만이 이 세계를 불변 그대로의 상태인 채 변모시킨

단 말야. 인식의 입장에서 본다면 세계는 영구히 불변하며 그리고 영구히 변모하지. 그것이 무슨 소용이 있느냐고 자네는 물을 거야. 하지만 이 생을 견뎌내기 위해서 인간은 인식이라는 무기를 갖는 것이라고 말하겠어. 동물에게는 그런 것이 필요없지. 동물에게는 생을 견뎌낸다는 인식 따위는 없으니까 말야. 인식은 생의 어려움이 그대로 인간의 무기로 되어버린 것인데, 그것으로써 견디기 어려운 것이 조금은 경감되지. 그뿐이야."

"생을 견뎌내는 데는 다른 방법이 있다고 생각하지 않아?"

"없어. 그 외는 광기 아니면 죽음이야."

이 부분에서 나는 미시마의 자살을 예감했다.

소설 『금각사』를 꼼꼼히 읽으며 이 천재적인 작가가 왜 끔찍한 할복 자살이란 방법을 선택할 수밖에 없었던가에 대한 이유에 마침내 도달했다. 그는 세상을 바라보는 인식에서 커다란 오류를 저질렀던지 아니면, 그것에 너무 집착해 버리고 만 것이다. 그가 말하고자 하는 에로티시즘의 미학은 기괴한 순간적인 탐미에 정점을 두고 있다. 정점에서 내려서야 할 환경에 처하게 되면 그것은 제어할 수 없는 허무주의로 추락해 버린다. 그 외는 다른 방법이 없다. 후에 이 문학의 귀재가 국수주의라는 도그마에 함몰된 것도 충분히 이해할 만하다.

미시마 유키오는 그 소설 『금각사』에서 이렇게 썼다.

"무릇 생명 있는 것은 금각사처럼 엄밀한 일회성을 가지고 있지 못하다. 인간은 자연의 온갖 속성의 일부를 이어받고, 가능한 방법으로 다시 그것을 옮겨심고, 번식시키는 데 지나지 않는다. …… 인간과 같이 필멸(必滅)의 것은 근절시킬 수가 없는 것이다. 그리고 금각사와 같은 불멸의 존재는 소멸이 가능하다."

"메이지[明治] 삼십 년대에 국보로 지정된 금각사를 불태워 버린다면 그것은 순수한 파괴이며 돌이킬 수 없는 파멸이며 인간이 만들어낸 아름다움의 총량적 무게를 확실하게 줄여버리는 일이 되는 것이다. 그렇게 함으로써 사람들은 유추(類推)에 의한 불멸이라는 것이 아무런 의미도 갖지 않는다는 것을 배우기 때문이다. 단지 그저 지속되어 온 오백오십 년 동안 쿄오코지 연못가에 서 있어왔다고 하는 것이 아무런 보증도 안 된다는 것을 배우기 때문이다. 우리들의 생존이 그 위에 타고 앉아 있다고 하는 명백한 전제가 당장 내일이라도 허물어질 수 있다는 불안을 배우기 때문이다."

미시마는 그의 소설에서 금각사를 불태우지 않을 수 없는 명료한 이유를 풀어놓고 있다. 어느 누구도 설득력 있는 그의 논조에 반기를 들 수가 없다.

나는 책장을 덮고 7월의 밝게 빛나는 하늘을 보았다. 그리고 우울한 내 가슴을 보았다. 지금 나는 어디에 있는가?

미시마 유키오는 일본이 낳은 최고의 소설가며 천재다. 12살에 첫 단편소설을 쓰기 시작한 그는 21살 되던 해에 카와바다 야스나리의 추천으로 정식 문단에 데뷔하게 된다. 귀족 자제들이 모이는 학습원 고등과를 수석으로 졸업한 후 천황으로부터 하사된 은시계를 받았다. 동경 제국대학 법학부에 입학하고 졸업과 동시에 고등문관시험에 합격한 후 대장성에 들어간다. 전후 일본 최고의 엘리트 코스를 걷고 있다. 그런 그가 단지 문학을 위하여 23살에 대장성 관리직을 박차고 뛰쳐나온다. 미래가 완전하게 보장되어 있는 찬란한 귀족의 길에서 내려선 이유는 무엇인가? 문학을 위하여 고시 합격이라는 현실적 최대 가치를 자진해서 포기해 버리다니, 도무지 믿기지가 않는다.

한국 같으면 서울 법대를 나오고 행정고시에 합격한 후 경제기획원에 근무하는, 전도가 창창한 젊은이가 소설 나부랑이를 쓰기 위해 20대 초반에 출세를 보장받은 직장을 팽개쳐버린 것과 같다.

그리하여 미시마는 31세에 『금각사』를 썼고 그것으로 요미우리문학상을 수상하게 된다. 33살에 화가의 딸과 결혼하고, 검도와 보디빌딩으로 근육을 단련시키는 등 자신만의 세계에 안주하지 않고 현실세계에 열심히 참여하다가 46살에 육상 자위대 총감실에서 일본 무사의 전통적인 자살 방법인 하라키리라는 할복사와 자살자의 목을 쳐주는 카이샤쿠의 방법으로써 생을 마감지운 불가사의한 인생을 살다간 주인공이다.

할복자살로 비극적 삶을 종언할 때까지 그는 하고자 했던 문학 속에서 전력을 경주한, 자신만이 누릴 수 있는 일생을 아낌없이 살았다. 그가 관리직에 그대로 머물러 있었다면 그는 전후 최고의 명수상이 되었을 것 같기도 하다. 그러나 교과서적인 명작 『금각사』라는 소설은 이 세상에 부재했을 것이다. 문학을 위하여 왕관마저도 스스럼없이 버릴 수 있는 신념의 사나이.

그가 할복자살할 때 뒤에서 목을 쳐준 사람은 벌을 받게 될까? 살인죄나 살인방조죄의 유형에 들지는 않을까?

문학을 위하여 일국의 총리가 되고도 남을 인재가 현실의 가능성을 완전히 배제해 버리고, 문학이라는 아무것도 약속되어 있지 않는 미래를 선택하고 온몸으로 부딪혀 살다간 그의 일생은 어떤 의미에서는 장엄하기조차 하다. 그리하여 허무를 바탕으로 한 미학, 처절한 에로티시즘과 죽음과의 합류가 섬뜩하리만큼 짙게 깔린 『금각사』라는 소설은 세상에 햇빛을 보게 된 것이다.

그래, 그는 그렇고, 나는 문학을 위하여 무엇을 버렸던가? 호구지책으로 생각하고 있는 의사일마저 버리지 못하고 매달려 있는 졸장부가 아니던가?

여름소설학교가 열리고 있던 2박 3일 동안 내내 미시마 유키오의 할복자살과, 에로티시즘의 미를 극대화시켜놓은 소설 『금각사』가 나

의 뇌리 속에서 떠나지를 않고 있었다. 미시마를 생각할 때마다 나는
부끄러워 혼자 얼굴이 빨갛게 달아올랐으며, 문학과 의학의 두 가지
를 함께 가지려는 나의 천박한 욕망을 비웃었다. 그리고 과감하게 떨
쳐내지 못하는 미련을 한탄하며 결행의 D-데이를 지리멸렬하고 우유
부단하게 미루는 데 신물이 나 있었다. 그런 내 자신이 답답하여 견딜
수가 없어질 때마다 나는 술을 마셨고, 부박한 내 상상력이 싫고 미워
옆에 앉은 사람들에게 실없는 농담이나 유치한 언설을 풀어놓기에 바
빴다.

　여름소설학교가 끝나던 날 나는 혼자 산길을 걸었다.
　태양으로부터 뿜어져 나오는 뜨거운 햇살이 이글거리며 대지와 바
위에, 푸르른 나무 잎새 위에 내리꽂히고 있었으나 풀잎 한 줄기를 흔
들리게 하는 바람은 어디에도 없었다.
　이런 날 고갱은 불타는 듯한 마르세유 항을 등지고 타이티로 떠났
을 것이다. 그의 뜨거운 예술을 위하여, 더없이 지순한 영혼을 위하
여.
　고갱이 버림으로써 얻을 수 있었던 것은 과연 무엇이었을까? 그가
런던의 주식중매인이라는 상당히 괜찮은 자리를 박차고 그림을 그리
기 위하여 파리행을 결심했을 때 자신의 내부로부터 일어나는 혼란은
없었을까. 모든 위대한 자가 하나의 성공적인 결실을 만들기 위해서
는 어떤 전기를 맞아야 하고, 그런 기회가 오면 천재들은 전신을 던져
그곳으로 매진해 간다. 돌아올 한 뼘의 땅도, 실패를 가정했을 때를
대비한 어떤 여분의 준비도 마련해 두지 않은 채 오로지 외길로 치달
려갈 뿐이다.
　파리 생활에서 고갱은 영원한 적이면서 동지였던 고호와 우정과 정
감을 나누지만, 서로가 숙명처럼 안고 있던 정서적 불안과 사회와의

편협한 괴리를 좁힐 방법을 찾지 못하고 남불의 마르세유 항까지 흘러들어오게 된다. 그곳에서 그는 열기로 끓어오르는 지중해 바다를 바라보며 프랑스를 탈출할 결심을 굳혔다.

그후 타이티에서의 토속적인 그림 그리기에 묻혀버리고, 원주민과 함께 어울려 살아가는 일상의 생활 속으로 침잠해 버린다. 생전에 그는 유명하지도, 부자가 되어 보지도 못한 형극의 삶을 살았지만, 세속적 욕구를 버림으로써 그가 마지막까지 사랑하고 추구해 마지않던 그림 속에 파묻혀 행복하게 죽어갔다.

그들처럼 편리하게 항유하고 있는 현재의 기득적 소유를 스스로 버렸을 때, 나는 과연 당대에는 외롭고 불편한 삶을 살지라도 후세에 극찬받을 수 있는 소설을 써낼 수 있을까? 그 모든 것을 버려도 좋을 만큼 그렇게도 문학은 나에게 소중하고 절박한가? 죽을 줄 알면서 불 속으로 뛰어드는 불나방처럼 다른 것을 포기하고 오로지 문학 하나에만 매달렸을 때, 나는 쓰지도 못하고 절망 속에서 허우적거리다가 알코올 중독자가 되던지 아니면 폐인이 되어 스스로 파멸해 버리지나 않을까? 그렇게 하여 나는 그냥 예정된 필연성의 울 속에 갇혀 고뇌하는 한갖 연약한 지식인으로 전락해 버리지나 않을까? 두려움, 두려움뿐이다.

나는 아득해진 눈길로 햇살 속에 물비늘처럼 부서지는 허무를 보았다. 투명한 햇살은 고즈넉한 산길 위해서 이렇게 튀고 있는데, 어쩌자고 이런 혼동과 방황을 가슴 속에 묻어두고 살아야 하나. 나는 걷던 산길에서 곧장 되돌아섰다.

나는 지금 세월의 흐름을 막막한 심정으로 그냥 지켜보고 있다. 큰 물줄기의 흐름에서 한옆으로 비껴선 채 부유해 가는 모든 것을 넋을 잃고 그냥 지켜보고 있는 꼴이다. 아무것도 해낼 수 없는 열패감과 손가락 하나도 움직이기 싫은 이 막막한 공허감은 어디로부터 연유되는 것인가? 어느 날 불현듯 내 몸 전체를 짓누르게 될 무력감, 나만이 비껴서리라 믿었던 것으로부터의 불신감, 그 패배감에 맞서는 소설쓰기, 그 눈부신 언어들, 결국 그 길에 닿기 위하여 나는 그 동안 멀고도 먼 길을 우회하여 힘들게 걸어왔던가?

그럼에도 아직도 문학의 변방에 머물러 기웃거리기만 하는, 그리하여 아웃사이더가 되어버린 나는 내 문학의 열정을 받아주지 않는 독자를 경멸하고, 저질스러운 소설이 판을 치고 있는 문단의 풍토를 비웃으며, 사람들로부터 잊혀져가는 나 자신을 조롱한다. 그리고는 언제 내게로 덮쳐올지도 모를 죽음을 두려워한다. 어느 날 새벽 혹은 저녁에 죽음이란 괴물은 느닷없이 나의 몸을 덮쳐버릴 것만 같다.

이런 생각은 내 자신의 몸과 마음이 뜨거운 햇살 아래 갑자기 녹아버려 형체도 없이 사라져버리고 말리라는 허무감이 그 근원이다. 허무는 욕망이 그 뿌리를 이루고 있다. 욕망은 과연 충족될 수 있는 대상인가?

우리가 목표로 하는 무엇인가를 두 손으로 움켜잡았다고 생각하는 순간 그 대상은 신기루처럼 저만큼 물러가버리고 만다. 어떤 목표도 인간의 욕망을 완전하게 충족시켜 줄 수 없기에 사람들은 대상을 향해 끝없이 가고 또 간다. 욕망의 기갈을 채울 수 있는 방법은 없다. 스스로 포기하지 않는 한 충족을 향한 여정은 끝없이 이어질 뿐이다. 그 끝은 허무에 닿아 있다.

나는 술이 덜 깬 신새벽녘에 불현듯 찾아오는 자살의 충동으로 온몸에 경련이 일 정도의 전율을 느끼는 때가 가끔 있다. 만약 미국처럼 손쉽게 권총을 구할 수가 있다면 아마 오래 전에 자살하고 말았을 것이다. 한국에는 죽는 방법의 어려움이 있다. 목을 매어? 물에 빠져서? 농약을 마시고?

사람들이 자살하지 못하는 이유는 아픔에 대한 공포 때문이다. 큰

바위가 떨어져 그 밑에 깔려 죽으면 전혀 고통을 느낄 수가 없은데도 사람들은 무지한 아픔이 있으리라고 지레 짐작한다. 자살은 단번에 끝나지 않으면 안 된다. 죽어가는 과정이 길어진다면 그것의 두려움 때문에 쉽게 결행에 옮기지를 못하는 이유가 된다.

지상에 현존하는 모든 대상에 대한 개인적인 해결 방법인 자살은 종국적이면서 완벽하다. 그 길을 간단하게 선택할 수도 없는 나는 단지 시간의 흐름에 자신을 던지고 무기력하게 숨을 쉬며 살고 있을 뿐이다.

내가 안주하는 공간은, 몰아치는 비바람을 고스란히 맞고 서 있는 고목나무 한 그루가 외롭게 서 있는 황량한 벌판 같은 느낌이 든다. 나는 그 고목나무를 벗해서 오랫동안 살아왔으므로 내 몸속에서는 천년의 비와 바람의 냄새를 풀풀 풍기고 있는 듯하다. 이것은 와해되어 버린 욕망이 빚어낸 절망의 풍경이다. 그것으로부터 구원받을 수 있는 선택의 방법으로 문학은 가능한가? 의문스럽다. 그러함에도 문학에 대한 열망은 생각만 해도 짙고 어두운 구름 사이로 드러나는 빛나는 태양 같은 느낌이 든다. 밝고 영원한 태양. 그 햇살이 눈 깜짝할 사이에 내 주위의 모든 어둠을 걷어내고, 악성 암처럼 몸 구석구석으로 퍼져가는 주체할 길 없는 허무라는 질병을 일순간에 사멸시키고 말 것 같은 희망에 들뜬다.

작년 봄부터 환자가 뜸한 진료실에서 쓰기 시작한 장편을 일곱 번이나 수정을 본 후에야 이번 봄에 탈고를 보았다. 지금 그 소설은 출판사로 넘겨져 책으로 나오기를 기다리고 있다. 병원 내부에서 일어날 수 있는 극적인 사건들을 재구성해 놓은 소설이다. 나를 한때 탈진 상태로까지 몰아넣었던 그 소설에 대하여 크게 기대를 걸지 않고 있다. 독자가 과연 얼마만큼 소설의 완성도를 인정해 줄 것인지 도무지 확신이 서지 않기 때문이다.

소설이 완성되고 나서 작가의 손을 떠나 출판이 되면 이제 그 소설은 독자의 몫이다. 작가가 아무리 잘 쓴 소설이라고 항변하고 고집부려도 독자가 외면해 버리면 그 소설은 끝장난 셈이다. 제아무리 천하절색이라고 뽐내봐야 돌아보는 이 하나 없으면 그 여자는 미인이 아니다. 완전한 가치는 절대다수의 공감력을 지닐 때만이 확실한 사실로 증명받는다.

나는 어렵게 장편소설을 완성하고 나서, 한 편으로는 또 다른 실패를 꿈꾸고 있다. 잔뜩 환상을 품고 있다가 좌절당하기보다는 처음부터 기대를 갖지 않는다면 무참한 결과에 쉽게 견뎌내지 않겠는가?

그러함에도 나는 독자들과 영합하는 기술을 익히지도, 그렇게 해보려고 노력하지도 않는다. 『코마』나 『브레인』을 써낸, 현존하는 미국 최고의 대중 소설가이며 의사인 로빈 쿡처럼 의학 미스테리물을 써낼 수가 없다. 꼭 써보겠다면 못 쓸 것도 없지만 솔직히 말해 나는 그런 류의 작품을 쓰기 위하여 내 전부를 내던지고 싶지는 않다. 어느 누가 알량한 인세나 원고료 혹은 보상 없는 갈채를 바라고 단 한 번뿐인 인생을 문학에 걸 것인가?

좋은 읽을거리와 뛰어난 예술품과는 엄연히 구분되어야 한다고 믿고 있다. 재미있는 읽을거리를 만드는 사람들은 베스트셀러를 만들어낼지는 모르나, 한 인간의 영혼에 영원히 지워지지 않는 빗금을 그어내릴 작품을 써내지는 못할 것이다. 아가사 크리스티와 윌리엄 포크너를 같은 부류에 놓을 수는 없지 않은가?

장편 하나를 만들어내고, 1년 가까이 나는 소설창작에 손을 놓고 있다. 글을 써야겠다는 생각도, 쓰고 싶은 의욕도 상실한 무기력증에 빠져 있다. 때때로 나는 이대로 끝장나버리는 것이 아닌가 하고 불안에 휩싸인다. 예고도 없이 찾아오는 죽음은 언제나 우리들의 목 바로 앞까지 디밀고 와 기다리고 있는데, 언제 어떻게 내 머리를 잽싸게 낚아 채갈지 알 수 없는 불안 속에서 글다운 글을 써서 남길 시간은 앞으로 과연 얼마나 남아 있는가?

나는 그 동안 원고지 5,000매 분량의 소설을 써 발표를 했는데도 아직 나 스스로 만족해하는 한 편의 소설도 집어낼 수가 없다. 도대체 나는 언제 좋은 소설이란 강박관념에서 자유로울 수 있을까?

선(禪)을 지고의 가치로 추앙했던 선승 임제는 참다운 지혜를 얻고자 한다면 한 가지라도 세상의 속임수에 걸려들지 말기를 당부했다. 그래서 일찍이 갈파하기를 안으로 밖으로나 만나는 즉시 바로 죽이라고 단언했다. 부처를 만나면 부처를 죽이고, 조사를 만나면 조사를 죽이고, 나한을 만나면 나한을 죽이고, 부모를 만나면 부모를 죽이고, 친척 권속을 만나면 친척 권속을 죽여야 비로소 해탈하여 어떤 경계에도 얽매이지 않고, 인혹(人惑)과 물혹(物惑)을 꿰뚫어 자유인이 되리라고 했다.

나도 소설을 만나면 소설을 죽이고, 시를 만나면 시를 죽이고, 평론을 만나면 평론을 죽이고, 희곡을 만나면 희곡을 죽이고, 신문에 실리는 책들의 광고를 만나면 광고를 죽이고, 베스트셀러의 신문기사를 만나면 신문기사를 죽이고, 그리고 모든 문학에 관련된 정보를 만나는 족족 죽여야만 진실로 소설창작이라는 것으로부터 자유로워져 내가 소망해 마지않는 진정한 소설을 써낼 것인가?

인간에 대한 환멸과 불신을 깊이 맛본 자에게는 세상살이가 그냥 심드렁하다. 젊은 한 시절에는 사소한 작은 일에도 전력을 다해 몸을 던져 매진했다. 그러나 이제는 타인과의 격렬한 승부에서 이겨본들 쉽게 흥분에 휩싸이지도, 패배한들 비장감에 젖을 것 같지도 않다. 삶의 격정이나 치열성이 소멸되어버린 무력감이다.

세상살이에서 남들보다 노련하지도 못하고, 또한 남과의 경쟁에서 쉽사리 포기해 버리고마는 나는 혼자서도 능히 할 수 있는 소설쓰기에 대해서만은 일종의 피학적인 열정을 지닌 셈이다. 그것은 나에게는 아주 숨기 쉽고 편한 도피처이기도 하다.

미국의 대평원을 여행하다보면 소떼들이 한가롭게 풀을 뜯어먹고 있는 풍경을 접하게 된다. 그런데 많은 무리들로부터 외따로 떨어져 혼자 언덕 위를 서성거리는 한 마리의 소를 발견할 수가 있다. 그 한 마리의 소는 집단에서 이탈해 버린 이방의 소로 나중에는 야생의 소로 변해 버린다. 한 마리의 소는 혼자가 되어 대평원의 곳곳을 떠돌아 다니며 지낸다. 사람들이 만들어놓은 시설 좋은 마굿간을 마다하고 비오면 비 맞고 바람 불면 부는 데로 홀로 고고히 유랑한다. 그 외따로 떨어진 소는 곧바로 무리 속에 합류하기만 하면 편안한 일상으로 되돌아가 문명의 혜택을 누릴 수 있으나, 언제 도살장으로 끌려갈지 모르는 불확실한 미래를 안고 있다. 떠돌이 소는 자신의 운명을 예감하고 무리로부터 이탈했는지 모른다.

사람도 마찬가지다. 안락한 현실과 보장되어 있는 미래를 스스로 포기하고 바람 불어오는 황야로 스스로 걸어가버리는 자들이 있다. 그들은 사람 속에서 절대로 더불어 어울리지 못하는 부류들이다. 나의 마지막도 이탈한 소의 운명처럼 될 것 같은 예감을 받는다. 그리하여 나 혼자만의 그 피난처에서 소설을 쓰다 지치면 지나간 날의 나를 되돌아보기도 할 것이다. 마치 외따로 떨어져 혼자가 된 소가 무리 속에 섞여 있었을 때를 회상하듯이.

그 동안 살아가면서 나의 영혼은 언제나 투명했던가? 작은 욕망에 사로잡혀 갈팡질팡하지는 않았는지? 세상의 모든 불순물이라는 불순물을 마구잡이로 뒤섞어 혼동된 상태로 타인의 영혼에 갈퀴질이나 하지 않았는지? 그러나 그 모든 참회가 때늦은 다음에야 무슨 소용에 닿겠는가.

　결국 나는 헤매고 헤매다가 세상살이에 지쳐버릴 즈음에 나 혼자만의 무게를 지니게 될 것이다. 적당한 따뜻함과, 타인에 대한 베풂과 그리고 표나지 않는 어두움을 지닌 채, 그때쯤이면 내 속에는 더 이상의 혼란은 발생하지 않을 것이고, 어둠이나 절망, 혹은 흥분이나 기대 따위가 사라진 명정(明淨)한 상태가 되어 비로소 참다운 소설을 쓰게 될 것이다.

개구리가 울고 있다

동행했던 사람들과 떨어져 혼자 뉴욕의 케네디 공항에 남았을 때, 나는 다음 여정에 대하여 적잖은 불안감에 사로잡혔다. 초행길의 시카고 동생집에 무사히 안착할 수 있을까 하는 두려움이 첫번째였고, 12년 만에 만나게 될 동생과의 조우에 대한 근심이 그 두번째였다. 동생에 대한 걱정은 실로 오랜만에 만나게 될 형제 간의 살가움에 앞서 그가 지금 처해 있는 현실적 어려움을 두 눈으로 확인하고 느끼게 될 안스러움 같은 것이었다. 어릴 때부터 유별나게 정이 많았던 성격이고 보니, 만약 그가 곤궁한 생활에 찌들어 살아가고 있다면, 나는 차라리 어렵게 찾아가는 동생집 방문 자체를 후회하게 될지도 모르리라고 지레 겁을 먹고 있었다. 그러나 나는 한국을 출발할 때 이미 시카고 행 비행기표를 손에 쥐고 있었으니 지금에서 그 결과에 연연하여 되돌아 설 수만도 없는 노릇이기도 했다.

동생 형민이를 떠올리면 나는 언제나 어린 한 시절의 풍경 앞에서 멈춰선 채 이내 콧잔등이 시큰해지는 감정에 휘말린다.

중학교 2학년 때였다. 생물 과제 중에 개구리를 잡아 그 뼈를 표본해 오라는 별난 숙제가 있었다. 부끄러운 일이지만 그때나 지금이나 나는 개구리를 손으로 잡을 줄을 모른다. 미끈거리는 개구리의 살가죽이 내 몸에 닿기만 해도 기절할 듯이 온몸에 소름이 돋는다.

내 몸은 천성적으로 양서류와의 접촉이 금기시되어 있는 체질인 모양이다. 그렇다고 과제물을 안 해갈 수도 없는 형편이고 보니 독한 마음을 먹고 마을에서 얼만큼 떨어져 있는 연못가로 혼자서 갔다. 그곳에는 가히 개구리 운동장을 방불하게 할 만큼 여러 종류가 뒤섞여 물 속에서 자맥질을 하며 놀고 있었는데, 가까이 가니 개골개골 하는 울음소리가 요란했다.

풀섶에 웅크리고 있는 중치짜리 개구리 한 마리를 발견하고 손으로 그놈을 움켜잡았다. 손바닥에 미끌하는 순간, 전신이 오그라드는 놀람으로 훗딱 그놈을 던져버리고 몇 발자욱 뒤로 물러섰다. 그 사이 내 손아귀에서 달아난 개구리는 힘찬 점프 동작을 취한 후 잽싸게 물 속으로 잠수해 들어가버렸다.

나는 마음을 돌려먹고 이번에는 꼭 잡고 말겠다는 생각으로 풀섶을 뒤지고 다니다가 누런 왕개구리 한 마리를 발견하고 한 발을 들어 질끈 밟았다. 그리고는 버둥거리는 그놈의 다리 하나를 간신히 잡고 끌어올렸는데 왕개구리는 갑자기 내 손등을 움켜잡고 요동을 치기 시작했다. 2, 3초를 견뎌내지 못하고 나는 또다시 그놈을 던져버릴 수밖에 없었는데, 개구리가 닿았던 내 오른손은 완전히 핏기를 잃고 축 늘어져버려 마치 의족을 달고 있는 기분이 들 지경이었다.

나는 그때만큼 키 크고 잘 생긴 생물 선생을 원망해 본 적이 없다. 숙제를 줘도 꼭 개떡 같은 숙제를 내는구나, 하고 수없이 투덜거렸지만 그러나 어쩌랴, 나는 우리반의 우등생이었고 생물 선생은 내가 공부 잘하는 영민한 제자라고 이름까지 똑똑히 기억하고 있는 판인데, 과제물을 안 챙겨가다니 말도 안 되는 짓이었다. 생물 선생이 만약 나의 태만을 알게 되면 그 실망감이 자못 얼마나 크실까 하는 생각에 사로잡히면, 대포를 동원해서라도 개구리를 잡아서 그놈의 살갗을 벗겨 뼈를 추려내고 싶은 심정이었다.

나는 지난한 고민거리를 안고 연못가를 몇 차례나 서성거리다가 불현듯 동생 형민이를 떠올렸다. 개 같으면 아마 개구리를 쉽게 잡을 줄 모르지. 그래, 내가 그걸 왜 미처 생각지 못하고 혼자서 허둥거리고 있었지? 나는 뒤돌아서 집을 향해 뛰었다. 집마당에서 공차기를 하며 놀고 있던 동생을 발견한 나는 반가움에 우선 그의 등부터 토닥거렸다.

"형민아, 너 개구리 잡을 줄 알지? 우리 개구리 잡으러 안 갈래?"

느닷없는 물음에 동생이 멀뚱한 시선으로 나를 올려다보았다.

"개구리라니? 그걸 잡아서 뭘 하게?"

"필요한 곳이 있어. 하여간 같이 가보기나 해."

"나는 지금 하고 있는 공놀이가 더 재미있는데, 개구리를 잡으러 지금 꼭 가야 해?"

"혼자서 공 차기가 무슨 재미냐? 나중에 나랑 같이 놀면 되잖아. 우선 개구리부터 잡고 봐."

"그럴까."

형민이는 발 아래 눌러놓고 있던 공을 마루 밑으로 향해 한 발에 내질러버리고 나를 따라나섰다.

나는 동생과 함께 연못가를 향해 걸어가면서 사실을 실토했다.

"생물 숙제를 해가야 하는데 막상 개구리를 잡는 데 도무지 엄두가 안 나니 네가 좀 도와주면 고맙겠다. 너라면 능히 그 일을 할 수 있을 테니 말이다."

　설명을 들은 형민이가 나를 물끄러미 바라보며 의아한 듯 물었다.

　"아니, 형은 중학생인데 이때껏 개구리 한 마리도 잡을 줄 모른단 말이야?"

　"잡을 수야 있지. 그런데 나는 죽어도 그놈을 손으로 만질 수가 없어 그래."

　"그거야 못 잡는다는 것과 같은 말이지."

　말해 놓고 나서 형민이는 한심하다는 듯 나를 한동안 바라보긴 했으나, 내심 싫지만은 아닌 표정이었다. 아마 공부 잘하기로 소문난 형이 쩔쩔매며 못 풀어내는 숙제를 어린 그가 대신 해줄 수 있다는 자긍심이 은연중에 그의 얼굴에 떠오르는 것 같았는데, 나는 그걸 나무라고 어쩌고 할 처지가 못 되었다. 형민이가 나 대신 생물 숙제를 해줄 수만 있다면, 어린 동생인 그 앞에서 나는 그를 어떤 말로 추앙해도 부끄러울 게 없으리라고 생각하고 있었다.

　우리가 연못가에 닿은 후, 개구리 잡기는 단번에 끝났다. 물가로 내려선 형민이가 돌멩이를 줍듯 달아나는 개구리를 한 손으로 건져 올렸다. 형민이의 손아귀에 든 개구리는 발버둥은 커녕 몸 한 번 뒤척이지 못한 채 개골개골 울음만 토해 낼 뿐 꼼짝도 못하고 웅크리고 있었다. 그것도 세 마리씩이나.

　"한 마리만 하면 될 텐데, 어디에 쓸려고 세 마리씩이나 잡아? 나머지는 그냥 놓아줘."

　"혹시 모르잖아? 뼈 표본을 만들다가 실수하면 다른 놈으로 보태어야 하니 그냥 갖고 가봐."

　개구리의 살코기를 고스란히 발라내고 뼈를 추려낸다는 것은 참으로 힘든 일이었다. 세상에서 제 아무리 뛰어난 해부학자가 그 일을 하려고 하더라도 불가능했으리라. 나무판자 위에다 개구리 한 마리를 완전히 회를 쳐놓은 다음에야 우리는 동강난 해부용 칼과 함께 그 모든 걸 거름더미 속으로 던져버렸다. 우리가 얻고자 했던 개구리 뼈는 그런 방법으로는 도무지 구할 수가 없었다.

 망연자실해져버린 나는 우두커니 앉아서 개구리 살이 닿았던 손만 연신 풀잎에다 부벼대고 있었다. 그것도 대부분의 해부를 형민이가 하고, 나는 기껏해야 곁에서 꼼지락거리는 다리를 붙들고 있었던 것에 불과했는데도 말이다.

 잠시 후에 뒷마당에 딩굴고 있는 빈 우유깡통을 들고온 형민이가 이미 죽어 있던 개구리 두 마리를 넣고 물을 부었다.

 "뭘 할려고 그래?"

 "형 숙제는 내가 다 해줄 테니 가만히 보고만 있어. 그 대신 불을 지펴야 하니까 나뭇가지를 좀 줏어와."

 돌멩이 3개로 삼발이를 만들고 그 위에 개구리가 담긴 깡통을 올려놓은 다음 나뭇가지에 불을 지폈다. 깡통 속의 물이 끓고 개구리의 살이 익어갈 무렵 지독한 냄새가 났다. 나는 코를 움켜쥐고 불가에서 멀찌막이 떨어져 앉아 있었는데, 동생은 아무렇지도 않은 듯 삭정이를 태우는 데 열심이었다. 불길이 치솟아 깡통 옆면까지 새까맣게 그슬러 놓은 다음에도 불때기는 한참이나 더 계속되었다. 물 끓는 소리가 요란할수록 깡통에서 나는 냄새는 더욱 더 지독하게 풍겨나왔다.

 얼마 후, 깡통 뚜껑을 열어제낀 동생은 기다란 대나무 가지로 개구리를 끄집어 냈는데, 푹 삶아진 살점들이 허물허물 흘러내렸다. 무르익은 살점을 뜯어내고 개구리의 앙상한 뼈를 고스란히 발라내기란 식은 죽 먹기였다. 흠집 한 곳 발견할 수 없는 완벽한 뼈 표본을 판자 위에 고정시키는 그 모든 일을 이제 겨우 초등학교 4학년인 동생 혼자서 다 해냈다.

 나는 동생이 고스란히 해준 과제물을 들고 의기양양하게 학교로 갔는데, 놀랍게도 숙제를 해온 학생은 나 이외에 아무도 없었다. 생물 선생이 극찬을 할 동안 나는 얼굴이 온통 홍당무가 되었고 등에서는 연신 식은땀이 흘러내렸다.

그후 우리는 함께 자라 나는 계속 우등생의 길을 갔고 동생은 공부에는 별로 흥미를 느끼지 못했다. 어른이 되어 큰 맘 먹고 시작했던 동생의 일이 폭삭 주저앉아버린 것은 전적으로 세월 탓이었다. 얼마 동안 울분 속에서 방황하다가 급기야는 미국에 영주하고 있던 누이의 초청으로 혼자 그곳으로 건너갔다. 그의 나이 25살이 되던 해였다.

그 동생이 미국 시카고에서 흑인을 상대로 장사를 하다가 총을 맞았던 것이다. 다행스럽게도 머리를 겨눈 총알은 빗나가 그의 어깨를 스치고 지나갔고, 그는 그 충격에서 벗어나지를 못한 채 가게를 처분해 버리고 지금 10개월째 칩거중에 있다.

뉴욕에서 시카고 행 비행기를 타기 전에 나는 우선 해야 할 일이 있었다. 한국을 떠날 때 일괄해서 비행기표를 예매하고 온 나는 시카고에서 다시 뉴욕으로 나와 한국 행 비행기를 타기로 되어 있었는데, 아무래도 그것이 번거로울 것 같아서 시카고에서 곧바로 한국으로 떠나는 비행기로 예약을 바꿀 생각을 했다. 그런데 그 넓은 케네디 공항에 나 혼자 남겨지고 보니 아시아나 항공사를 찾아가기가 여간 난감하지가 않았다.

뉴욕 시카고 간의 비행기는 미국 항공사 소속인 TWA 항공편이었으므로 그 항공사가 독자적으로 소유하고 있은 공항 건물 내에서 그 일을 알아보아야 할 형편이었다. 나는 무턱대고 안내를 찾아가서 매달렸다. 내가 너무 겁을 집어먹은 탓인가. 가슴에 인식표를 매달고 있던 중년의 여인은 살짝 미소까지 지우며 한참이나 더듬고 있는 이 촌뜨기 동양인을 위해 손수 문 밖까지 걸어나와 아시아나 항공사가 들어 있는 건물을 자세하게 손가락으로 가르켜주었다. 그 거리는 걸어서 갈 만큼 가까웠다.

내가 그곳을 찾아간 시간은 오후 2시 경이었는데, 밤 12시에 서울로 출발하는 비행기를 띄우는 아시아나 항공사의 창구는 아무도 없이 텅 비어 있었다. 다른 사무실을 찾아보려고 들고 있던 가방을 이 손 저 손으로 바꾸어 잡아가며 동분서주했으나 찾을 방법이 없어 하는 수 없이 지나가는 항공사 직원을 붙들었다. 장대같이 키가 큰 흑인이었다. 그가 말했다.

"7시까지 기다려라. 그때부터 아시아나 항공사의 업무가 시작된다."

"나는 그 전에 시카고 행 비행기를 타야 한다. 유감스럽게도 그 시간까지는 기다릴 수가 없지 않은가."

흑인은 내 말을 전혀 알아 듣지 못했다. 어쩔 도리가 없어 혼자서 사무실을 찾기 위해 그를 비켜 서서 2층 계단을 오르려고 걷기 시작했을 때 그가 내 앞을 가로막았다.

"그곳은 지금 출입금지 지역이다. 7시라고 말하지 않았나? 그때까지 기다려라."

나는 말이 안 통해 짜증도 나고 성가시기도 해 호주머니를 뒤져 예약되어 있는 오후 5시발 시카고 행 비행기표를 흑인의 눈 앞으로 디밀었다.

"알겠어? 나는 7시 이전에 내 볼일을 봐야 한단 말이야."

그가 고개를 끄덕이더니 2층 계단으로 성큼 올라서며 따라오라고 손짓을 했다. 2층의 구석자리에 아시아나 항공사의 사무실이 보였고, 나는 그곳에서 참으로 속 시원하게 모국의 말이 통할 수 있는 사람들을 만났다. 어렵게 찾아간 곳이었으나 결국 원하고자 했던 처음의 내 의도대로 일은 진척되지 못했다. 엄청난 돈이 추가로 부담되었기 때문이었다. 차라리 그럴 바에야 불편하더라고 뉴욕으로 다시 나와서 한국 행 비행기를 타기로 마음먹고 TWA 비행기에 올랐다.

시카고에 도착하니 동생 형민이가 나와 있었는데, 놀랍게도 그는 수염을 길러 하마터면 알아보지 못할 뻔했다. 공항 밖에는 비가 질척질척 내리고 있었다. 동생이 끌고 온 차는 구형 볼보였는데, 운전대를 잡은 그의 옆자리에 앉아 슬쩍 훔쳐본 그는 내가 우려했던 것과는 사뭇 다르게 밝고 쾌활한 표정을 짓고 있었다.

시카고의 밤거리는 생각보다 어두워 주위의 간판을 읽어내기가 쉽지 않았다. 도심을 빠져나와 차가 도시 고속도로에 들어섰을 때 싱글벙글 웃고만 있던 형민이가 나를 돌아보며 말했다.

"형은 늙지도 않는지, 옛날 모습 그대로네요. 한국은 어떠세요? 그리고 뉴욕에서의 일은 잘 됐나요?"

"그래, 그럭저럭 일은 마친 셈이고 한국이야 늘상 그렇지 뭐, 별다른 게 있을려고. 그런데 너는 웬 수염을 그렇게 많이 길렀지? 공항에서 처음 웃으며 내 앞으로 다가오는 널 보고 알지도 못하는 멕시칸이 무슨 일로 나한테로 오나 하고 어리둥절 했었지."

"흑인들을 대상으로 장사를 해먹다보니 어쩔 수가 없어요. 그치들한테는 넥타이 매고 깔끔하게 보이기보다는 차라리 수염도 기르고 옷도 청바지나 점퍼를 걸치고 있어야 터프하게 보이거든요. 약간만 어수룩하게 보여도 총들고 들어와 금고 털어가는 판인데 강인한 인상을 주기 위해서라도 수염을 기를 수밖에 없지요."

"가게는 그만두고 그 동안 쉬고 있다고 했잖아."

"언젠가는 다시 할 텐데 그때 가서 수염 다시 기르고 어쩌고 하는 것보다 아예 안 깎고 있는 게 더 편해서 그래요."

"이곳 경찰은 도대체 뭘 하지? 한낮에 무장강도가 설치고 다녀도 꼼짝을 못하다니, 대국이란 나라가 그렇게 치안이 허술해?"

"그들이라고 강도를 그냥 두기야 하겠어요. 원체 강력사건이 자주 발생하니 일일이 다 손을 쓸 수가 없어 그럴 테죠. 이곳에서는 자기방어는 자기가 해야 돼요. 재산 털리고 목숨까지 잃은 경우가 허다한데 어느 세월에 경찰이나 믿고 가만히 앉아서 당하겠어요? 한국인들이 원체 악착같이 돈 버는 데만 혈안이 되어 있는 것도 문제지만."

"네 가게는 그 일이 있고 나서 큰 손해는 보지 않았어?"

"손해라고 해봐야 그날 판 매상이 전부였으니 별 것도 아니고, 얼마나 놀랐는지 어깨 치료를 받으려고 병원에 도착해 보니 아랫도리가 축축하더라구요. 알고 보니 나도 모르게 똥 오줌을 그냥 싸버린 거지요."

"얼마나 정신이 없었으면 그랬을까?"

"관자놀이에 총구가 닿는 싸늘한 금속 촉감을 느꼈을 때 이미 정신은 반 이상 나간거지요. 그놈들이 금고문을 열고 있을 때 가만히 있어야 했는데, 무심결에 뒤를 돌아봤거든요. 그 순간 총소리가 나고, 아아, 나는 이렇게 미국까지 와서 개죽음을 당하는구나, 하고 그대로 혼절해 버리고 말았어요. 다행스럽게도 총알이 빗나가 어깨죽지를 스치고 지나가긴 했지만."

"범인들은 잡았어?"

"잡긴 뭘 잡아요? 또 잡아봤자지요. 그렇다고 비슷한 범죄가 줄어들 것도 아니고, 그냥 체념하고 사는 게 맘 편해요."

"신이 축복을 내린 땅이라는데 왜 그 모양이지?"

"사람에 따라 축복받은 땅이기도 하고, 저주받은 곳이기도 하지요. 인종분규로 인한 갈등이 가장 심각한 문제이긴 하나 깜둥이들이 게을러서 그렇지 노력만 하면 충분히 댓가를 받기는 받아요."

동생의 집은 교외의 주택가에 자리를 잡고 있었다. 집에 들어가니 계수와 조카들이 우르르 몰려나와 나를 에워쌌다. 나는 조카들을 한 번씩 번쩍 안아 들어올려주었다.

"야, 이놈들 부자 나라에 산다고 무겁기도 하군."

식탁에는 실로 오랜만에 맡아보는 듯한 된장국 냄새가 났다. 그 냄새는 불현듯 먼 이국의 어느 도시를 외롭게 혼자 떠돌다 가족들의 품으로 돌아온 지친 나그네의 고단한 신세를 느끼게끔 만들었다.

저녁식사가 끝난 후, 반 지하에 설치된 벽난로 옆의 소파에 앉아 술을 마셨다. 그때서야 나는 형민이가 경제적으로 곤궁할지도 모른다는 내 생각이 완전히 기우였음을 알았다. 그는 그 동안 흑인을 상대로 하는 가게에서 적잖은 돈을 벌어들인 것 같았고, 그가 놀고 있는 지금에도 계수는 두 군데의 직장을 오가며 일을 하고 있는 중이라 생활에는 전혀 어려움이 없는 듯이 보였다. 단지 돈이 저축되지 않는다 뿐이지, 먹고 사는 데는 불편함이 없었다.

우리는 벽난로에 불을 지피고 술을 마셨다. 동생은 나를 위해 코냑을 한 병 준비해 둔 모양이었다.

할 이야기가 너무 많았으므로 말들은 제대로 길을 찾아나서주지를 않아 제멋대로 뒤엉켰다. 나는 대체적으로 동생의 미국 생활에 대한 만족도를 물은 것 같았다.

"이곳 생활이 한국에서보다는 더 좋게 보이는군. 네 자신도 그렇게 느끼고 있어?"

"비교 자체가 무의미하지요. 그곳을 떠날 때는 선택의 여지가 없었던 결정이었으니까요. 물론 미국이란 나라가 황금을 길거리에서 마구 주울 수 있는 천국이라는 생각을 애초에 품지를 않았지만, 무엇보다 땅덩어리가 넓고 자연이 그대로 보존되어 있으니 한국처럼 숨이 막힐 것 같은 답답증은 없어요."

"자연의 혜택은 그렇다 하더라도 여러 사회적인 문제는 있을 게 아냐? 일테면 과중한 세금이라든지, 지나친 자유와 방임으로 인한 생산성의 저하 같은 사회병리 현상 같은 것 말이야."

"물론 있지요. 그러나 본인만 건실하게 살고 열심히 일을 한다면 그런 것은 크게 문제될 게 없어요. 한국에서 생각하는 것처럼 일확천금을 단번에 손에 쥐겠다는 환상만 버린다면 개인적 자유는 최대한 보장되니까 살 만해요. 마약 남용이나 에이즈 같은 질병이 미국을 곧 3류 국가로 전락시키고 말 것이라는데, 겨우 200년 동안에 세계 최강국을 만든, 잠재력이 대단한 나라가 그렇게 쉽게 무너지기야 하겠어요."

"돌아가고 싶은 생각은 없어?"

동생은 미간에 주름을 만들며 술잔을 빙글빙글 돌렸다. 그리고 한동안 대답이 없었다.

"가끔 미시간 호숫가에 나가요. 호수가 얼마나 큰지 한반도의 남쪽을 번쩍 들어 그 속에 푹 담가 놓을 만한데, 그곳에 가면 꼭 고향 앞바다 같은 느낌을 받거든요. 호수의 물 속에 발을 담그고 수만 리나 떨어져 있는 고국을 생각해요. 지금 그곳은 어떨까 하고. 이곳에 살고 있는 교포들은 자신의 처지가 어떠하든 모두 다 한국을 생각하고 그리워해요. 미국에 오래 살아 미국 국적을 얻은 후에도 우리나라 대통령이 누구냐고 물으면 클린턴이라 대답하지 않고 김대중이라고 얼른 말하거든요. LA에 한인들이 몰려 사는 이유가 어떻게 하든 고국과 가장 가까운 곳으로 근접해 가기 위해서라고 하잖아요. 아무리 햄버거 오래 먹어도 우리는 토종 된장들이에요. 모르죠, 이곳에서 태어난 2세들이야 그들대로 새롭게 접하고 익힌 문화가 있을 테니 우리들 하고는 다를 테죠."

벽난로에서는 양초 냄새가 났다. 숯불에서 나는 향기 같았다. 숯이 땔감으로 동이 났을 때 자작나무로 만든 장작을 불 위에 더 얹었다. 곧 타닥타닥 하며 나무가 타들어가는 소리가 들렸다. 연소 후에 가장

재를 적게 남기는 나무라고 했던가.

"여행 때문에 시차 적응도 안 되었을 테고, 피곤하실 테니 오늘은 일찍 주무세요."

나는 홈빠가 있는 반 지하방에서 동생이 만들어준 이부자리 속으로 들어갔다. 온몸은 천근같이 무거웠으나 쉽게 잠 속으로 빠져들어가지 못하고 온갖 생각들이 어지럽게 교차되느라 몇 번이나 돌아눕기를 거듭했다.

동생의 미국 행은 예정에 없었던 일이었다. 그는 전문대학을 졸업하고 합성회사에 들어갔다. 화이트 칼라도 아니고 블루·칼라도 아닌 어중간한 직책이었다. 직장 생활에 크게 만족은 못했으나 결혼 전이었으므로 알뜰하게 돈을 모았다. 그 동안 자신이 모은 돈과 아는 사람들로부터 끌어모은 돈까지 합하여 진작에 하고 싶다는 목축의 꿈을 안고 비육우를 샀다. 물론 다니던 직장에는 사표를 낸 후였다. 처음 얼마 동안은 재미를 보는 듯했으나 곧 소 파동이 일어났다. 공급과잉으로 소값이 폭락하면서 사료비도 못 건지고 파산하는 농가가 속출했다. 동생 역시 간신히 빚을 갚고 나니 빈털터리로 나앉고 말았다. 한동안 그는 실의에 빠져 술독을 껴안고 살았다.

다행스럽게도 2년 후, 오래 전에 먼저 미국으로 건너가 달라스에서 기반을 내리고 있던 누이의 초청으로 그는 이민길에 올랐다. 떠날 때 패배감에 젖어 있거나 감상적인 눈물 같은 것은 보이지 않았다.

"조국을 등진다고 생각하니 슬픈 생각이라도 들지 않니?"

"형제들도 멀리 떨어져 살아야 그리움이 더 절절해져요. 비좁게 부대끼며 매일 곁에 붙어서 어려운 꼴 서로 보이고 보면서 사는 것보다 낫겠지요. 넓은 땅에서 소나 실컷 키우고 싶어요."

마치 이웃 도시에 수학여행이나 가듯 주위 사람들에게 별다른 아픔도 남기지 않고 쉽고 편하게 한국을 떠났다. 그리고 12년, 소를 키우

겠다는 그는 몇 달 전까지만 해도 시카고의 흑인 밀집지역에서 수염
을 기른 채, 그들을 상대로 장사를 하고 있었다.

　다음 날, 피곤해서 아침에 일어나기가 꽤 힘들지도 모르리라는 생
각과는 달리. 새벽 일찍 눈을 떴다. 뒷뜰로 나갔다. 어제 내린 비로 떨
어진 나뭇잎새들이 잔디 위에 너부죽이 깔려 있었으나 하늘은 눈부시
게 맑게 개여 있었다. 대기가 너무 청정해 코로 들이마시는 공기에 향
긋한 냄새가 배어나는 듯했다. 뒷뜰을 돌아 앞마당으로 나갔다.
　대문 없는 집집마다 보이는 뜰에는 깨끗하게 손질된 잔디가 푸른
양탄자를 깔아놓은 듯했다. 마당 한 켠으로 한두 그루씩 서 있는 잎이
무성한 나무들. 어디에선가 본듯한 눈에 익은 풍경이었다. 그렇지. 어
릴 때부터 익히 보아 머릿속으로 대뜸 떠올릴 수 있는 그림엽서 속의
풍경 그대로였다.
　"역시 축복받은 나라군."
　나는 속으로 감탄하며 그림엽서 속의 집들을 둘러보기 위하여 한적
한 길을 따라 걸었다. 어느 집 앞 나무에는 과일들이 주렁주렁 매달려
있었고, 또 다른 집 앞에는 모형으로 만든 사슴 한 쌍이 먼 하늘을 향
해 시선을 못박고 있는 곳도 보였다. 동네 안쪽 길이라 그런지 한참만
에야 천천히 지나가는 차 한 대 정도를 만날 뿐, 사람도 차들도 완전
히 자취를 감춘 적막한 시골이었다.
　무념 상태의 호기심 탓이었을까? 나는 동생집과는 점점 멀어지는
것도 모르고 동화 속 같은 그림집들을 배회하며 상당히 먼 거리를 걸
었다. 문득 혼자의 환상에서 깨어나 내가 왔던 길을 되돌아보았을 때
나는 적잖이 놀랐다. 내 시야에는 동생이 살고 있던 집 부근은 어디에
서도 보이지 않았다. 불현듯 당혹감과 불안감으로 급히 되돌아 걷기
시작했으나 엇비슷한 집과 거리만 나타날 뿐 정작 동생집 앞에서 눈

여겨 본 그 경관은 좀체로 발견할 수가 없었다.

새벽부터 이게 무슨 낭패람. 구멍가게 하나 없는 이 넓은 전원주택가에서 어디에 가서 물어볼 수도 없었고 주위를 둘러보아도 그 흔한 공중전화조차도 없었다. 나는 뒤돌아서 걷기도 하고 옆 골목으로 건너뛰어서 왔던 길을 되짚어 가보는 등 별짓을 다했으나 계속해서 이상한 집들과 거리만 나타날 뿐 끝내 동생집의 위치를 가늠할 수가 없었다. 완전히 마을 속의 미아가 된 셈이다. 그런 방황으로 족히 한 시간을 보냈으리라. 나는 지치고 맥이 빠져 잠시 남의 집 계단 앞에 쭈구리고 앉았다. 그때 눈에 익은 구형 볼보 차가 내 앞에 스르르 멈추는가 싶더니 곧이어 차문이 열리고 놀란 동생의 얼굴이 나타났다.

"형, 새벽부터 어디를 혼자 다녀요? 형 찾느라고 이 동네를 몇 바퀴나 돌았는지 몰라요."

"거리 구경을 하면서 슬금슬금 걷느라고 집에서 얼마나 떨어졌는지도 모르고 있었어."

"생판 모르는 동네에서, 그것도 말도 제대로 통하지 않는 미국에서 혼자 돌아다니다니 간도 크구려."

차를 타고 돌아오니 바로 다음 블록이 동생집이었다. 엇비슷한 거리와 집들 사이에서 나는 아마 혼자 당황하여 동생집마저 그냥 스치고 지나가면서 못 찾고 헤메고 다닌 모양이다.

이틀을 동생집에서 더 머물며 많은 이야기를 듣도 여러 곳을 구경했다. 주말에는 시내에 있는 한국 식당엘 갔는데 상당히 큰 규모의 음식점이었음에도 사람들이 빼곡히 들어차 빈 자리를 잡는 데도 한 시간을 기다려야만 했다.

"웬 사람들이 이렇게 많지?"

"모국에 대한 그리움이죠. 파김치가 되도록 일을 하고 나서 주말에 이렇게 모여 비슷한 생김새의 동포를 만나 자신들의 뿌리를 확인하는

것으로 또다시 일주일을 버티어 내는 힘을 마련하는 것이죠. 이곳에
와야 사람들은 안심이 되는 모양이에요."

우리는 그곳에서 한국에서 먹는 음식보다 더 한국적인 찌개와 게장
과 콩나물을 한국보다 열 배쯤 비싼 소주와 함께 먹고 마셨다.

돌아오기 전날, 동생이 즐겨 찾아간다는 공원을 함께 갔다. 공원은
더없이 넓은 초원으로 곳곳에 울창한 수목들이 빼곡히 들어차 있어
잔디 위를 한참이나 걸은 후에도 공원의 가장자리가 보이지 않을 지
경이었다.

우리는 여섯 개들이 캔맥주 두 줄을 들고 공원 내의 호숫가 벤취에
앉았다. 호수에는 몇 사람들이 띄엄띄엄 앉아 한적하게 낚시를 하고
있었는데, 그들이 사용하고 있는 미끼란 것이 먹다 남은 빵부스러기
라는 데 놀라지 않을 수 없었다. 저런 것으로 고기가 잡히기나 할까?
그도 그럴 것이 이곳에서 잡히는 고기는 먹지도 않는다니 애써 떡밥
을 으깨고 지렁이를 끼워가며 미끼를 사용할 필요가 없을 것 같기도
했다. 우리는 그들을 내려다보며 호숫가에서 맥주를 마셨다.

"가게를 처분했다니 앞으로 어떻게 할거니?"

"충격에서 벗어나면 다시 무슨 일이라도 해야지요. 이곳에서 일을
안 하고 지내면 곧 사람이 망가져버려요. 갈 곳도 없고 같이 놀아줄
사람도 없으니 혼자 떨어져 술이나 마시는 것 이외에 할 게 있어야지
요. 얼마 못 가 알코올 중독자 되기가 쉽상이지요. 형이 오기 전에 매
일 혼자 여기로 나와서 낚시하는 사람들이나 바라보며 맥주를 12캔이
나 마셔댔어요. 돌아오는 길에서 다시는 술 마시지 않겠다고 남은 술
을 통째로 쏟아붓기도 하고, 반쯤 남은 담배를 차창문을 열고 던져버
리기도 했어요."

"왜 그런 짓을 했지?"

"명료하게 깨어 있고 싶어서이지요. 미국까지 와서 술이나 마시고

흐리멍텅하게 살아 간다는 게 견디기 힘든 자책감이 되거든요. 겨우 이런 생활 하려고 조국을 버리고 물 건너 온 것은 아닌데, 하는 생각이 들면 마셨던 술마저 토해 버리고 싶어져요."

나는 담담한 그의 고백에 적잖이 안도했다. 걱정하지 않아도 동생은 이곳에서 자기가 가진 몫으로 최선을 다해 열심히 살아가겠구나.

몇 개의 빈 맥주캔이 벤취 위에 쌓여갈 즈음, 나는 이상한 울음 소리를 내고 있는 신기한 동물을 발견했다. 호숫가에서 자맥질을 하고 있는 개구리들이었다. 그놈들은 대단히 크고 색깔들도 시꺼멓게 보여 그로테스크하기 짝이 없었다. 이곳에도 개구리가 있나? 나는 손가락으로 그놈들을 가리켰다.

"형민아, 저것들이 개구리가 맞지? 그런데 굉장히 크고 이상하게 생겼구나."

"이곳에 사는 동물들은 다 그래요. 개구리뿐만 아니라 공원에서 흔하게 보이는 다람쥐도 살이 찌고 덩치가 커 징그러워요."

나는 반쯤 마시다 만 캔맥주를 들고 개구리가 덤벙거리며 물 속으로 뛰어들고 있는 호숫가로 내려섰다. 그놈들은 정말 한눈에 보기에도 흉물스러웠다. 뿐만 아니라 울음소리마저 개골개골 하는 한국 토종 것과는 다르게 빽빽 질러대는 게 여간 요란하지 않았다.

"여기 내려와서 이놈을 한 마리만 잡아봐."

"형, 개구리를 잡아서 뭐 하게요?"

"어떻게 생겼는지 자세히 보게. 혹시 모르지, 그놈들 뼈 표본이나 하나 만들어 귀국하게 될지도 모르잖아."

형민이가 어처구니없다는 표정으로 나를 내려다봤다.

"그걸 어떻게 잡아요. 손에 닿기만 해도 소름이 돋을 것 같은 기분인데, 그냥 내버려두고 이리로 올라와서 남은 술이나 마저 마셔요."

나는 개구리 잡기를 단념했다. 형민이가 잡을 수 없다면 그것은 전혀 불가능한 일이기 때문임으로.

다음 날 뉴욕을 거쳐 한국으로 돌아오는 비행기를 탔다. 동생과 마지막으로 헤어지면서 한 마디했다.

"어릴 적에 우리가 살던 동네 어귀에 있던 연못 기억나지? 그곳에서 너는 개구리를 기가 막히게 잘 잡았어. 미국에서도 개구리 잡는 연습을 해봐."

내 말을 들었는지 못 들었는지 동생이 멀뚱한 눈으로 나를 쳐다보고 있었다.

돌아오는 기내에서 나는 어디에서 나는지도 모를 개골개골, 삑삑하는 개구리 울음소리를 수없이 들었다. 그 환청에서 깨어날 즈음 나는 하나의 결론에 도달했다. 형민이가 미국에서 아무렇지도 않게 그 징그러운 개구리를 한 손으로 냉큼냉큼 잡아낼 때가 되면 그는 그곳에서 확실하게 뿌리를 내리게 될 것이라고.

불타는 여자

　김태호가 아내의 변신을 눈치챈 것은 꽤 오랜 시간이 경과된 이후
였다. 주위에 있는 모든 사람이 다 알고 난 다음에 당사자는 제일 늦
게서야 사실을 깨닫고 놀란다는 소문의 속성 그대로였다. 반신반의했
던 소문이 사실로 들어났을 때의 경악감은 이루 말할 수가 없었다.
　도대체 아내가 어떻게 그런 끔찍한 일을 저지를 수가 있다는 말인
가. 아이 하나 키우며 남편한테 지성으로 대하는 전형적인 현모양처
였던 그녀가 무슨 까닭으로 상상도 할 수 없는 사건에 휘말리게 되었
는지 자다가도 놀라 깨어날 일이었다.
　한 달 전이었다. 혼자 살고 있는 외숙모로부터 전화가 왔을 때 그는
진작에 이상한 낌새를 눈치채고 사건을 수습하려고 애를 썼어야 했음
에도 불구하고 그냥 내버려둔 게 탈이었다. 복잡한 세상살이를 하다
보면 그럴 수도 있으려니 하고 그때는 대수롭지 않게 생각했다. 외숙

모는 전화에다 대고 생소한 이야기를 꺼내놓았다.

"현숙이 애빈가? 자네 처가 두 달 전에 돈이 급하다고 백만 원을 빌려갔는데 자네가 그 일을 알고 있는지 모르겠네."

"저한테는 아무 말도 없었는데 돈을 빌리다니, 도대체 무슨 말씀이신가요?"

"그래? 모르고 있었구먼. 내가 실없는 소리를 했는지 모르겠는데 자네가 알고 있지 않다면 그냥 덮어두지."

"꺼냈던 이야기니 마저 하시죠. 집사람이 무슨 용무로 돈을 빌려간다고 합디까?"

"자네 처가집 쪽에 옷가게를 하는 언니가 있나 보던데, 공장에서 싸고 좋은 물건이 뒷거래로 나왔는데 잡아놓고 보니 돈이 부족하여 급전을 구한다고 하더구만. 이자도 높이 쳐준다기에 우선 있는 돈 갖다 쓰라고 했지."

그가 잠시 처가집 쪽 집안을 떠올렸다. 아내한테 친자매 간은 아니지만 사촌 언니가 있긴 있다. 시장에서 가게를 하고 있다는 이야기는 들었으나 그게 옷가게인 줄은 잘 모르고 있었다. 오다가다 아내가 가끔씩 언니의 시장 가게를 들리는 모양이던데 그는 건성으로 듣고는 곧 잊어버렸다.

"네, 장사를 하는 사촌 언니가 있는데 집안끼리 왕래가 잦은 편은 아닌데요. 그 언니 일로 집사람이 외숙모한테 돈을 빌리다니 무슨 영문인지 도무지 감이 안 잡히네요."

"장사를 하다보면 돈이야 늘상 모자라기 마련이지. 돈 쌓아놓고 배 두드리며 사는 처지가 아니라면 급할 때는 생판 모르는 사람한테서도 일수 돈을 빌려쓰는 판인데, 나야 매달 꼬박꼬박 높은 이자를 쳐주니 불만은 없고, 그런데 말이야 곧장 갚겠다는 말과는 달리 나한테 여분이 있으면 한 이백 더 빌려달라는데 내가 자네도 알고 있는 일이냐고 물었지."

"그래서요?"

"애 아범은 알 필요가 없다고 하더구만. 언니를 대신해서 자기가 중간에서 빌려준 거니까 여러 사람한테까지 신경 쓰이게 하고 싶지 않다고 했어."

"그래요? 저는 금시초문입니다. 아내가 더 빌려달라는 돈은 어떻게 했습니까?"

"어떻게 할까 생각 중이야. 나야 몇 푼 있는 돈 굴려서 먹고 사는 형편에 신분이 확실하다면 못 줄 것도 없지만."

"하루 이틀만 기다려주세요. 제가 무슨 일인지 알아보고 연락을 드릴 테니, 그때 빌려주든지 거절하든지 하시죠."

"자네 생각이 그러하다면 그렇게 하지."

육십을 넘긴 외숙모는 아들 딸 출가시키고 혼자 살고 있다. 세관에서 오랫동안 근무했던 외삼촌이 몇 년 전에 급작스레 사망했을 때 적잖은 유산을 남겼다. 외숙모는 집 떠나는 자식들에게 일부분씩을 떼어주고 남은 돈으로 믿을 만한 곳에 돈을 놓고 그 이자로 여생을 부족함 없이 살아가고 있다. 혼자 사는 노인네라고 궁상을 떨지도 않아 지난 번에도 호주인가 어딘가에 단체관광여행도 다녀왔다는 이야기를 들었다. 곱게 늙어가는 여인네다. 그 외숙모한테 아내가 돈을 빌리다니? 그것도 사촌 언니 장사밑천 때문에 그런 일을 하다니 도무지 이해할 수가 없었다.

그는 내친김에 집에 전화를 냈다. 신호가 떨어지지 않았다. 오후 3시. 초등학교 5학년인 딸 아이는 학교수업을 마치고 곧장 피아노 학원에 가 있을 시간이다. 아내는 어딜 갔지? 가만히 생각해 보니 요근래 들어 아내가 집에서 전화를 받는 경우가 극히 드물었다.

며칠 전 퇴근 후에 그가 물었다.

"요즘 어딜 그렇게 열심히 나다니는지 낮에는 도통 전화 연결이 안 되잖아. 무슨 일이 있는 거야?"

"시장에 갔어요."

"오후 2시부터 전화를 걸기 시작했는데 6시가 되도록 전화를 받지 않으니 웬 시장 나들이가 그렇게 길어?"

"시장 갔다 오는 길에 202호에 들려 차 한 잔 마시고 왔어요. 주부가 매일 집구석에만 처박혀 있어봐요. 답답하고 울화통이 터져 미칠 지경이라구요."

"한국의 보통 주부가 다 그렇지, 아이들 키우고 남편 수발드는 것 이외 뭘 더 바라겠다고 그 짧은 낮시간을 못 참고 안달이야, 안달이."

"당신은 참으로 고지식해요. 남자들이야 직장 나가서 자기 일하고 가끔 동료들 만나서 하잘구레한 농담이라도 나누면 하루가 금방 가겠지만, 허구한 날 집안에 갇혀 혼자 지내는 여자들이 얼마나 스트레스에 시달리는지 당신이 알기나 하는지 모르겠어요."

"글쎄, 한국의 여자들은 낮에 혼자 있을 때 왜 책을 읽을 생각은 하지 않고 어떻게 하든 사람 만날 궁리만 하는지 알 수가 없는 노릇이야. 그래, 자주 간다는 202호에 있는 여자는 뭘 하는 사람이길래 아파트에 살고 있는 주부들이 뻔질나게 들락거리지?"

"보험회사 외판원이에요. 가끔 그릇이나 가전제품들 중에서 괜찮은 물건들을 받아와서는 실 소비자들한테 싸게 넘겨주기도 하고요."

그랬었구나. 202호가 문제다. 언제부터인지는 모르나 아내는 그 집에 무시로 드나들기 시작했다. 야구 중계를 하던 날 밤에 그가 텔레비전을 독차지하고 있을 동안에도 아내는 202호를 찾아갔다. 남편이 외항선원이며 자식이 없다고 했으니 혼자 사는 여자집에 동네 아낙네들이 모일 만하다고 그는 짐작하고 있었지만, 그러나 오늘 낮 같은 시각에 남편이 꼭 필요해서 집에 있는 아내를 찾는 중에도 202호에 가서 수다나 떨고 있을 것이라고 생각하니 울화통이 치밀었다.

경비실에 연락을 하여 전화번호를 알아내어 202호에 있을 아내를 찾는다는 것 역시 좀스럽다. 둘러앉아 있는 여자들이 빈죽거릴 것이다.

"그 새를 못 참아서 남자가 째째하게 이웃집에 간 마누라한테까지 전화를 다 하다니."

외숙모로부터 전화를 받은 그날은 늦게 귀가했다. 퇴근 무렵에는 직장동료들과의 회식모임이 약속되어 있었고 밤이 되면서 그는 낮의 전화 사건을 까마득히 잊고 있었다. 자정이 가까워서야 술 취해 비틀거리는 걸음으로 아파트의 계단을 올라가고 있을 때 그는 문득 낮의 외숙모 전화 내용을 기억해 냈다. 잊지 말고 물어봐야지.

열세 평 서민용 주공아파트들의 현관문을 열어주는 아내는 꽤 늦은 시간이었는데도 잠을 잔 흔적이나 졸리운 기색이 전혀 없었다. 마치 방금 외출을 하고 돌아오기라도 한 듯 생기가 돋아 있었다. 거의 매일 늦게 퇴근하는 그에게 짜증 한 번 부리지 않는 아내의 밝은 얼굴을 보며 그는 문득 미안한 생각이 들어 전화의 궁금증에 대한 의문을 내일 아침까지 미루기로 마음먹었다.

아침 출근길에 현관에서 구두를 신다 말고 미루어왔던 질문을 그냥 지나가는 어투로 물었다.

"시장에서 장사한다는 사촌 언니 가게는 요즘 별로 신통찮은 모양이지."

"갑자기 그게 무슨 말씀이세요?"

"돈이 급해 외숙모한테 급전을 빌렸다는 이야기를 들었는데, 당신이 중간에 끼여들어도 상관없는 일인지 모르겠어."

순간 아내의 얼굴이 상기되었다.

"아, 그 일 말이군요. 걱정할 것 없어요. 장사를 하다보면 가끔 그럴 수도 있는 모양이던데, 큰 돈 아니니 곧 갚을 거예요."

"지난 번에 빌려가고 이번에 또 빌려달라고 했다는데 당신은 더 이상 나서지 않는 게 좋겠어."

"겨우 돈 백만 원 빌려주고 동네방네 소문을 다 내다니, 높은 이자 꼬박꼬박 챙겨주는데 안 빌려주면 그만이지 원 외숙모 님도 보기보다 지나치셔."

"곧 갚겠다는 돈을 두 달이 지났는데도 갚지는 않고 더 빌려 쓰겠다고 하니 알아볼 만한 곳에 전화를 해볼 수도 있잖아. 그건 그렇다치고 당신 어제 낮에는 어딜 갔길래 전화도 받지 않았어? 또 202호에 죽치고 앉아 있은 거야?"

샐쭉해진 아내가 말문을 닫고 우두커니 서 있었다. 그는 출근길부터 기분을 잡쳐버려 하루 종일 우울하게 지낼 것을 생각하니 어쩐지 처량한 기분이 들었다. 그리고 하루 내내 좁은 집구석이나 지키고 있을 아내가 가련하기도 해 한결 부드러워진 음성으로 마지막 말을 던지고 현관문을 열었다.

"조금만 참고 기다려. 회사에서 곧 주택조합을 결성한다니 우리도 넓은 집으로 이사할 수 있을거야. 그리고 내 생각이지만 친척들하고는 가급적이면 돈 거래만은 삼가했으면 좋겠어."

아내가 마지못한 듯 낮은 목소리로 응답했다.

"알았어요."

회사에 출근을 했지만 김태호는 마음 한 구석에 검은 구름이 끼여 있는 듯 불편한 마음을 떨구어낼 수가 없었다. 아내를 다그쳐 무슨 일이 있었는가를 물어보지 못한 것이 자신의 우유부단하고 여린 감정 탓이라고 돌려 마음먹긴 했으나 불편한 파장은 쉽사리 사라지지 않았다. 그러함에도 그는 그 일을 애써 잊어버리기로 작심했다. 대신 외숙모한테 전화를 내어 더 이상의 돈을 빌려주지 말라고 당부했다.

"왜 그런 생각을 하게 되었지? 애 어멈이 엉뚱한 곳에라도 돈을 쓰는 모양이던가?"

"그렇지는 않은가 본데 사촌 언니 가게 사정 때문에 우리가 중간에 끼여 돈 거래를 하는 것 자체가 썩 내키는 일이 아니잖아요."

"그것은 그렇지. 자네 생각이 그러하다면 다시 연락이 올 경우 내가 알아서 조치를 취하지."

외숙모로부터 걸려온 전화로 인한 의문은 흔쾌하게 풀려지지 않은 채 그 정도 선에서 끝나고 묻혀버렸다. 그 자신도 딱히 그 문제를 시시콜콜 들춰내어 아내를 곤경에 빠뜨리고 싶지 않았다.

김태호는 아내를 사랑했으며 지금도 여전히 사랑하고 있었다. 무일푼의 두 사람이 만나 작지만 지금 그들 소유로 되어 있는 집칸이나 마련하고 살기까지에는 아내의 헌신적인 희생이 있었기에 가능했다. 아내는 천성적으로 부지런했으며 남는 밥알 하나 함부로 버리지 않을 만큼 살림을 아꼈다.

그녀가 여상을 졸업하고 지금 그가 다니고 있는 소규모 회사에 경리직 일을 하고 있을 때부터 그랬다. 회사 내에서도 알뜰하기로 소문이 나 있어 그녀가 받는 적은 봉급으로 남동생 하나를 대학 공부까지 시키고 있었다. 동생이 대학을 졸업한 후에도 그녀는 한 푼의 낭비도 없이 억척스레 돈을 모아 그와 결혼을 할 때 부엌 딸린 전세방을 얻는 데 필요한 대부분의 돈을 그녀가 충당했다. 결혼식 때 그가 보탠 돈이라고는 가구 하나 들여놓을 정도가 전부였다. 재정이 빈약한 회사의 영업사원이 받는 봉급이 원체 박한 탓도 있었지만 혼자 사는 남자가 저축을 하고 살 만큼 성질이 모질지도 못했으며 또한 그럴 여력도 없었다.

결혼 후에 아내는 직장을 그만두고 집안에서 하청일을 맡아했다. 공장에서 판에 찍은 듯이 만든 셔츠나 잠바를 무더기로 받아와 그 마무리를 하는 일이었는데 소매깃이나 어깨 부분의 이음새에 매달려 있는 실밥을 뜯어내거나 한두 개쯤 빠져 있는 단추를 매다는 일 등이었다. 그 일은 해도 해도 끝이 없어 그들 두 사람이 기거하는 방의 절반 정도는 언제나 산더미처럼 쌓여 있는 옷들로 작은 산을 이룰 지경이었다. 아이를 갖고 그리고 낳은 후에도 아내는 억척스럽게 그 일들을 계속했다.

어떤 때는 옷 대신 가방을 받아와서는 작은 압착기계로 호크를 부착시키는 작업도 했는데, 기계를 누를 때마다 나는 찰칵거리는 소리가 새벽까지 이어질 때도 있었다. 김태호는 퇴근 후에 아내 곁에서 잔일이라도 도우려고 다가서면 그녀는 그를 떠다밀며 한사코 말렸다.

"이런 일은 남자가 할 일이 못 돼요. 바깥에서의 일도 지칠 텐데, 당신은 그냥 일찍 주무세요."

"혼자 잠들기도 그렇고, 나머지 일이라도 함께 하면 일이 빨리 끝나잖아."

"언제 끝날지 모를 만큼 일감이 밀려 있는데 몇 시간 도와준다고 해서 큰 보탬이 안 돼요. 천천히 일하다가 졸리면 자리에 들 테니 당신은 그냥 쉬세요."

추운 겨울밤, 외풍이 드센 방안에는 자리끼까지 얼어붙을 만큼 기온이 내려갔다. 일찍 잠자리에 든 그가 밤새 달칵거리는 입착기 소리에 잠이 깨어 윗목을 바라보면 그때까지도 아내는 그 일을 계속하고 있었는데, 추위 탓에 하청받아 놓은 잠바를 껴입고도 모자라 그 위에 이불까지 뒤집어 쓰고 있었다. 그런 억척 같은 아내가 고맙기도 하고 한편으로는 가엾기도 하여 돌아누운 베개 위에 눈물자욱을 남겨놓기도 했다.

일찍 퇴근 하던 날, 그는 한사코 집에서 식사를 하자는 아내의 거친 손을 붙들고 시내로 나왔다. 휘황찬란한 불빛 아래에서 어색한 표정

을 지우며 어쩔 줄을 몰라하던 아내가 빨리 집으로 돌아가자고 재촉
했으나 그는 큰 마음 먹고 불고기집으로 아내의 등을 밀고 들어갔다.

윤기 나는 탁자 위에 정갈스런 그릇들이 놓이고 화덕 위에 고기가
얹혀졌을 때 겁먹은 아내의 눈이 묻고 있었다.

"꽤 비쌀 텐데, 우리 형편에 이런 걸 시켜먹어도 돼요?"

"걱정할 것 없어. 일 년에 단 한 번도 외식이라고는 못해 본 처지지
만 우리도 한 번쯤 이런 곳에서 식사를 하는 것도 좋잖아."

그의 성의에도 불구하고 그날 아내는 고기 몇 점 집어먹고 수저를
놓아버렸다.

"더 먹지 않고 왜 그냥 앉아 있기만 해?"

"속이 더부룩해 얹힐 것만 같아요. 고기 그만 시키고 그냥 우리 빨
리 집으로 돌아가요."

그날 밤 그가 잠든 사이에 아내는 혼자 부엌에서 라면을 끓여 먹었
음을 다음 날 아침 냄비에 남은 음식 찌꺼기를 발견하고서야 알았다.

그렇게 알뜰한 내핍과 인내의 세월을 십 년이나 보냈다. 이사를 여
섯 번이나 하고 그들 사이에 난 딸 아이가 초등학교 2학년이 되던 해,
그들은 마침내 그들 소유의 열세 평 주공아파트를 김태호의 이름으로
등기부에 올려놓을 수 있었다.

새집으로 이사를 하던 날 밤, 아내는 그의 품에 안겨 한없이 울고
울었다. 삼십대 초반인데도 중년의 여인처럼 투박한 손등을 가진 아
내의 등을 어루만지며 김태호 역시 울먹였다.

"당신이 아니었으면 우리는 평생 이런 집을 장만할 수가 없었을 거
야. 그 동안 당신 고생이 너무 많았어. 이제는 좀 쉬도록 해요. 회사도
제법 커져서 월급도 상당히 오르고 있는 모양인데, 이제 우리집까지
마련했으니 더 바랄 것이 없구려."

"아니에요. 당신이 참아준 덕분에 나는 고생 모르고 일을 할 수가

있었어요. 지금부터는 커가는 아이 공부 가르치며 집안 살림이나 열심히 하겠어요.”

“잘 생각했소.”

아내는 열세 평 아파트를 광택 나는 유리알처럼 닦고 가꾸었다. 별다른 살림살이는 없었으나 집안은 어디에서나 먼지 한 점 묻어나지 않을 만큼 윤이 났다.

딸 아이가 초등학교 5학년, 결혼 13년째가 되었다. 그는 과장으로 진급해 있었고 가내공업이나 다름없이 출발했던 회사는 지난 해에 수출탑까지 받는 견실한 중소기업으로 성장했다. 회사 내에 주택조합이 결성되어 오래지 않아 넓은 평수의 아파트로 옮겨 살 꿈에 부풀어 있었다.

그런데 지금, 외숙모의 전화나 그걸 묻고 있는 그에게 아내가 나타내보이는 반응은 너무도 생소하고도 어두운 그림자였다.

외숙모로부터 전화가 있은 날로부터 이십여 일이 지나 형수로부터 연락이 왔다. 회사 수위실에서 걸려온 전화였다.

“형수님이 도대체 무슨 일로 회사로 다 찾아오십니까?”

“바쁘지 않으면 잠깐 만났으면 해요.”

“그러지요. 곧 나갈 테니 회사 옆 다방에 계십시오.”

그는 알 수 없는 불길한 생각에 젖어 급히 자리에서 일어나 겉옷을 들쳐입고 회사문을 나왔다.

손님이 두서넛 앉아 있는 다방 안에는 냉기가 가득했다. 한쪽 구석에 앉아 있는 형수를 발견하고 그가 앞자리에 앉았다. 형수가 연락도 없이 곧바로 회사로 찾아오는 것은 지극히 이례적이다. 무슨 이유 때문인가? 형님 댁에 어떤 일이라도 생겼다는 말인가? 아니면 전화 통화로는 곤란한, 말 못할 사정이라도 있다는 말인가?

“연락도 없이 갑자기 이곳까지 어떤 일로 오셨지요?”

"서방님은 그 동안 집에서 돌아가는 일을 도통 모르고 있었어요?"

"집이라니? 우리집 말인가요?"

"그럼 그 집 일이지 누구 집이겠어요? 등잔 밑이 어둡다더니 글쎄 본인만 까마득히 모르고 있은 모양이군요."

김태호는 가슴이 철렁 내려앉았다. 아내 일인 줄 직감했으나 짐짓 모른 체 시치미를 떼고 물었다.

"무슨 이야기인지 도통 알 수가 없군요. 여기까지 찾아온 걸 보니 심상치 않은 일인 것 같은데 자세하게 말씀해 보시죠."

"남편도 모르게 여자 혼자서 그 엄청난 일을 저질렀다니 기가 막혀요. 도대체 서방님은 눈 뜨고 살면서 제 마누라 하나 간수 못하고 뭘 하고 있었어요?"

"회사일 끝내고 늦게서야 집에 들어가니 가정일에 일일이 신경 써 줄 형편은 못 되지만 특별히 잘못된 것이 있다고는 생각하지 않았는데, 왜 무슨 난리라도 났어요?"

"난리가 뭐에요. 일이 터져도 보통일이 아닌데 그걸 까마득히 모르고 있었다니."

"도대체 무슨 일이 생겼길래 형수 씨가 그렇게 안절부절못하지요?"

"이야기 들어보고 놀라지나 마세요. 석달 전에 동서가 급히 필요하다고 돈 이백을 빌려갔어요. 우리 처지에 남겨두고 쓰는 돈이 없으니 이웃집 철이네 집에서 차용해 줬지요. 상당히 높은 선이자를 떼고 가져가길래 돈이 급하긴 급한 모양이라고 짐작했어요. 돈이 가고 나서 매달 이자는 꼬박꼬박 보내왔어요. 그런데 열흘 전에는 오백이 더 필요하다고 과일 바구니를 들고 다시 찾아왔지 뭐에요. 내가 물었지요. 현숙이 아버지 직장도 괜찮고 집칸도 마련한 처지에 특별히 들어갈 만한 곳도 없을 텐데 무슨 돈이 그렇게 많이 필요한가 하고요."

"그랬더니요?"

"뭐 언니가 시장에서 옷 가게를 하는데 장사 밑천이 달려서 그런다
나봐요. 그런가 하고 한번 알아보긴 하겠지만 지난 번에 빌려간 돈도
있고 하니 언니를 돕더라도 잘 생각해서 처신하라고 일러뒀지요. 물
론 그날은 돈을 빌려주지 못했지만 곰곰히 생각하니 아무래도 이상한
생각이 들지 뭐에요. 그래서 수소문 끝에 시장에서 가게를 한다는 동
서 언니집을 찾아갔어요. 그 언니라는 여자는 내 이야기를 듣고는 펄
쩍 뛰었어요. 자기는 전혀 모르는 이야기라고 하면서 자신도 무엇 때
문에 동생이 그 많은 돈이 필요한지 도무지 알 수가 없다고 하더군요.
내친 김에 동서가 알 만한 곳을 찾아가 사람들을 만나봤더니 돈을 빌
려주지 않는 곳이 없더라구요. 적게는 일이백, 많게는 오백이 넘는 곳
도 있었어요."

"혹시 곗돈 놀이를 한다는 말을 못들었습니까?"

"곗돈은 무슨 놈의 곗돈이에요. 그 돈으로 뭘 했는지 알기나 해요?"

"도대체 어디에 썼는데요."

"노름을 했데요, 노름을."

"네?"

김태호가 쥐고 있던 찻잔이 손에서 힘없이 빠져나와 탁자 아래로
굴러떨어졌다. 찻잔은 테이블 모서리를 스치고 바닥으로 떨어져 사기
그릇 깨어지는 소리를 내며 박살났다.

"서방님, 거지쪽박 차기 전에 단단히 챙겨봐요."

형수가 다방을 나간 후에도 그는 망연자실한 상태로 오랫동안 그
자리에 앉아 있었다.

아내가 노름을 하다니? 심청이가 공양미 삼백 석을 몰래 팔아 챙겨
들고 장님 아버지는 나 몰라라 하고 혼자서 외국으로 튀어버렸다는
이야기를 듣는 것보다 더 충격적이었다.

　외판원을 한다는 여자가 202호에 이사를 온 후 열세 평짜리 주공아파트에 이상한 분위기가 형성되기 시작한 것은, 그녀가 신제품이라는 녹즙기를 집집마다 돌며 한 차례 팔고난 이후였다. 외판원이라고 하지만 그녀의 달변에 현혹되지 않는 주부가 없을 정도로 그녀의 상행위는 뛰어났다. 녹즙기는 물론 시내 백화점에도 진열해 놓은 일등품이었고 그 값 또한 시중가보다 훨씬 싼 편이어서 많은 주부들이 그 물건을 사는 데 주저하지 않았다.

　202호 여자에게는 녹즙기 이외에도 서민층 주부들이 탐을 낼 만한 물건들이 꽤 있었는데, 아파트에 사는 주부들은 남편들이 출근하고 아이들이 학교를 가고난 빈 시간이면 202호에 몰려들어 물건들을 구경하며 구미에 맞는 것들을 골라갔다. 김태호의 아내 역시 통상적인 주부의 범주에 속해 있었으므로 용도에 닿는 살림도구를 구하기 위하여 202호를 자주 찾았다. 여자들이 모여들면 그녀들은 물건들만 구경하고 떠나지를 않았다. 집으로 돌아가봐야 특별히 할 일도 없을 뿐더러 텅빈 공간에서 우두커니 혼자서 집이나 지키고 있자니 따분한 생각도 들어 202호에 죽치고 앉아 잡담을 나누었다.

　점심시간이 되면 대부분 자리를 털고 일어났으나 몇 사람은 그대로 남아서 중국집에서 자장면을 시켜먹거나 새로 들여놓은 후라이팬을 시험한다고 삼겹살을 구워먹기도 했다. 자연히 음식값이 들어갔는데 처음에는 202호 외판원이 전담했지만 매번 그렇게 하고 보니 부담스러웠다.

　처음으로 그녀들은 점심값 내기 화투를 쳤다. 그냥 그랬을 뿐이다. 자장면 몇 그릇 값이면 족했으니 주부들이 장바구니를 들고 다닐 때 갖고 다니는 지갑 속의 잔돈 몇 푼이면 그만이었다. 그러던 어느 날 모인 돈이 제법 많아졌고 그 돈으로 청요리를 시켜먹고 맥주도 몇 잔씩 마셨다. 아이들이 학교에서 돌아올 시각에는 아직 이른 때였으므로 아파트는 깊은 정적 속에 묻혀 있었으나, 202호에서만은 때아닌 노랫소리가 울려퍼졌다. 낮술을 마시고 취한 주부들이 〈소양강 처녀〉를 부르고, 〈칠갑산〉에 젓가락 장단을 맞췄다. 그녀들의 처음은 단지 그랬을 뿐이었다.

202호의 모임이 파행되기 시작한 것은 두 사람의 이질적인 여자가 끼인 이후부터였다. 외판원이 옛날에 살던 동네 사람들이라고 소개했는데, 입고 있는 차림새가 열세 평 서민아파트에 살고 있는 주부들과는 사뭇 다르게 상당히 고급제품들이었다.

202호 외판원의 뛰어난 화술과 사교술 때문에 그 자리에 있었던 사람들은 새로 소개받은 두 여자와 함께 점심을 먹은 이후 상당히 친숙한 관계로 진전되어 식사 후에도 둘러앉아 화투를 쳤다. 원정왔던 두 사람이 많이 잃은 탓에 추렴으로 제쳐놓은 돈으로 통닭과 맥주를 시켜먹고도 남아 가까운 노래방까지 다녀왔다.

일주일 중에서 수요일만은 여자들의 모임이 이루어지지 않았다. 그날은 202호의 주인인 외판원이 보험회사로 출근을 하는 탓에 마땅히 모일 장소가 없기도 했지만, 그곳에 모여드는 주부들 역시 일주일 동안 하루 정도는 혼자 자기만의 시간을 갖기를 원했다. 그러나 점차 시간이 지나면서 수요일 하루 쉬는 것도 참지 못할 정도로 점심 내기 도박에 중독이 된 주부 몇 사람은 아예 202호의 열쇠를 받아들고 그들끼리 판을 벌리기도 했다.

그 이후에도 다른 동네에 살고 있다는 두 여자는 자주 화투판에 끼게 되었고 그녀들이 참여할 때마다 재미삼아 혹은 점심 내기 정도를 훨씬 뛰어넘는 액수의 판돈으로 커져갔다. 마침내 간덩이가 커진 주부들이 적금을 깨고 통장을 털어서 고액권을 수북히 들고 들락거리기 시작했다.

점심 내기 화투판이 시작된 지 육 개월이 지났다. 도박판은 엄청나게 커졌고 판돈이 수십만 원대를 오갔다. 대부분의 돈은 원정온 두 여자가 거머쥐고 갔다. 잃은 돈을 찾기 위해서도 이제는 그 판에 들여놓은 발을 빼낼 수가 없었다.

김태호의 아내는 잃은 돈도 돈이지만, 투전판에서 빌린 돈을 갚기 위해서라도 알 만한 사람들을 찾아 빚을 내고 높은 이자를 제 날짜에 맞추어 주려고 또 다른 빚을 얻어 써야 하는 악순환을 거듭하며 2천만 원이 넘는 빚을 떠안게 되었다.

형수가 회사를 다녀간 날 김태호는 조퇴를 하고 일찍 집으로 들어왔다. 집에서는 여전히 아내 없이 딸 아이 혼자서 숙제를 하고 있었다.

"엄마 어디 간다고 이야기 못 들었어?"

"몰라요. 매일 늦는걸요. 어떤 때는 나 혼자 라면 끓여 먹으라고 전화만 걸어오기도 하는데요."

"그래? 202호 알지, 그곳에 가서 엄마한테 일러. 급한 일로 아버지가 회사에서 오셨다고 빨리 오라고 해."

"202호에 엄마가 있다는 걸 아빠는 어떻게 아셨어요?"

딸 아이는 알고 있으면서도 짐짓 시치미를 떼고 있는 모양이다. 그가 역정을 냈다.

"잔소리 말고 빨리 엄마 모시고 와."

딸 아이가 나간 후 그는 서랍을 빼내고 은행통장이 보관된 장롱 밑바닥에서 통장 두 개를 집어들었다. 주택부금 통장은 이미 오래 전에 바닥나 있었고 매달 월급이 입금되는 보통통장에는 월급날이 일주일도 지나지 않았는데 반 이상이 인출되고 없었다.

노름만큼 확실한 파멸의 길로 이끄는 도락이 이 세상에 또 있었던가? 일이 이렇게 진전될 때까지 그 자신이 까마득히 모르고 있었다니? 그가 통장을 방바닥에 내팽개치듯 던져두고 비감에 젖은 한숨을 토해 내고 있을 때 아내가 딸의 손에 이끌려 들어왔다. 방문을 연 아내가 한쪽 구석에 내던져진 통장과 남편의 일그러진 표정을 보고 사태를 담박에 짐작했다. 아내는 붙박은 듯 그 자리에 서버렸는데, 낮술을 마셨는지 아니면 층계를 급히 뛰어오느라 그랬는지 숨소리가 잦고 거칠었다. 김태호가 결연한 목소리로 외쳤다.

"앞으로 어쩔 작정이야? 그리고 도대체 도박으로 날린 돈이 전부 얼마나 되는지 말해 봐."

얼굴이 붉어진 아내가 말 한 마디 못하고 바들바들 떨고 서 있었다.

"집에 있는 통장 모조리 바닥내놓고 그것도 모자라 아는 집집마다 돌아다니며 돈까지 빌렸다는데, 노름꾼이 다 되어버린 당신을 내가 어떻게 하면 좋겠어?"

"……."

"갑자기 벙어리라도 된 거야, 뭐야. 무슨 말이라도 해야할 게 아냐."

아내가 울먹이는 목소리로 더듬거리며 말했다.

"제가 ……잘……못……했어요. 장난으로 몇 번 끼여들다가 이렇게 되고 말았어요. 빚 갚고 나면 우린 이제 아무것도 남는 게 없어요. 죽고 싶어요."

재미삼아 시작한 불장난에 정신이 팔린 사이 자신도 모르게 치솟는 불길에 그녀의 몸뚱이 전부가 거센 화염에 휩싸인 꼴이었다. 김태호는 치솟는 분노를 감당할 길이 없어 주먹으로 방바닥을 내려쳤다.

"이게 죽는다고 해결될 문제야? 노름과 마약은 부모 초상날마저도 나 몰라라 하고 빠져든다고 하던데, 당신이 그 지경에 이르렀으니 차라리 내가 배를 가르고 죽고 말겠소."

아내를 닦달하던 김태호가 억장이 무너지는 심정을 안고 집을 뛰쳐나가 길거리 포장집에서 소주를 퍼마시고 있던 그날 저녁, 그의 아내는 목욕탕에서 문을 걸어 잠그고 손목의 동맥을 절단해 버리는 자살을 시도했다.

한 시간이 지나갔을 무렵 딸 아이가 요의를 느끼고 화장실을 찾았을 때 문이 안에서 굳게 잠겨 있음을 알고 어린 그녀가 직감했다. 엄마가 일을 저지르고 있구나. 딸 아이가 구르듯이 아파트 입구에 있는 과일 가게로 뛰어갔다.

"아저씨 큰일 났어요. 엄마가 죽어가고 있으니 빨리 도와주세요."

눈물범벅이 된 소녀의 손에 이끌려 단숨에 화장실 문앞에 선 과일집 주인인 뚱뚱보 털보아저씨는 잠긴문을 향해 온몸으로 돌진했다. 같은 동작을 수차례 반복한 후에야 잠금쇠를 망가뜨리며 화장실 문을 열 수 있었다.

김태호의 아내는 반쯤 실신한 상태에서 병원 응급실로 실려갔고, 그녀가 떠난 화장실의 욕조에는 핏물이 홍건하게 고여 있었다.

새벽녘에야 술로 목욕을 한 듯 취해 들어온 김태호는 아내의 자살 소동을 듣고 체념했다. 이미 혼자서 술을 마시면서 수없이 자문했던 결과를 자인한 셈이다.

아내를 버릴 것인가? 집을 버릴 것인가? 빈곤으로 찌든 살림을 아무 불평 없이 꾸려나가던 젊은 시절, 그의 아내가 보인 더 없는 헌신과 사랑을 생각하고 가슴이 미어져 소주잔에 눈물을 타서 마시면서 생각하고 생각했다. 아내가 어떤 잘못을 저질러도 결코 버릴 수 없다는 사실은 그로 하여금 결국 집을 포기하기로 작심하게 만들었다. 아내가 회복하여 병원에서 돌아오던 날, 그는 말없이 아내의 여윈 어깨를 감싸안았다.

그들은 지금 열세 평 주공아파트를 팔아 빚을 갚고, 방 한 칸짜리 전세를 얻어 살고 있다. 김태호는 여전히 같은 회사에 나가고 있으며 초등학교 5학년 딸 아이는 과외수업을 포기했고, 그의 아내는 식당에 파출부로 나가고 있다.

　물가와 집값이 하루가 다르게 턱없이 뛰고 있는 이 시대에, 언제 그
들이 또다시 그들만의 집 한 칸을 마련하게 될지 곁에서 지켜보는 이
웃들의 가슴이 미어질 지경이다.

흰새는 실재하는가

김삭도(金削刀)가 죽었다.

골프를 마친 후 기분좋게 맥주 몇 잔을 마시고 귀가하던 차 속에서
뇌졸증으로 쓰러졌다. 평소에 혈압 따위로 치료를 받아본 적이 없는
건강한 그가 뇌출혈을 일으킨 것은 전혀 뜻밖이었지만 병이란 게 예
고를 한 후에 찾아오는 것이 아니므로 그로서도 어쩔 수 없는 상황이
었을 것이다. 병원으로 실려간 김삭도는 말 한 마디 남기지 못하고 운
명했다.

어떻게 억지로 촌수를 꿰맞추어 본다면 그는 내게 먼 친척, 엄밀하
게 따져서 나이 많은 형뻘쯤 된다. 그가 죽은 이후에 촌수라도 따져볼
생각을 했지만 살아 생전에는, 특히나 젊은 시절에는 어떻게 하면 김
삭도와 먼 거리를 유지하느냐가 주된 관심이었다. 그 만큼 그의 어린
시절은 천덕꾸러기 신세였다. 그러나 지금은 입장이 완전히 바뀌어

만약 그와 연관된 친인척을 찾기라도 한다면 수많은 사람들이 제각각의 연분을 갖다대며 몰려들 것이다.

어렸을 적에 일가붙이들이 모이는 명절이나 아낙네들의 빨래터와 같은 곳에서 사람들이 '삭도야, 삭도야' 하고 부르는 소리를 하도 많이 들은 탓인지 그는 나의 기억 속에서 꽤 낯익은 이름으로 자리잡고 있다. 물론 세월이 지나 성인이 된 후로는 그와의 상관된 모든 연이 완전히 단절되어 있었지만 그의 이름만은 여전히 많은 사람들에 의해 회자되어 왔다.

왜 하필이면 그의 이름이 삭도(削刀)였는지는 모르나 내 나이가 조금 더 든 후에 그의 이름을 한문으로 써보면서 스스로 놀라기도 했다. 삭도라는 것은 중의 머리털을 깎는 데 사용하는 예리한 칼이 아니던가. 무지몽매한 그의 부친이 그런 이름을 찾았을 리는 없고 도대체 누가 어린 그에게 그토록 섬뜩한 이름자를 붙여주었는지 한 가닥 의혹에서 벗어날 수가 없었다.

그가 죽은 후에 사람들이 어림짐작으로 추산해 본, 그가 남긴 재산은 시내 중심가에 위치한 10층짜리 빌딩 한 채와 80평짜리 빌라, 그리고 명확히 알 수는 없으나 십 수억이 입금된 것으로 예상되는 은행통장 등이었는데 그 이외에 어떤 재산이 얼마 만큼 더 있는지는 짐작하기조차 어려웠다. 그에게는 그 많은 재물을 물려줄 후손이 없었으므로 남긴 재화의 행방이 장차 어떻게 될 것인지 많은 사람들의 관심을 끌게 된 것은 지극히 당연한 일이었다.

김삭도는 머슴의 자식으로 태어나 스무 살이 될 때까지 그 역시 새끼머슴으로 살았다. 그가 지닌 학력이라고는 초등학교 졸업이 전부였으니 그런 열악한 환경에서 태어나고 자란 몸으로 당대에 거부가 되었다는 것은 가히 입지전적인 이야기가 아닐 수 없다.

그에게서 떠돌던, 혹은 실재로 내가 목격한 수많은 전설 같은 이야

기들 중에서 그를 입신출세의 경지로 이끌게 된 가장 중요한 원인이
될지도 모를 하나의 사건만은 이야기하는 게 좋겠다.

　개인이 저지른 단순한 행위에 불과했던 그 사건은 김삭도의 엄청난
변신이 있은 후에 많은 사람들의 입에서 입으로 수없이 되풀이되었기
에 나는 아무런 사전 준비가 안 된 상태에서도 거침없이 말할 수 있
다. 어떻게 보면 황당무계하기 짝이 없는 이런 류의 이야기를 그의 실
체를 모르는 사람들이 과연 믿을 수 있을지 의심스러울 뿐만 아니라
지금 생각해 보면 내 스스로도 실재로 그런 일들이 일어났는지 확신
이 서지 않는다. 그 애매모호한 사건은 김삭도 자신과 그의 아버지,
할머니로 이어지는 가족사다.

　초등학교를 겨우 마친 김삭도는 머슴인 아버지를 따라다니며 농사
일을 배웠다. 그는 어릴 때부터 효성이 지극하기로 동네에 소문이 자
자했다. 사람들마다 그들 부자(父子)를 아랫것으로 내려다 보았지만
김삭도의 효심만은 누누이 칭찬의 대상이 되곤 했다.

　김삭도와 함께 어린 시절을 보낸 동네 아이들이 고등학교에 진학할
17살 나던 무렵, 그는 이미 쌀가마니 하나 정도는 거뜬히 지고 나를
만큼 튼실한 몸으로 장성해 있었다. 그때쯤 그는 아버지가 해야 할 들
일을 대신했을 뿐만 아니라 마을의 궂은 일까지 떠맡아 여간 분주하
지 않았다.

　그는 웬만한 장정들보다 힘이 더 세어 명절날 타작마당에서 씨름판
이라도 벌어지면 그를 대적할 사람이 근동에는 없었다. 그럴 때마다
소년장사가 났다고 동네가 떠들썩했다.

　김삭도의 아버지가 머슴이 된 연유는 이러하다. 그의 조모는 남의
종살이를 했는데, 그의 조부는 놀랍게도 조모가 상전으로 모시고 있
는 주인이었다. 대지주였던 주인이 젊었을 때 부리던 여종을 건드렸

고 그 사이에 태어난 자식이 김삭도의 아버지였다.

주인이 마음만 돌려먹었다면 어린 시절 김삭도의 운명도 달라졌을 것이다. 그러나 그들은 젊은 주인으로부터 철저하게 배격당했고, 후대로 내려오면서 주인의 집안 권속들로부터 받는 모멸의 정도는 배가 되었다. 그런 지경으로까지 내몰린 허다한 이유들 중에 작은 것 하나를 든다면 김삭도 아버지의 우둔함과 평생을 성깔 한 번 부려보지 못한 바보스런 충직함도 한몫을 했으리라 짐작이 된다.

김삭도가 자신의 일을 충분히 감당할 정도의 나이가 되었을 때 이미 조모는 죽은 지 오래되었고 아버지는 반 평생을 머슴으로 살아온 뒤끝이었으며, 그 역시 세습되는 굴종의 세월을 살아야 할 형편에 놓여 있었다. 김삭도가 원체 건강하고 부지런한 탓에 그들의 살림살이는 조금씩 나아지긴 했으나 여전히 주인이 선심쓰듯 던져주는 양식을 받아 먹으며 허기를 달래는 처지는 옛날과 다를 바가 없었다.

김삭도의 나이 스물이 되던 해, 그의 아버지는 알 수 없는 병을 얻었다. 다리가 썩어들어가는 이상한 병이었다. 김삭도는 아버지를 업고 읍내 병원을 열심히 들락거렸지만 치료의 효과는 보지 못한 채 병세는 날로 악화되어만 갔다. 가진 것 없이 병원 생활을 무턱대고 끌수만도 없는 처지에 마지막 심정으로 찾아간 병원에서 원장이 단안을 내렸다.

"지금까지 치료를 한다고 했지만 아무 도움이 되지 않았소. 상처는 더욱 더 깊어만 가는데 이제 다리를 자르는 게 최선의 방법이겠소. 그냥 이대로 방치했다가는 환부가 점차 위로 올라가 다리 뿐만 아니라 몸 전체를 잃게 될 것이오."

부자(父子)가 놀란 눈으로 동시에 의사를 쳐다보았지만 말을 꺼낸 의사는 지극히 담담한 표정이었다.

"다리를 자르다니요? 치료를 하는 데까지 해본 다음에 그런 말씀을 하셔야지요."

"치료를 하는데도 상처가 더 나빠지고 있는 걸 보면 모르겠소? 나로서는 더 이상의 방법이 없소. 없는 살림에 더 이상 치료비를 부담하기도 어려울 텐데, 빠른 길로 나가 목숨이나 건지시오."

실상이 그렇고 보니 의사의 말을 반박할 건덕지가 없었다. 말문이 막힌 김삭도는 피고름이 더께를 이룬 아버지의 다리를 붙들고 염치불구하고 그 큰 덩치를 흔들며 울음을 토해 냈다. 의사가 서 있는 반대편 벽을 향해 그가 울먹이는 목소리로 낮게 말했다.

"아무리 의사라고 하지만 남의 다리를 함부로 자르자는 말을 하는 법이 아닙니다. 다른 치료 방법을 찾아보겠습니다."

그는 속으로 분노와 절망이 용암처럼 분출하고 있었지만 밖으로 내색하지 않고 병원문을 조용히 밀고 나왔다.

눈물범벅이 되어 아버지를 다시 들쳐업고 읍내 병원을 나왔을 때는 오후의 해가 뉘엿뉘엿 넘어가는 저녁 무렵이었다.

그들 부자가 병원 모퉁이를 돌아서 은행나무가 그늘을 길게 드리우고 있는 북쪽 담벽 옆으로 걸어가고 있을 때, 그 이상한 노인을 만났다. 삼베옷을 입고 머리를 산발한 채 굽은 지팡이 하나를 쥐고 있는 노인이었다. 처음에는 정신이 약간 이상한 늙은이가 길거리를 배회하고 있는 줄 알았는데, 그가 입고 있는 삼베옷이 의외로 깨끗했다.

앞서 걷던 노인이 돌연 걸음을 멈춘 후, 되돌아서 그들 부자 앞에 우뚝 섰다. 그리고는 느닷없이 김삭도를 향해 카랑카랑한 목소리를 질렀다.

"아버지를 구하고 싶으면 쓰잘데없는 병원 나들이는 이제 그만하고 내 말을 들어."

이 이상한 노인이 지금 무슨 말을 하고 있는 거지? 김삭도가 갑자기 들은 말은 도무지 해독 불가능한 난수표나 다름없었다. 그는 의심쩍

은 눈으로 두리번거리며 그들 앞을 가로막아선 노인의 아래 위를 훑
어보았다. 장발의 머리카락이 바람에 날려 너풀거렸으나 얼굴은 어린
아이의 얼굴 마냥 백옥처럼 빛났다. 김삭도는 괴기스런 느낌으로 노
인을 주시했다.

"내 말을 아직도 못 알아 듣겠어? 제 아버지 다리를 자르지 않고 살
릴 수 있는 길을 가르쳐 주겠다는데도 도통 알아 듣지를 못하고 있으
니 저런 머저리가 커서 무엇이 될 것인고?"

김삭도는 업고 있던 아버지를 은행나무 아래 잠시 내려놓았다.

"어르신 하시는 말씀이 하도 엉뚱해서 그럽니다. 도대체 병원에서
도 포기한 다리를 무슨 이치로 고칠 수 있다는 말씀이신지요?"

노인이 김삭도를 뚫어지게 노려보았다. 깊고 고요한 눈에서 일순간
한 줄기 빛이 뿜어나오는 듯했다. 노인의 형형한 눈빛에 질린 김삭도
가 고개를 옆으로 돌렸다.

"방법이 딱 하나 있지. 그런데 그 일을 자네가 마다 않고 할 수 있을
지 모르겠군."

"아버지의 다리를 살릴 수만 있다면 제가 못 할 일이 무엇이 있겠습
니까?"

"각오가 단단하다면 아무 소리 말고 날 따라오게."

순간 김삭도의 눈에는 엉뚱한 노인이 천상의 이치를 깨닫고 지상으
로 하강한 도인 같다는 느낌이 들었다.

그렇게 하여 그들 세 사람의 이상한 일행은 곧 도시를 벗어났다. 아
버지를 업고 힘겹게 노인의 뒤를 따라가고 있던 김삭도는 한순간 부
질없는 일을 하고 있다는 생각으로 도중에 이 일을 작파하고 되돌아
서고 싶었다. 내가 지금 가당찮은 도깨비에 홀려 이 고생을 사서 하고
있는 것은 아닌가? 지금이라도 허튼 늙은이의 말은 잊어버리고 집으
로 돌아가는 게 옳은 일이겠지. 그는 아버지의 의향을 듣고 싶어 깎지

긴 두 손을 추스리며 등뒤로 고개를 돌렸다.

"아버지 생각은 어떻습니까?"

등에 업힌 아버지는 머리를 김삭도의 어깨 아래에 파묻은 채 좋다 싫다 아무 말이 없었쭈. 심신이 지쳐서인가? 아니면 동의의 뜻인가? 그는 걷던 걸음을 계속할 수밖에 없었다.

논밭을 가로지르고 냇물을 건너며 언덕을 넘었다. 가야할 길은 가도 가도 종착이 없는 듯 끝없이 이어졌다. 기진맥진한 김삭도는 발걸음을 멈추고 앞서가는 노인을 노려보았다. 저 노인이 도대체 무슨 심사로 우리 부자를 이렇게 먼 곳까지 힘들게 끌고 가는가? 골짜기 하나를 넘고 얕은 야산을 뒤로 했을 때 김삭도는 온 전신의 기력이 쇠진하여 그 자리에 털썩 주저앉고 말았다.

"어르신네, 잠깐만 쉬셨다 갑시다."

앞서 가는 노인은 바람에 산발머리를 나부끼며 들은 척도 않고 유유히 혼자 걸어가고 있었다. 그런데 이상도 했다. 앞서 가는 노인과 그들 부자 간의 떨어진 거리는 언제나 동일했다. 김삭도는 빨리 갔다 늦게 갔다 혹은 걷다 쉬었다 하면서 행보의 속도가 뒤죽박죽인데 비해 노인의 걸음걸이는 항상 일정한 속도를 유지하고 있었다. 그렇다면 떨어진 거리는 좁혀질 수도 늘어날 수도 있지 않은가? 그런데도 그렇지가 않았다.

한 번은 김삭도가 앞서가는 노인을 따라잡기 위하여 잽싼 걸음으로 땀을 뻘뻘 흘리며 뒤쫓아갔다. 그러나 걸음을 아무리 빨리 해도 앞서 가는 노인을 추월할 수가 없었다. 어느 지점에 이르러서는 아버지를 업고 있는 양손이 마비될 지경이 되어 잠깐 동안 쉬고 있는 사이에도 노인은 지팡이를 흔들며 혼자 지척지척 걸어가고 있었는데, 김삭도가 아버지를 추스려 업고 다시 걷기 시작하면 까마득히 떨어져 있어야 할 그 거리는 별로 멀어진 것 같지가 않았다.

빨리 걸으나 늦게 걸으나 김삭도의 걸음걸이와는 별 상관 없이 노인과의 거리는 일정한 수준을 유지했는데, 따지고 보면 김삭도가 이렇게 먼 길을 오고 만 것은 어쩌면 그 수수께끼 같은 거리감에 대한 의문 때문에 자신도 모르게 줄기차게 늙은이의 뒤를 따라오고 만 결과 때문일지도 모를 일이었다.

산비탈을 오르다 어느 지점에 이르러 앞서 가던 노인이 걸음을 멈추었다. 두어 시간을 줄창 걸어온 셈이다.

"여기까지 오느라고 수고가 많았다. 자 이제 아버지를 내려놓고 내 가까이로 다가와서 주위를 둘러보게."

그곳은 시내와는 거리가 상당히 상거해 있는 이름 모를 산의 중턱이었는데 뒷편으로는 나무가 울창하여 숲을 이루었고, 앞쪽으로는 넓은 평야가 시야에 꽉 들어차 보이는 전망이 뛰어난 곳이었다. 이곳에 이런 풍광이 뛰어난 산도 있었던가?

땀을 뻘뻘 쏟아내며 간신히 노인의 뒤를 쫓아온 김삭도가 새삼 주위의 뛰어난 산세를 둘러보고 있는 사이 노인이 주섬주섬 그 주변을 휘돌아 다니는가 싶더니 어느 한 곳에 꼿꼿이 서서 낮은 목소리로 혼자 중얼거렸다.

"이곳이 틀림없어."

그리고는 집고 있던 굽은 지팡이를 그가 서 있는 땅 위에 힘껏 내려꽂았다.

그가 하는 모양을 넋 잃고 멍하니 쳐다보고 있는 부자를 향해 노인이 칼칼한 목소리로 말했다.

"이곳에 자네 조모의 시신을 묻게. 그 일만이 자네 부친의 썩어 문드러지는 다리를 잘라내지 않고 온전하게 살려내는 유일한 길이야."

풍수에 도통한 도인처럼 잘라 말했다. 김삭도 부자가 눈이 휘둥그레졌다. 결국 노인은 그들 부자를 힘겹게 끌고 와 명당자리 하나를 봐

주기 위해서 이곳까지 데리고 온 모양임이 분명했다.

한 평생을 머슴으로 살아왔던 아버지나 세습되는 머슴 신분을 지니고 있는 김삭도 부자의 형편에 명당이니 어쩌니 따위의 호사스런 양반 노름짓에 눈과 귀를 돌릴 여력이 있을 턱이 없었다. 그들이 어떤 재주로 명당의 길기(吉氣)를 알 것이며, 설사 알았다고 한들 상전들의 득세 속에서 무슨 힘으로 그 땅을 얻으며 또한 지킬 것인가.

만물은 땅의 힘을 받는다는 풍수의 원리는 평생 흙을 파 먹고 살아가는 농부들에게는 익히 숭배되어온 사상임에는 틀림없다. 그런데 저 노인이 찍어놓은 그 자리가 한 자락의 일지맥을 이어주는 명당자리라는 일단의 단서는 무엇으로 설명이 가능한지?

단순히 늙은이의 이상한 차림새와 범상치 않은 행동거지로써만 그를 믿고 따르기에는 김삭도의 현실 감각이 더 앞서 있었기에 무턱대고 노인을 추앙하여 고개를 주억거릴 수만은 없는 노릇이었다. 김삭도가 물었다.

"조모의 시신이라뇨? 그 무덤이라면 오래 전에 저수지 건너편에 안장되어 있는데요?"

"이런 돌대가리 같은 놈. 내 말을 그렇게도 못 알아들어? 무덤을 파서 이곳으로 이장하라는 거야. 그렇게 한다면 아버지 병 구완은 물론이지만 자네 당대에 원하는 재물과 명예를 붙들 수가 있지."

젠장. 여기까지 기진맥진하게 사람 끌고 와서는 도대체 무슨 황당무계한 언설이냐? 김삭도가 믿기지 않는다는 투로 어거지를 놓았다.

"만약 그게 사실이라면 그렇게 좋은 묘자리를 얻고도 그 재화(財貨)는 왜 제 당대에만 미치고 만다는 말씀인가요?"

"그것이 자네의 운이 닿는 제일 끝길이야. 그것이라도 갖고 싶다면 내 말을 들어. 허기사 일을 하고 안 하고는 자네 몫이니 내가 상관할 바는 아니지. 자네의 효심이 하도 지극해 내 짐짓 산중에서 잠시 내려와 자네를 돕고 싶어서 나선 길이네만, 내가 일러줄 말은 이것뿐이니 이제 내 갈 길도 바쁜 몸이라 먼저 떠나야겠네.”

노인이 두 사람을 남겨두고 혼자 당당한 걸음으로 언덕을 내려갔다. 그가 시야에서 완전히 사라진 후 김삭도는 코웃음을 쳤다. 입심 좋은 늙은이가 도인인 척하며 풍을 치는 꼴이 얼풍수 반풍수 주제가 분명한데 무슨 저 따위 장난질에 제대로 음양조화를 맞추기나 할 것이며, 턱없이 남의 일에 간섭은 웬 간섭이란 말인가?

도대체 이곳이 발복(發福)하는 곳이란 징표가 어디에 있는가? 미친 노인이 다 죽어가는 사람을 완전히 죽어버리라고 짓밟고 있는 꼴이 아니고 무엇인가.

저수지 위의 묘터가 어떤 자리인데 함부로 그걸 파서 이장하라고? 그곳이 무슨 흉지(凶地)라도 된다는 말인가? 쓸데없는 액운설을 병든 자에게 유포시키는 당신이야말로 불쌍하게 미친 노인인데 내가 그 말을 어떻게 믿어?

만약 조모의 무덤을 파헤치는 사실을 저쪽 집안에서 누가 보고 듣기만 해도 우리 부자는 대낮에 뼈를 추리며 맞아 죽을 것이 틀림없다.

조모의 무덤.

그곳이 어떻게 만들어진 자리인가? 종년이 상전의 아이를 낳고 죽어갈 때 마땅히 묻힐 자리가 있을 턱이 없었다. 그런데도 삭도의 할머니는 양반집 가문의 선산 발치에 묻힐 수 있었는데, 그 묻힌 자리가 기묘했다. 좋은 명당자리는 모두 그들 차지였고 조모는 돌무더기 쌓인 곳에 홀로 묻혔다. 선산은 선산인데 찬밥으로 따돌림받는 곳이었다. 죽은 영감을 밑에서 떠받들고 있는 형상이었으니 죽어서도 종년의 신세를 벗어나지 못한 셈이다.

그 묘터는 주인 영감이 살아 있을 적에 삭도의 할머니를 위하여 찍어놓은 자리였으므로 집안에서는 누구도 거역하지 못했다. 살아 생전

종년을 몇 년 간의 노리갯감으로 희롱하고 버린 댓가로 상전이 베푼 마지막 은전이었다. 그는 아마 죽어서도 종년을 거느리고 싶은 호기가 남아 있었던 모양이었다.

문벌 좋은 집안의 선산에 조모가 묻힌 죄로 머슴 부자는 사람들이 많이 모여드는 명절 날에는 그곳에서 차례를 지낼 수가 없었다. 이 지방 토족들로서 출세한 후손들이 즐비한 옛 상전집에서 같은 시기에 그들의 성역에 미천한 머슴이 함께 들어가 예식에 동참하는 것을 결코 용인하려 들지 않았기 때문이었다. 아직도 그들의 배려로 간신히 생활을 꾸려가는 처지의 그들 부자는 떠들썩한 명절이 한참이나 지난 다음 사람들의 행보가 뜸해진 무렵에야 남몰래 돌무더기 곁의 죽은 조모의 무덤을 찾아가 성묘를 할 수 있었다.

그 무덤에 대한 이야기를 꺼내는 것 자체가 이미 옛 상전에 대한 불경이었다. 그런데 이장을 하라고? 만약 그들이 노인의 이야기를 그대로 실행에 옮길 경우 들키는 날이 초상치는 날이었으므로 그건 두 부자의 죽음을 뜻하는 것이나 다를 바가 없었다. 김삭도가 미친 노인이라고 욕을 하며 자리를 털고 일어섰다. 사방에 어둠이 내리고 있었다.

"아버지 빨리 업히세요. 미친 사람 허튼 소리는 잊어버리고 더 어두워지기 전에 산을 내려갑시다."

그가 등을 내밀며 뒤를 돌아보았을 때, 그의 아버지는 그가 내민 등과는 정반대 쪽으로 혼자서 엉금엉금 기어가고 있었다. 아버지가 가고 있는 곳은 노인이 꽂아두고 간 지팡이를 향해서였다. 이윽고 그곳에 이른 아버지는 얼마 후에 구멍난 자리를 중심으로 해서 주위를 약간 넓직하게 파더니 신고 있던 검정 고무신 한 짝을 벗어서 그곳에 묻었다. 줄곧 침묵만 지키고 있던 아버지가 마침내 입을 열었다.

"이제는 우리 이외 누구도 이 자리를 찾을 수 없게 되었어. 신발 한 짝을 넣어뒀으니 잊지말고 잘 기억해 둬."

아버지를 업고 집으로 되돌아왔으나 썩어가는 다리의 상처에 대한 어떤 해결의 방법도 없었다. 이상한 노인의 말을 따라서 대낮에 곡괭이를 들고 무덤을 파 시신을 옮길 방법도 없었으며, 도대체가 그 따위 황당무계한 이야기 자체를 믿을 수가 없었다.

김삭도의 아버지 역시 그날 이후 그 사건에 대해서는 일언반구 한마디도 내비치지 않았다. 아버지의 썩어 뭉그러져가는 다리의 상처와 조모의 무덤이 무슨 상관 관계가 있을려고? 차라리 무덤을 헐고 해골을 끄집어내 뼈다귀를 가루로 만들어서 환부에 뿌려보라는 이야기를 들었다면 믿고 따라 했을지도 모를 일이었다.

무덤을 옮기라니? 무덤 속에 있는 혼령이 훌쩍 나타나 산야를 떠돌다가 모일 모시에 아버지의 다리를 못 쓰게 만들고 마침내 그 상처에 귀신이라도 붙어버렸단 말인가? 그런 구차한 이치에 반기를 들고 있을지라도 김삭도가 현실적으로 할 수 있는 것이라고는 아무것도 없었다. 썩어가는 환부에 대한 치료라는 게 고작 소독약으로 기껏 상처를 닦아내는 정도에 머물 수밖에 없었다.

읍내 병원 원장의 말대로 다리를 절단시키는 것이 가장 유일한 길이며 옳은 방법인지도 몰랐다. 그러나 의사로부터 그 이야기를 들었을 때 혼절하듯 놀라던 아버지더러 이제 별다른 방법이 없으니 썩어가는 당신의 다리를 잘라내는 게 옳겠다는 말은 차마 입 밖에 낼 수가 없었다. 그 말은 암담하게 축 늘어져 있는 아버지한테 나는 모르겠으니 죽든 살든 당신 마음대로 해봐라는 말과 다를 게 없었다. 뿐만 아니라 다리를 절단하기 위해서는 엄청난 입원비며 치료비를 조달해야 한다. 무능한 그가 무슨 재주로 그 많은 돈을 마련할 것인가?

집으로 되돌아와 이럴 수도 저럴 수도 없는 며칠을 보냈다.

비가 오려는 듯 아침부터 하늘이 우중충하게 흐려 있던 날, 일찍 들일을 끝내고 집으로 돌아온 김삭도는 아버지의 상처를 치료하기 위해

감아놓은 붕대를 풀다 말고 기겁을 하고 물러섰다. 그는 입 밖으로 터져나오려는 비명소리를 간신히 참아내느라고 입술을 깨물며 한동안 끙끙거렸다. 누워 있는 아버지가 듣기라도 하면 보통일이 아니었다. 상처에는 언제부터 생겨났는지 알 수 없는 구더기 몇 마리가 꾸물꾸물 붕대 밖으로 기어나오고 있었던 것이다.

그 사실은 그를 엄청난 공포와 경악 속으로 몰아넣기에 충분했다. 부르르 떨리는 손으로 몇 마리째인지도 모를 구더기를 끄집어내면서 김삭도는 드디어 체념했다. 그리고 결심했다.

내 다리라도 잘라서 아버지에게 붙여줄 수만 있다면 서슴지않고 그 일을 하겠는데, 그것마저 불가능하다면 이제 방법은 아무것도 없었다. 이상한 노인이 가르쳐준 허튼 짓이나마 따라해 보는 것 이외는 어떤 선택의 여지도 없지 않은가? 허황된 사설이라 하더라도 묘자리가 나빠 하늘의 징벌을 받는다는 전래의 이야기를 반추해 볼 때, 확언하게 믿을 수는 없으나 그것만이 남은 마지막 길임을 알았다.

지금에 와서 옳고 그르고의 구차한 구분을 지운다는 것이 무슨 의미가 있는가. 갈 곳이라고는 아무데도 없는 이미 사방이 꽉 막혀버린 막다른 벽 앞에서 혼자 발가벗고 발버둥치고 있는 허수아비일 뿐인데, 무엇을 망설이고 자시고 할 것이 있기라도 하던가.

칠흑같이 어두운 밤이었다. 김삭도는 군인들이 사용하는 야전삽 하나를 접어서 비료포대에 말아들고 집을 나섰다.

우선 조모의 무덤까지 가기 위해서는 저수지를 건너야 한다. 저수지의 둑을 타고 곧장 가면 평탄한 길을 한참 돌아 목적지에 닿을 수 있으나 그 길을 통과하려면 어차피 옛 상전집 후손들을 만나지 않을 수가 없었다.

선산 밑에 그들 중에 몇 가구가 옹기종기 모여사는 마을이 있었다. 그들의 눈을 피해야 하는 것은 이 일을 하는 데 지극히 중요한 선결

과제였다. 때문에 둑길을 버리고 힘이 들더라도 저수지를 관통해서 곧장 묘지로 들어가는 방법을 택할 수밖에 없었다. 만약 일을 저지른 후에라도 그들이 알게 되면 어떤 사태가 일어날지는 뻔했다. 그들 선조의 지엄 같은 분부를 받고 만들어놓은 조모의 무덤을 파헤쳐놓았다는 걸 그들이 알았을 때, 두 사람에게 가해질 엄청난 형벌이 어떠할지는 상상만 해도 등에서 식은땀이 흘러내릴 지경이었다. 멍석말이를 당하든지 주리를 틀리고도 모자랄 사형(私刑)이 가해질 것이 분명했다.

　김삭도는 빠른 걸음으로 걷기 시작하여 곧바로 살고 있던 동네를 벗어나 저수지에 닿았다. 저수지 기슭에서 바라본 선산 아래 마을에서 나는 불빛이 가물가물하게 보였다. 그 불빛들마저 완전하게 꺼지기를 기다렸다가 물을 건너가기로 작정했다. 이윽고 불이 하나 둘 꺼져갔고 하늘마저 별빛 하나 내뿜지 않는 암흑으로 휩싸였다.

　김삭도가 물가로 내려섰다. 저수지의 가장자리를 딛고 걷는다고는 했으나 주위를 식별할 수 없는 어둠 때문에 걸음걸이가 매우 불편했다. 찰랑거리는 물가에 놓인 돌을 잘못 밟게라도 되면 곧바로 저수지 안쪽으로 미끄러져 들어가기가 일쑤였다. 그럴 때마다 그는 손과 발을 마구 휘저어 다시 가장자리로 더듬어 나오기를 수차 반복하며 가까스로 반대편 산기슭에 닿았다.

　곧장 올라가면 조모의 시신이 잠들어 있는 돌무덤을 만나게 된다. 산기슭을 올라가 그는 단숨에 무덤 앞까지 왔다. 다른 무덤에 비하여 조모의 무덤 앞에는 장식 하나 없이 초라하여 봉분마저 제대로 된 것 같지 않게 엉성하기 짝이 없었다. 야전삽을 풀어서 반듯하게 만든 후에 돌무덤을 파헤치기 시작했다. 깜깜한 밤하늘에서 빗방울 몇 개가 후드득 떨어지는 것 같기도 했는데, 땅을 파는 데 열중했던 그에게는 빗방울인지 땀방울인지 분간할 수가 없었다.

공들여 만든 것이 아닌 부실한 무덤을 파내기란 건장한 그에게는
오랜 시간이 소요되지 않았다. 파헤쳐진 무덤 속에서는 나무관은 이
미 부서져 형체도 알아볼 수 없게 여러 갈래로 조각나 있었고, 시신
역시 살점이라고는 다 떨어져나간 끈적끈적한 뼈들만이 앙상하게 남
겨져 있었다. 어둠 속에서 그는 정성스레 뼈들을 추스려 모아 갖고 간
포대자루 속에 차곡차곡 담아 넣었다.

일이 끝난 후에는 무덤을 원래의 제 모습대로 만들었다. 뒷작업이
아주 중요하다는 걸 그는 잘 알고 있었다. 옛 상전의 후손 중에 누군
가가 이 부근을 지나다가 무덤이 파헤쳐진 것을 알게 된다면, 그리고
그것이 그들 부자의 소행임이 밝혀진다면, 그들이 온전하게 살아남을
길이라고는 이 세상 어디에도 없다는 것을 그 자신이 너무도 잘 알고
있었기 때문에 그는 세심하게 공들여 마무리 작업을 완수했다. 무덤
을 파내기보다는 원래의 모양으로 돌려놓는 데 더 많은 시간이 소요
되었다.

인골을 담은 포대를 메고 다시 저수지가 있는 아래쪽으로 걸어가기
시작했다. 야심한 밤하늘에 갑자기 마른 천둥소리가 났다. 사방에서
후덥지근한 열기가 치솟아 올라 온몸에서 땀이 비오듯이 쏟아져 흘러
내렸다. 칡넝쿨에 발목이 걸려 앞으로 고꾸라지면서도 쉬지 않고 어
둠 속을 헤집고 아래쪽을 향해 더듬으며 내려갔다. 찰랑거리는 물살
소리를 듣고서야 저수지에 닿았음을 알았다.

쉴 틈이 없었다. 곧바로 물을 건너기 시작할 무렵 하늘에서 천둥 번
개가 요란하게 울려퍼졌다. 그가 저수지를 반 넘어 건넜을 때 비가 쏟
아지기 시작했다. 전신에 비를 흠뻑 맞으며 물속을 걸었다.

저수지의 언덕으로부터 흙탕물이 마구 쏟아져 흘러내려 그의 아랫
도리를 흥건하게 적셔놓았다. 빗속에서 진흙으로 범벅이 된 저수지
가장자리를 걸어나오는 도중에 몇 번씩이나 미끄러져 깊은 곳으로 떠

밀려갔다. 어떤 때는 한 길도 넘는 깊숙한 저수지의 밑바닥까지 잠수
해 들어가 흠씬 물을 들여마신 다음 솟아오르기도 했다.

　뼈를 추려 담은 포대는 물속에서 제멋대로 휘둘리고 있었다. 그는
몇 번이나 흙탕물을 마시고 토해 내곤 했으나 움켜쥐고 있던 포대자
루만은 끝까지 놓치지 않았다. 흙탕물이 목구멍을 막아 질식할 지경
에 이르렀지만 그는 참고 참았다. 그리고 속으로 부르짖었다. 이 일을
마무리지으면 나에게 내려진 운명에 대하여 반기를 들고 말리다. 지
금 주어진 환경에서 평생을 천민의 생활로 살아가지는 않겠다. 새로
운 활로를 찾아나서리다. 천생의 업보와도 같은 굴종의 쇠창살을 부
수고 탈출을 시도하자.

　마침내 저수지를 벗어났다. 이제 노인이 지팡이를 박아놓았던 산마
루를 찾아나서야 할 차례였다. 그는 낮에 그곳에 들려 웬만큼 정지작
업을 해두고 왔다. 그곳에는 사람들이 별로 나다니지를 않아 그가 그
일을 하는 데 별로 신경을 쓸 게 없었다. 검은 고무신이 묻힌 지점을
중심으로 한 자 정도의 땅을 팠다가 그 위에 파두었던 흙을 다시 대충
덮어둔 상태였다.

　비는 여전히 억수같이 퍼붓고 있었다. 비에 젖은 옷과 들고 있는 포
대자루는 온통 빗물에 젖어 구겨진 한 쪽 모서리를 타고 물줄기가 줄
줄이 흘러내렸다.

　빗속을 뛰듯이 걸었다. 목 안이 칼칼하게 메말라오며 지독한 갈증
이 났다. 우중에서 목마름이라니. 그는 걷던 발걸음을 멈추고 하늘을
향해 입을 벌리고서 떨어지는 비를 받아마셨다. 얼마의 시간이 경과
되었는지 가늠할 수조차 없었다. 온몸에 비와 땀과 흙들이 마구 뒤섞
인 채로 그는 검은 고무신이 묻혀 있는 산 능선에 가까스로 닿았다.

　밤새 60리 길을 달려서 무덤을 파고 덮고, 저수지에서 미끄러져 흙
탕물을 마시고 토하고, 물길을 헤엄쳐 건너고, 산길과 논밭을 가로지

른 끝이었다. 그러나 아직도 마지막으로 해야 할 일이 남아 있었다. 그는 낮에 팠다가 다시 덮어둔 흙을 퍼내고 포대를 열어 죽은 조모의 머리, 가슴, 골반, 대퇴부의 순으로 뼈를 가지런히 놓고 흙을 덮었다. 그 일을 하는 도중에도 억수같이 퍼붓는 비는 그치지 않아 마치 한밤 중에 유령이 나타나 도깨비 놀음을 하는 듯했다.

물에 젖은 흙의 윗부분은 물에 씻겨 흘러내려가고 일부는 묽은 진흙이 되어 질퍽질퍽했다. 정신을 잃고 그 일에 몰두해 있던 김삭도는 쏟아지는 비나 그것으로 인해 물컹거리는 흙 따위에는 조금도 관심을 두지 않았다. 그는 그저 자신이 애써 매달리고 있는 일을 차질 없이 빨리 끝내고 싶은 염원 하나뿐이었다.

일이 대충 마무리되었을 때 그가 하루 밤새 힘겹게 해온 일터에는 봉분이랄 것도 없는 낮은 둔덕 하나가 간신히 만들어진 후였다. 그는 드디어 일을 끝낸 것이다. 세월이 흘러 만약에 아버지 일이 잘 해결되고 사람들의 관심이 멀어지면 그때 잔디를 심어 제대로의 봉분을 만들기로 하고 오늘밤은 이 정도에서 일을 마무리지우자. 그가 일을 끝내고 산을 내려올 즈음에는 내리던 비도 그치고 동녘 하늘이 훤히 밝아오고 있었다.

마을 입구로 들어섰다. 비에 젖은 후줄그레한 옷은 그 사이 말라버렸는지 불어오는 바람결에 너풀너풀 날렸다. 삽 하나를 어깨에 둘러메고 논둑길을 걸어 집으로 돌아왔다. 일찍 일어난 마을 사람들은 다리가 썩어가고 있는 머슴의 아들이 기특하게도 꼭두새벽에 일어나 열심히 들일을 하고 돌아온다고 속으로 칭찬을 아끼지 않았다.

썩어가는 다리로 인해 결국 목숨까지 잃게 되리라던 읍내 병원에서 받은 마지막 선고에도 불구하고 김삭도의 아버지는 한 달이 넘도록 그러저럭 목숨을 부지하고 있었다. 병원 나들이는 끝냈지만 김삭도는 전래하는 모든 비방을 사람들한테 묻고 물어 병든 아버지를 간병하는데 한 치의 소홀함도 없었다.

방금 잡은 염소의 피를 받아 환부에 발랐으며 돼지의 췌장을 말려 불에 구운 다음 가루를 내어 터진 살갗 위에 뿌리기도 했다. 산야에 나는 온갖 약초를 구해 지성으로 달여 먹였으며 인분을 아버지 몰래 먹이기도 했다. 사람들이 상처의 피고름을 입으로 빨아주는 게 병을 낫게 하는 좋은 방법이라고 말했다면 그는 아마 그 일도 스스럼 없이 했으리라.

김삭도의 지극한 효심 탓이었을까, 아니면 조모의 무덤을 옮기라는 그 이상한 늙은이의 말을 들은 까닭이었을까, 아버지의 상처는 더 이상 악화되지 않았다. 그리고는 조금씩 환부가 줄어들어가기 시작하더니 결국은 그 길고 긴 투병 생활에 종지부를 찍었다.

의학적으로 도무지 입증이 안 되는 결과였지만 병이 치유된 것만은 사실이었다. 비오는 날 밤에 인골이 든 포대자루를 움켜쥐고 저수지를 건너간 지 꼭 1년째 되는 날이었다.

그 이후, 김삭도에게 일어났던 수많은 사건들을 줄줄이 풀어내기에는 너무 많은 시간이 소요될 것 같아 다음 기회로 미루고, 몇 가지의 중요한 결과만 언급하겠다.

그의 나이 갓 마흔이 되었을 때, 그가 어린 시절부터 그토록 경원해 마지 않던 조부의 후손들이 지닌 대부분의 땅을 사들였다. 그의 이름 자대로 중의 머리를 깎듯이 적들의 기세를 완전히 잘라버린 셈이다.

비상하는 황금날개 마냥 눈부셨던 그에게도 바닥을 모를 만큼 깊은 나락으로 추락해 간 한 사건만은 첨부하는 게 좋겠다.

김삭도의 후손은 완전히 단절되었지만, 원래 그에게는 외동아들 하나가 있었다. 그 아들은 김삭도의 단단하기 이를 데 없는 체구와는 달리 어릴 때부터 심약하고 선병질적(善炳質的)인 외양을 갖추고 있었다. 자연히 동네 아이들과 어울려 놀이에 치중하기보다는 혼자서 책을 읽는 시간이 많아 학교 성적도 대단히 우수한 편이었다. 토양 좋은 환경에서 자란 그가 타인에게 단 한 번도 영혼의 내면을 드러내보인 적이 없이 왜 그렇게 우울한 모습으로 사람들 뇌리 속에 일관되게 남아 있는지 알 수가 없다.

그 아들이 대학 2학년이 되던 가을, 마을을 휘감고 있는 산자락의 서북쪽 끝 단애에서 떨어져 자살해 버린 충격적인 사건이 발생했다. 그 죽음의 원인을 분명하게 밝혀내지는 못했지만 어떤 이는 여자 문제로, 또 어떤 이는 원래 갖고 있던 우울증세로, 혹은 비천한 집안의 내력이나 그의 아버지가 치부 과정에 일으켰던 비인륜적 행위를 알고 난 후에 느낀 환멸 때문이라는 구구한 억측들이 있었다. 그러나 누구도 명쾌한 이유를 밝히지는 못했다. 아마 아버지와는 달리 지적 오만으로 가득 차 남들과 아예 담을 쌓은 자폐 상태를 스스로 만들어 그 속으로 함몰해 가지는 않았을까.

김삭도한테는 참으로 받아들이기 힘든 경천동지할 기막힌 일이 아닐 수 없었다. 가뭇없이 아들이 사라져버린 그 일로 인해 김삭도는 식음을 전폐하고 6개월이 넘도록 두문불출했다. 그가 바깥 나들이를 시작한 이후에는 예전처럼 눈을 번떡이며 사람들을 깔아보는 버릇은 없어졌으나 여전히 사람들과 거리를 두기는 마찬가지였다. 출신성분에 대한 열등감의 반발로 목에 힘을 주던 몸짓이 사라진 것은 나이가 들어 노회해진 탓인지는 모르나 아무튼 그가 쉽게 계량할 수 없는 인간의 깊이를 지니게 된 것은 아들의 죽음 이후였다.

아들이 죽은 후, 김삭도는 엄청나게 오른 땅을 전부 팔아치우고 고향을 떴다. 그가 도시로 떠난 후에도 사람들의 입에서는 수시로 그의 이름이 불려졌다. 그의 나이가 이미 오십을 넘겼고 그가 지닌 명함에는 회장이라는 직함이 붙어 있음에도 사람들은 여전히 '삭도, 삭도' 하며 옛시절의 머슴 부르듯 했다. 그에 대한 마을 사람들의 집단적인 편견은 누구도 의식하지 않는 보편적인 현상이었으므로 후에 그가 대 변신을 했다고 한들 사람들의 마음 상태가 달라질 수 없는, 처음부터 수정 불가능한 사안이었다.

이제 그는 죽어 말 많은 이 세상으로부터 사라졌다. 나는 그의 죽음 을 확인한 후, 그가 젊은 날에 억수같이 쏟아지는 비를 맞으며 건너갔 다는 저수지를 찾아가보았다. 저수지는 가뭄으로 바닥을 완전히 드러 내놓아 초라하기 그지 없었고, 그가 한 번도 이름을 불러보지 못한 조 부가 묻혀 있다는 선산은 개발로 인해 산등성이 한쪽이 완전히 깍여 나간 채로 신흥 주택단지를 이루고 있었다.

나는 말라서 바닥을 드러내놓은 저수지의 가장자리에 앉아 한 인간 이 남기고 간 발자취를 더듬어 보았다. 사후에 그를 형상화시킬 수 있 는 유일한 흔적은 무엇일까?

그에게 덧씌워진 숙명적 굴레를 과감히 부수고 뛰쳐나온 용기인가? 그가 모은 엄청난 재물인가? 아니면 무덤에 얽힌 우화 같은 이야기인 가? 그리고 조모의 무덤 이장을 권유한 산발의 노인은 과연 실재하는 인물이었을까? 그래서 그런 이유가 그를 거부로 만들고, 단 하나뿐인 아들을 벼랑끝으로 몰아버린 운명을 지니게 되었을까?

풀릴 길 없는 의문으로 어지러워진 내 눈 앞으로 흰 날개를 펄럭이 며 비상해가는 새 한 마리를 언뜻 보았다. 내가 조금 전에 보았던 저 흰 새마저 실재하는 것일까?

길고 우울한 밤

1

아무리 깊은 잠 속에 빠져 있어도 전화 소리만은 어김없이 들어내는 능력을 갖추고 있는 것이 외과 계열을 전공하고 있는 의사들의 공통적인 특징이다.

전공의 3년차인 박성수는 전화벨 소리에 솟구치듯이 몸을 일으켜세워 머리맡의 안경부터 찾아 썼다. 지난밤 내내 중환자실에 머물러 있었던 그는 자정 무렵에야 겨우 병원 내 간이숙소로 돌아올 수 있었다. 그는 전화기를 한 손으로 움켜쥔 채 잠 속으로 빠져들어가려는 자신을 필사적으로 제어하며 응급실 쪽의 이야기에 귀를 모았다. 중간에서 말허리를 자른 그는 마침내 마지막 대화를 끌어냈다.

"곧 내려갈 테니 수술실에 연락부터 취해 주시오."

2층 침대 모서리의 철제기둥에 걸어둔 가운을 벗겨내며 그는 실내등을 켰다. 벽시계의 시침이 1시를 약간 비켜나 있는 걸로 봐서 제대로 눈을 붙인 시간이 불과 한 시간 남짓했다. 한 팔에 가운을 끼면서 숙소문을 나서는 그는 순간적인 어지럼증으로 문설주에 몸을 기대고 섰다. 차가운 바람 한 줄기가 그의 온몸을 휘감고 지나갈 동안 그는 꿈쩍도 않고 그대로 서서 오늘 하루 종일 치러내었던 더없이 많은 일들을 떠올리곤 깊은 한숨을 토해 냈다. 정해진 일이 아니더라도 병원의 곳곳에서 수시로 그를 필요로 하는 돌발적인 사고가 일어나곤 했다. 그는 심상치 않을 오늘밤을 예감하고 응급실로 향하는 긴 회랑을 뚜벅뚜벅 걷기 시작했다.

병원은 죽은 듯이 깊은 정적 속에 잠들어 있는데, 나무줄기를 후리고 지나가는 바람소리만이 요란했다. 그는 눈을 들어 바람의 저편 허공 속에 정물처럼 떠 있는 흐릿한 하현달을 쓸쓸하게 바라보다 급한 걸음으로 응급실의 밝은 불빛을 향해 나아갔다.

요즈음의 박성수는 최악의 상태를 맞고 있는 중이다. 해도 해도 끝없이 밀려오기만 하는 병원일에 진저리를 내고 있지만 그 많은 일을 결코 단시일 내에 종결지을 수 있는 방법이 없다는 게 문제였다. 해결방법은 그가 병원을 떠나는 길밖에 없는데, 그렇게 포기해 버리기에는 지나온 과거의 시간이 너무도 아까워 절대로 그만둘 수가 없었다.

젊은 혈기를 무한정 억누르기만 하는 의과대학 6년의 세월 또한 얼마나 굴절된 인생을 살게 만들었던가. 졸업 후 4년, 하루도 육신이 편해본 기억이 없다. 안락한 소파에 앉아 질 좋은 전축에서 울려퍼지는 모차르트를 들으며 향기나는 커피를 마시거나 쿠션 좋은 침대 위에 두 발 뻗고 너부죽하게 늦잠이나 자기 위해 의사의 길을 선택했다면 그것만큼 가당찮은 기대도 없을 것이다. 물론 아직은 젊으니까 참고 견딜 수 있다고는 하지만 1년 전에 결혼한 그의 아내는 식어버린 찌개냄비를 내려다보며 오늘도 망부석이 되어 있을 것이 분명하다.

　의사는 물질적인 욕구를 기대하기보다는 휴머니즘적인 사랑을 근간으로 하는 정신적 충족을 이루는 것에 보람을 둔다면 그의 고달픈 노고는 위로받을 수 있으며 숭고한 가치마저도 부여받을 수 있다. 그러나 그 위로나 가치는 누구를 위한 것인가? 자신을 위해서? 아내를 위해서? 아니면 그의 부모 형제를 위해서인가?

　하루에 8시간의 통상적인 근무를 하는 사람들이 본다면 전공의들은 전혀 이해할 수 없는 생활을 하고 있다. 오전 7시, 외래 진료실의 불이 밝혀지면서 시작되는 하루의 일과는 쉴 틈 없이 연속적으로 이어진다. 진땀나는 과장의 회진이 끝나기가 무섭게 시작되는 수술환자의 사전 준비, 수시로 떨어지는 스태프들의 오더, 쉬지 않고 울리는 전화벨 소리, 화장실에 앉아서도 호출기의 신호음을 들어야 하는 긴박감, 금방이라도 봐주지 않으면 숨이라도 넘어갈 듯이 재촉하는 타과의 의뢰 환자, 툴툴거리는 환자나 불평 많은 보호자를 달래야 하는 등 그들은 태풍 속을 운항하는, 출렁이는 난파선에 탄 기분으로 매일을 보내고 있다.

　공휴일도 없이 항상 대기 상태에 있는 그들은 만성피로에 시달리며 수면 부족으로 눈이 충혈되어 있고 한두 끼의 식사는 건너뛰기 일쑤다. 24시간을 계속해서 일터에 머물러야 하는 그들은 하는 일에 비하여 보수는 턱없이 낮다.

　결혼 3개월이 지났을 때 박성수의 아내는 투정이 아닌 간절한 호소를 쏟아냈다.

　"보름 만에 단 하룻밤 동안 당신과 함께 지낼 수 있는 나는 허깨비를 붙들고 결혼을 했거나 당신의 그림자를 쫓아 따라온 유령 같아요. 물론 결혼 전에 짐작은 하고 있었지만 사람이 살기 위해 병원도 필요하며 더불어 살아가기 위한 한 방편으로 의사가 존재해요. 의사와 결혼하기 위해 열쇠 따위를 지참하고 오는 넋빠진 여자들이 있다니 이해할 수가 없어요."

"한 사람의 올바른 의사가 되기 위해서는 많은 시간과 노력이 필요하게 마련이오. 그 오랜 과정을 통해 의사는 기술의 연마와 함께 타인의 생명을 책임질 수 있는 인성까지도 다듬어가는 것이오. 의사는 흔히 사람들이 생각하듯 결코 귀족적이지는 않소. 그들은 일국의 왕으로부터 시장 뒷골목의 비렁뱅이들까지 한결같은 마음과 동일한 손으로 어루만질 수 있는 사람들이오. 일부의 의사들이 사회의 존경과 월등한 보수를 받는 것에 대하여 경외할 필요는 전혀 없소. 그들은 그것에 값할 만큼 충분한 수련과 인고의 과정을 거친 사람들이오. 그럴 자격이 없는 자들이 어거지로 그런 혜택을 누리겠다면 그들은 사기꾼이지 의사는 아니오. 내가 사기꾼이 되지 않도록 당신은 기다려주시오."

"기다리는 시간이 얼마나 되어야 끝이 난다는 말인가요? 일 년? 삼년? 그것도 모자라잖아요. 수련의 세월이 끝나 전문의가 된다고 해도 전방 군대 생활은 또 어떻하지요? 제대를 하고 나면 당신 나이는 아마 삼십대 중반을 넘어서고 있어요. 그때가 되어야 겨우 우리들만의 자유시간을 가질 수 있게 돼요."

"당신은 생활기반을 완전히 갖추고 있는 늙은 홀아비 의사한테나 시집갔으면 좋았을 텐데 날 선택한 것이 못내 억울하겠소."

"나는 불평하는 게 아니라 젊은 의사들의, 특히 외과의의 부당한 수련 문제를 말하는 거예요. 종합병원이라는 권위주의적인 제도 아래에서 위대한 한 성주를 중심으로 모인 세습적인 도제(徒弟) 생활은 청산되어야 마땅해요. 젊은 의사들도 그 나이 또래의 일반 사람들과 마찬가지로 밥을 먹고 잠을 자야 하는 보통의 사람들인데 그들만이 분골쇄신 일에 매달려 젊음을 송두리째 저당잡혀야 한다는 것은 심히 부당하고 억울해요."

"환자는 자신의 생명을 바쳐 무능한 의사를 가르친다는데, 한 인간의

죽음도 헛되지 않게 하기 위해서는 지금의 제도보다 더한 살을 깎는 수
련의 과정이 필요한지도 모르겠소. 물론 그 과정이 싫다면 스스로 대열
에서 물러서면 그뿐이지만 나는 진정 그럴 생각은 추호도 없소."

"왜 하필이면 당신이어야 하지요? 사람들은 편한 길을 찾기 위해
응급수술이나 스트레스가 과다한 전공을 피해 돈 벌기 좋고 편안한
과를 선택하여 요령 좋게 살고 있잖아요."

"인간이 매일 죽어가는 그 순간에도 또 다른 생명은 잉태되고 태어
난다는 만물의 이치를 이해한다면 의학은 죽음에만 머물 것이 아니라
새 생명을 위해 나아가야 함이 마땅하오. 그러기 위해서 의학의 모든
전공과목은 필요하며 그 선택은 전적으로 의사들 개인의 자유 의사에
맡겨진 것이오. 나는 단지 새 생명보다는 죽음의 문턱에 선 환자들로
부터 그들의 부활을 지켜보고 싶다는 갈망 때문에 외과를 전공했소."

"외과의사가 되려는 당신은 충분히 자신을 설명할 수 있겠지만, 곁
에 선 사람들은 어떻게 그 오랜 밤들을 혼자서 견디어내야 하지요?"

"기다리시오. 기다림의 끝이 아무리 요원하다고 하더라도 지금은
그 방법밖에 없소."

그의 아내가 낮게 한숨지었다.

"알았어요. 당신은 이제 당신의 환자 곁으로 떠날 준비를 서두르는
게 좋겠군요."

2

중소기업을 경영하고 있는 배영국 사장은 지난 두 달 동안에 겪었
던 엄청난 일들을 생각하면 지금도 등줄기에 식은땀이 줄줄이 흘러내
리는 기분이 든다.

밀어닥치는 어음을 막기 위하여 직원들 봉급을 두 달씩이나 체불시
켜 놓고도 해결의 기미가 보이지 않았을 때, 파산한 기업인이 막다른

골목에서 선택할 수 있는 방법이라고는 곧 폐업할 공장의 천장에 넥타이 줄을 늘어뜨리고 그 끝에 목을 매다는 것뿐이라는 결론에 도달했다. 그런 참혹한 일을 실천하기에는 서른여덟 살이라는 그의 젊은 나이가 너무 아까웠다. 누군들 재기를 꿈꾸지 않으랴. 그러나 은행금고의 문이 그를 향해 열리지 않는 한 어디에서도 구원의 손길은 보이지 않았다.

파산의 위기로 몰리고 있는 중소기업은 직원들의 동요가 한순간에 회사 전체로 파급되게 마련이다. 지금 회사를 떠나버리면 밀린 임금은 고사하고라도 퇴직금 한 푼 건질 수 없는 직원들은 일손을 놓고 삼삼오오 모여 온갖 불평을 토해 냈다.

"너무 젊은 나이에 사장자리를 차고 앉은 게 문제야. 노련한 기업가들도 속수무책으로 주저앉고 마는 불경기에 축적된 경험이라고는 일천한 젊은 사장이 무슨 수로 이 위기를 넘기겠어. 퇴직금이라도 정산해 준다면 밀린 봉급은 포기하고 지금이라도 자리를 털고 일어나고 싶은데, 돌아가는 꼴을 보니 그것도 물 건너간 모양이야."

"망해가는 집이라고 함부로 재 뿌리는 소리는 그만해. 사장도 집이나 부동산이니 몽땅 끌어다 저당잡혀가며 할 만큼 하고 있잖아."

"그렇게 뛰어다닌다고 무엇이 달라지겠어? 사채시장에는 이미 구제불능 기업으로 낙인 찍혔는데 무슨 용빼는 재주가 있어 은행 돈을 끌어오겠다는 것인지 알 수가 없어."

"오너가 돈을 빼돌린 것도 아니고 잘해 보려고 한 노릇이 이 꼴이니 본인인들 오죽 답답하겠어. 하긴 선대(先代) 때만 해도 지금처럼 이렇게 자금난에 시달리지는 않았는데 경영에 문제가 있긴 있는 모양이야."

"그때야 기업의 규모가 원체 작았으니 위험부담이 있을 것도 없었지. 젊은 사장이 겁없이 사업을 확장시켜나가다 보니 이 지경에 이르고 만 거야."

　배영국 사장은 직원들이 끼리끼리 모여 자신을 두고 수군거리는 이야기를 곁에서 듣지 않고도 충분히 그 내용을 짐작했으며 그들의 이야기가 전적으로 틀리다고 반박할 마음도 없었다. 성공한 젊은 기업가는 마땅히 추앙의 대상이 되고 실패한 기업가는 그의 추진력이 아무리 뛰어났다고 하더라도 천시받는 것이 냉혹한 경제원리가 아니던가. 이기지 못한 자는 변명할 게 없다. 다만 혼자서 눈물을 흘릴 뿐이다.

　대기업 전자회사의 과장으로 근무하던 4년 전, 그는 어느 날 급작스레 이 회사를 떠안고 말았다. 뇌졸중으로 유언 한 마디 남기지 않고 타계해 버린 부친이 남겨준 회사를 인계받기 전만 해도 그는 전자회사의 입사 동기들 중에서 가장 잘 나가는 과장이었다.

　사람들은 과장에서 하루 아침에 사장자리로 뛰어오른다는 게 얼마나 큰 행운이냐고 부러운 표정이 역력했으나 그 내용을 들어보면 꼭 그렇지만도 않았다.

　가내공업으로 시작한 사업은 조금씩 성장해 가기는 했으나 구두쇠 같은 부친의 소극적 경영기법으로 더 이상의 발전을 도모할 수가 없었다. 망해 먹지도 않을 뿐더러 더 이상의 성장도 기대할 수 없는 상태에서 그는 부친의 고집을 꺾을 의사도 없었고 또 그렇게 함으로써 족벌체제의 회사에 뛰어들고 싶지도 않았다.

　그가 다니는 전자회사는 첨단기업답게 진취적이고 과학적 사고에 바탕을 두어 운영되고 있었으므로 회사에 소속된 개개인의 능력을 극대화시킬 수 있었으며 그는 그 속의 일원으로서 매우 만족하고 있었다. 곧 차장으로 승진할 것이고 세월이 지나면 이사 대열에도 충분히 오를 수 있으리라고 자신하고 있었다.

　현대적 감각에 익숙한 그에게 부친이 물려주고 간 회사는 낡은 고물 자동차나 다름없었다. 그러나 아무리 오래된 차라도 부지런히 닦고 조여주며 기름칠을 해준다면 차가 지니고 있는 본래의 기능에는 별 하자가 없어 제대로 굴러갈 것임에는 틀림없다. 부친의 경영방식을 그대로 답습하여 수구적으로 회사를 운영했다면 그는 아마 지금의 위난은 당하지 않았을 것이다. 그러나 그렇게 수동적이고 전근대적인 경영기법에 안주하기에는 그의 나이가 너무 젊었고 의욕도 흘러넘쳤다.

볼품없는 소규모의 가내기업이지만 재무구조가 탄탄하기 이를 데 없는 회사의 실질적인 오너가 된 후, 그는 생산설비를 늘려 회사를 확장시켜나갔다. 주위에서 너무 성급하다는 조언이 없었던 것은 아니었으나 개의치 않고 외적 팽창을 일차적 목표로 삼고 개방 확대에 매달렸다. 백화점의 물품 구매도 컴퓨터가 해결하는 이 시대에 주판알이나 튕기며 회사를 꾸려나가 도대체 어떻게 경쟁에 살아남을 수 있다는 말인가. 배영국 사장의 공격적 경영 혁신에 의해 회사는 놀랄 만큼 빠른 속도로 성장을 거듭했다.

회사의 경영을 떠맡은 3년째 되던 해, 부도나는 의류업체를 싼 값에 인수한 것이 내리막의 시작이었다. 배영국 사장의 계산대로라면 어느 정도의 은행 융자만 얻어내어도 인수할 의류업체를 충분히 본궤도에 올려놓을 수 있겠다는 확신이 있었다. 물론 처음에는 은행에서 원하는 만큼의 대출을 받긴 했으나 그 돈으로는 어림도 없었다. 이곳 저곳에서 사채를 끌어 쓰고, 부친으로부터 물려받은 부동산과 그가 살고 있는 집까지 저당잡혀가며 뒷돈을 댔지만 주저앉는 기업을 바로 세울 수가 없었다. 파산 선고를 내리고 외국으로 야반도주를 하거나 목에 새끼줄을 걸어야 할 막판에 구세주를 만났다. 증권회사에 다니는 고등학교 동기로부터 전화가 걸려왔을 때 그는 허세 따위는 완전히 걷어내고 매달렸다.

"제발 살려줘. 나 하나 죽는 건 문제가 아니지만 수백 명의 직원들이 깡통을 차고 길거리로 나앉게 되었어."

"큰 기대는 하지 마. 거래하는 은행 쪽에서 흘러나온 이야긴데, 괜찮은 중소기업을 찾고 있나 봐. 왜 정부에서도 중소기업의 은행 문턱이 너무 높다고 말들이 많잖아. 높은 곳에 실적 보고를 하기 위해서도 중소기업에 대출을 하긴 할 모양인데 마땅한 곳이 없는 모양이야. 담보는 가능해?"

"담보라고 해봐야 이중삼중으로 잡혀 있는데 그런 걸 받아주기라도 하겠어."

"그건 그렇군. 이번에는 건실한 기업에 신용대출을 원칙으로 한다니까 한번 만나보기나 해."

배영국 사장은 친구가 소개해준 은행 대출담당 차장을 만났다. 그는 회사가 처한 공경을 솔직하게 있는 그대로 털어놓았다. 그후 수차례나 더 만난 다음 마침내 배영국 사장은 파산의 위기를 넘길 수 있는 운영자금을 조달받았다.

그날은 그에게 은행을 소개해 준 증권회사의 친구한테 고맙다는 인사도 할 겸 얼마 간의 사례비가 든 봉투를 전달하기 위한 만남이었다. 일식집에서 식사를 끝내고 2차를 가기 전에 준비한 봉투를 친구가 벗어놓은 상의 주머니에 찔러넣었다.

"자네 덕분에 내가 살게 되었으니 성의로 생각하고 받아둬."

"친구 사이에 이럴 것까지는 없는데, 맘먹고 주는 것이니 잘 쓰겠네."

2차로 옮겨간 자리에서는 옆에 아가씨를 앉혀두고 호기롭게 술을 마셨다. 배영국 사장은 더없이 홀가분한 기분이 되어 한껏 신이 나 밴드도 부르고 아가씨들한테 팁도 넉넉히 안겨주었다. 은행에서 대출받은 돈만으로도 회사는 충분히 회생이 가능했으므로 그가 그렇게 친구를 대접하는 것은 지극히 당연한 처사였다.

두 사람이 술자리에서 일어난 시각은 거의 자정 무렵이었다. 배영국 사장은 회사에서 나올 때 오늘의 술자리를 생각하고 차를 두고 왔다. 증권회사에 다니는 친구도 응당 그렇겠거니 했는데 그게 아니었다.

"집이 같은 방향인 모양인데 내 차를 타도록 하지."

배영국 사장은 처음에 이 친구가 운전기사를 두고 있는가 착각했다.

"아니, 지금까지 기사를 대기시켜 놓았다는 말이냐?"

"내 형편에 운전기사를 둘 처지는 아니고, 내가 운전하고 갈 것이니까 염려 말고 타."

"자네가 운전을 한다고? 우리는 꽤 많은 술을 마셨잖아."

"이 정도 마시고는 아직 끄덕도 없어. 음주운전을 어디 한두 번 해 봤나. 집 가까운 곳에 밤늦게까지 문을 여는 술집이 있는데 그곳에 한 번 더 들르지. 오늘 밤 내내 얻어먹기만 했는데 나도 한 잔 사고 싶어."

"아냐, 술은 이제 됐어. 꼭 더 마시고 싶다면 이 부근에서 한 잔 더 하고 차는 세워두고 가는 게 좋겠어."

"사업을 한다는 친구가 왜 그렇게 겁이 많아. 사람이 죽고 사는 건 우리들 손바닥 안에 새겨진 손금이 다 말해 주고 있는데, 조심한다고 사고가 피해가기라도 하겠어? 이곳에서 술을 더 마시면 정말 차를 못 가지고 가게 되니까 아예 동네 술집으로 옮기지."

배영국 사장은 혼자만이라도 택시를 이용해서 가고 싶은 생각이 간절했으나 차마 그런 말을 할 수가 없었다. 동네 술집마저 기피한다면 그가 오늘밤 진정으로 나타내 보이고자 했던 고마움의 표시가 물거품이 되고 말 것이다. 그는 내키지 않았지만 친구의 차에 동승했다.

주차해 놓은 골목길을 빠져나온 차는 남부순환도로로 접어들어 공항 쪽을 향해 방향을 틀었다. 자정을 넘긴 시간에 차들의 왕래가 끊긴

탄탄대로를 거침없이 내달리던 차는 화물트럭 터미널 부근에서 정차
해 둔 대형 트럭의 뒤꽁무니를 들이받고 구겨진 휴지처럼 망가져버렸
다. 119 구급대가 도착했을 때 운전대를 잡고 있던 친구는 이미 심장
의 박동이 멈춰버린 후였고, 배영국 사장은 혼수상태에 빠져 죽음의
가파른 비탈길을 굴러가고 있는 중이었다.

3

46세의 외과 전문의인 김명진 박사는 다음 날 새벽 골프를 약속해
두고 일찍 잠자리에 들었다. 오전에는 외래 진료나 수술이 없는 날이
므로 골프를 끝내고 출근해도 별다른 문제는 없을 터였다. 밤 1시 무
렵 그는 요란하게 울리는 전화벨 소리에 눈을 떴다. 병원 응급실로부
터 걸려온 전화였다.

10분 후 그는 말짱한 정신으로 아파트의 하강 엘리베이터 버튼을
눌렀다. 의사는 자기 마음대로 환자를 고를 수가 없다. 늦은 밤에 전
화를 받고 불평 없이 병원으로 나갈 수 있는 것은 그가 평범한 자연인
이 아니라 의사라는 전문인으로서의 철저한 소명의식에 젖어 있는 탓
이다.

그는 일반 사람들이 의사들에게 갖는 편견을 잘 알고 있다. 사람들
이 의사들에게 느끼는 거부감은 그들은 대단히 배타적이며 권위주의
적인 자들로 그들끼리만 똘똘 뭉쳐 있어 다른 사람들이 비집고 들어
갈 틈이 없다고 한다. 그들은 환자한테 함부로 오만한 언사를 내뱉고
보호자들을 무시하며 알아듣지도 못할 말들을 저희들끼리 지껄인다
고 생각한다. 일반인들이 의사를 싫어하는 이유는 의사 개개인의 자
질에도 문제가 있지만 학문이나 부에 대한 굴절된 콤플렉스에 의한
시기와 부러움이 교차하는 심리 탓도 있다.

의사가 하루 종일 수많은 사람들을 만나 치러내야 하는 일들은 정상

적인 사람들과의 통상적인 사무가 아니다. 대부분 육신의 고통 속에서 신음하는 환자들의 호소를 듣고 그들의 아픔을 어떤 방법으로든 경감시켜 주어야 할 의무를 부여받고 있다. 의사가 안일한 타성에 젖어 적당히 시간이나 때우며 건성건성 진료를 한다든가 환자가 호소하는 고통에 대해 무관심이나 짜증스러움으로 대한다면 환자는 무성의한 의사에 대한 불신으로 인해 어떤 약도 효력을 나타내 보이지 않는다.

의사가 의술(醫術)의 행함에 있어 성직자의 종교 의식처럼 엄숙함이 깃들어 있지 않을 때에는 그 기술은 죄악의 한 범주에 속할 수도 있다고 단언한 사람은 프레란드라는 독일인 의사이다. 그는 의사는 단순한 기술을 가지고 있는 기능인이 아니라 그 속에 윤리가 내재되어 있어야 한다는 도덕성을 강조했다. 그러나 엄밀하게 따져본다면 종교는 언어나 활자를 매개로 해서 눈으로 볼 수 없는 영적인 문제를 다루는 것이지 사람의 몸에 칼이나 기구를 들이대는 육체적인 행동이나 실천의 작업은 아니다. 그러므로 종교의 여러 의식은 변경이 가능하나 이미 이루어진 의료행위는 새롭게 수정하기가 어려운 일회성적인 한계를 지니고 있다. 때문에 의료행위의 실체적인 주행위자인 의사가 갖는 심적인 부담감은 충분히 이해할 만하다. 의사는 신이 아니므로 그의 능력은 한계가 있으며 때로는 잘못을 저질러 사람을 죽음에 이르게 할 수도, 혹은 돌이킬 수 없는 불구자로 만들 수도 있음을 의사 자신이 잘 알고 있다. 그래서 그들은 자만감과 허무감을 동시에 갖고 있는 설명하기 힘든 사람들이다.

김명진 박사가 젊은 시절에 가졌던 꿈은 벽촌의 시골로 내려가 의료혜택으로부터 소외되어 있는 사람들 속에 섞여 그들과 함께 어울려 살겠다는 소박한 바람이 전부였다. 그 역시 궁핍한 시골에서 어린 시절을 보냈으므로 의료시설이 불비한 그곳을 누구보다도 잘 알고 있었다. 전공의 과정이 끝난 후 그에게 도제(徒弟) 수업을 시킨 스승을 찾아가 작별인사를 드렸다.

"선생님, 저는 이제 제가 자란 척박한 땅으로 되돌아가 가난한 이웃들이 손쉽게 문을 열고 들어올 수 있는 문턱 낮은 진료실을 열겠습니다."

"시골 벽지에 가서 어려운 사람들에게 의술을 베풀겠다는 자네의 생각은 매우 숭고하여 다른 동료 의사들에게 귀감이 될 만해. 사람들은 자네의 행위로 인해 한 번쯤 자신을 되돌아보고 가슴을 여미게 만드는 기회를 갖게 될거야."

"선생님께서 그렇게 생각해 주신다면 저로서는 더없는 영광입니다."

"좋아. 그런데 자네의 그 간절한 소망을 이루기 위해서는 자네가 갖춘 능력은 아직은 미비해. 의료시설이 전무한 그곳에서 자네가 해결할 수 있는 영역이 얼마나 된다고 생각하지? 전문의가 됐다는 것은 배움의 종결이 아니라 겨우 출발점에 선 햇병아리에 불과해. 완벽한 외과의사가 되기 위해서는 더 많은 시간이 필요하니까 이곳에서 몇 년 간 머물며 자네의 술수가 완숙한 경지에 이를 때까지 기다리는 게 좋겠어. 그때 떠나도 늦지는 않아."

김명진은 스승의 충고를 따랐다. 몇 년 만에 끝날 것으로 생각했던 배움의 기간은 길고도 길었다. 의학이라는 학문의 종착지에 도달한다는 것은 환상일 뿐 영원히 닿을 수 없는 이데아였다.

위대한 업적을 남긴 전설적인 의학자들이 써놓은 저서들만도 산더미처럼 쌓여 그걸 독파하기 위해서는 전 생애를 다 바쳐도 모자랄 지경인데, 하루가 멀다 하고 새로운 학설이나 진보된 기술들이 쏟아져 나오는 판에 언제 그 모든 걸 섭렵할 것이며 그 사이사이에 환자 보고 후배들 가르친다는 게 가능하기나 한 노릇인가.

종합병원의 스태프 자리란 게 정체를 불허한다. 고여 있지 않고 흘러내리는 계류(溪流)처럼 지식은 멈추어 있어서는 안 되며 신지식을 수시로 흡수하여 자신의 것으로 만들지 않으면 살아남지 못하고 도태되고 만다.

김명진 박사는 그렇게 시류에 휩쓸려가 최초의 순수했던 그로부터 멀어져갔다. 조직 생활에서 살아남기 위해 타인과의 경쟁에 몰두했으며 자신의 자리를 넓히기 위해 때로는 남의 영역을 기웃거렸다. 인간이 갖는 원초적인 소유욕이 꼭 물질에만 국한되는 것은 아닐진대 그는 학문적이든 물질적이든 어느 것에서나 경쟁에서 지고 싶지 않았다. 그 과정이나 결과를 두고 옳고 그름을 논하기 전에 그는 자신의 일에 관한 한 최선을 다했음은 분명했다.

처음 그의 시골행을 만류했던 스승마저 나중에는 그의 변신을 보고 놀라고 말았는데, 그 놀람은 학문에 대한 높은 열정과 겸손했던 그의 순후한 정신이 혼탁한 세상에 휩쓸려들어감을 안타까워하는 복합적인 감정이었다.

오로지 전진만을 요구하는 세월을 살아가는 김명진 박사가 처음에 그가 품었던 소망이 얼마나 부질없는 것이었던가를 깨닫기까지에는 그렇게 오랜 시간을 요하지 않았으며, 억압과 의무만이 팽배하던 수련의 시절이 끝나면 곧 자유로워질 수 있으리라는 생각 또한 얼마나 환상적인 기대였던 것인가도 깨달았다.

다 이루고 난 다음에 가난한 이웃에 자비를 베풀겠다고? 앞으로 나가고 위로 오를수록 부족감만 더해가는데 어느 세월에 남을 위해 배풂의 시간을 갖는다는 말인가. 완성의 기대는 신기루일 뿐이다. 다 이루었다는 이야기는 예수는 할 수 있으나 의사가 할 말은 결단코 아니다.

의사들 중에는 그 길고 긴 여정에 진저리를 내며 장년의 나이에 모든 걸 내팽개치고 스스럼없이 이민의 길에 오르는 자들도 있다. 캐나다나 뉴질랜드로 떠난 그들은 아무 미련 없이 의업을 버리고 빵가게를 열거나 식료품점 주인이 된다. 그렇게 하여 약물로도 치료 불가능했던 불면증과 고혈압과 두통을 약 한 톨 없이 단시일에 낫게 만든다.

의사들이라고 해서 모두 다 이성적이고 합리적인 사고를 지니고 있는 것만은 아니다. 아내와 어린 자식을 죽이는 외과의사도 있고 도박이나 마약에 미쳐 가정이나 병원 모두를 내팽개쳐버린 내과의사도 있으며, 우울증에 걸린 어떤 40대 의사는 소주 두 병에 500알의 수면제를 타 마셔 죽기도 한다.

김명진 박사는 다행히 종합병원의 생리에 적응했던 탓에 심인적(心因的)인 질병으로부터는 자유로웠다. 그렇게 되기 위해서는 3차례의 외국 병원 연수와 20편이 넘는 논문을 지상(誌上)에 발표하는 것이 필요했다. 알고 있는 지식의 보편성만 믿고 현상에 만족해 있다면 새로운 지식을 습득할 기회는 오지 않는다. 자기 혼자라면 달팽이의 성곽 속에 갇혀 안주해도 그만이지만 후학을 가르쳐야 할 위치에 있고 보면 안일한 관습의 틀을 깨고 보호벽을 부수고 나와야 한다. 그는 이 나이가 될 때까지 그렇게 쉼없이 달려왔다.

김명진 박사가 주차해 놓은 차는 아파트의 갓길 쪽에 위치해 있었다. 그는 아파트의 주차장이 아무리 넓게 비어 있어도 항상 갓길에 차를 세워두었는데 그것은 늦은 밤이나 새벽의 어느 때고 쉽게 차를 빼내기 위한 방편이었다. 덕분에 그의 차는 늦게 들어오는 누군가의 차에 부딪쳐 옆구리가 움푹 들어가거나 백미러가 망가지는 등 성한 날들이 드물었다.

그는 차에 시동을 걸며 그 동안 그에 의해 죽음을 선고받았던 많은 환자를 떠올렸다. 의사가 자신이 치료한 환자의 죽음을 대하는 입장은 철학적인 모호한 해석, 혹은 종교적 설명보다는 현실적인 상황에 직면해서 빠른 시간내 감상적인 감정으로분터 벗어나는 게 좋다. 의사가 비정하리만큼 객관화될 때 또 다른 환자에 대하여 정확하게 접근해 갈 수 있는 길이 열리는 법이다.

오늘밤 죽음으로 치닫는 환자가 병원으로 실려온 후 수술을 하면 틀림없이 살아날 수 있다는 확신을 가족들에게 들려줄 수 있다면 의사는 얼마나 괜찮은 직업인가. 그는 그럴 수 있기를 간절히 바라며 미지의 환자가 누워 있는 병원 수술실을 향해 심야의 밤거리를 내달리기 시작했다.

4

임신 9개월째로 접어든 마취과 의사는 가만히 앉아 있기만 해도 힘들 정도로 피곤했다. 그녀는 출산 후에 충분히 쉬기 위해 출산 하루 전날까지 병원 근무를 지속할 생각을 갖고 있었다. 그렇게 하자니 당직근무도 다른 사람들 눈치봐가며 적당히 때울 수가 없어 늦은 밤에도 가끔 호출을 받고 병원으로 나가지 않을 수가 없었다..

그날 밤 깊이 잠이 든 새벽 1시 경 수술실로부터 걸려온 전화를 받고 그녀는 푸념을 쏟아냈다. 낮에는 뭣들 하고 이렇게 야밤에 꼭 수술을 할 게 뭐야. 그녀는 가쁜 숨을 몰아쉬며 주섬주섬 옷을 갈아입기 시작했다.

5

만나지 않아도 될, 만남 자체가 악연일 수밖에 없는 배영국 사장, 김명진 박사, 박성수 전공의, 마취과 여의사는 새벽 1시 30분의 수술실에서 마침내 맞닥뜨렸다.

수술은 오케스트라와 같다. 집도의는 지휘자며 마취의와 보조의사, 그리고 간호사들은 잘 훈련된 연주자가 되어 각자 맡은 역할을 충분히 해내어야 한다. 한 사람이라도 엉뚱한 짓을 하면 수술은 돌이킬 수 없는 국면으로 치닫는다. 실패한 연주회는 있어도 그만이지만 실패한 수술은 절대로 용납이 안 된다. 그것은 한 인생의 생명이 끝났음을 의미한다. 성공한 연주회는 청중들의 기립박수가 있으나 좁은 방에서 외롭게 진행된 성공한 수술은 어떤 찬사도 기대할 수가 없다. 사람들은 수술의 성공을 지극히 당연시할 뿐이다.

링거병이 연결된 전박(前膊)부의 정맥에 마취제가 투입되고 곧 기관지 삽관이 이루어지면서 배영국 사장은 전신마취 상태로 돌입되었다. 포타딘 소독액을 묻힌 솔로 두 손과 손톱 밑까지 꼼꼼하게 닦아낸 김명진 박사는 흐르는 물에 손을 헹구고 나서 수술실 문을 어깨로 밀었다. 무영등이 갈색 수술포 위의 한 지점에 초점이 맞춰져 있었다.

수술장갑을 낀 양손을 오므렸다 폈다 하는 동작을 몇 번 반복한 후 김명진 박사는 간호사가 건네주는 나이프 핸들을 왼손으로 받아 오른손에 옮겨잡은 후 칼날을 45도 각도로 세워 복부의 정중선을 따라 일직선으로 절개해 나가기 시작했다. 근육을 분리해서 박리시킨 후 복막을 노출시킨 다음 한 부분을 조직겸자로 집어 칼로써 짧게 절개시켰다. 왼손의 검지와 중지를 절개시켜 놓은 복막 밑으로 넣어 장기를 보호하며 오른손에 쥐고 있는 수술용 가위를 이용하여 위쪽으로 향해 복막을 길게 잘랐다.

복막을 열기 시작할 때부터 쏟아지기 시작하던 피는 수술포를 흥건하게 적신 후 수술실 바닥으로 흘러내렸다. 석션기가 양쪽에서 들어오고 피묻은 거즈 뭉치가 몇 개씩이나 내던져진 후에야 겨우 복장 내에서 꿈틀거리는 장기들을 식별해 낼 수 있었다.

수술 시야를 넓히기 위해 복강 견인자(牽引子)를 좌우로 건 다음 위와 소장을 빠른 손놀림으로 훑어가던 중 출혈의 진원지를 발견했다. 위에서부터 횡행결장에 이르는 장간막의 여러 곳에 열상이 나 있어 그곳으로부터 피가 뿜어져 나오고 있었다. 봉합사를 사용해 중요한 출혈부위만을 우선 묶은 후, 아래쪽을 살펴보니, 하행결장의 중간 부분이 심하게 좌상을 입어 검붉게 변색된 채 괴사 상태에 이르러 있었다. 그냥 두면 결국 제기능을 회복하지 못하고 온갖 합병증을 초래할 것이 분명하다. 손을 보기로 마음먹고 상처가 심한 부분의 위 아래를 잘라내고 물합수술을 시행했다. 생리적 식염수로 수차례의 세장(洗腸)을 거듭한 후 작은 출혈 부위를 정리하고 나니 시간은 이미 새벽 5시를 넘기고 있었다.

김명진 박사의 새벽 골프 약속은 이미 물거품이 되고 말았다. 이쯤에서 수술을 끝내도 되지 않을까 싶은데 수축기 혈압이 80 정도에서 머문 채 더 이상 오르지를 않고 있었다. 수술 도중에 무려 8파인트나 수혈이 되었다면 그 동안 출혈의 양으로 봐서 정상 혈압을 충분히 유지할 만도 한데 그렇지 못한 것이 못내 마음에 걸려 재차 확인 작업으로 들어갔다. 또다시 소장과 대장을 이쪽 저쪽으로 제겨나가다보니 후복막 쪽에 출혈이 넓게 퍼져 있는 게 눈에 들어왔다. 수술 자체가 대단히 어렵고 접근하기가 힘들며 시간을 요하는 곳이다. 둑의 갈라진 틈을 찾아내어 간신히 메우고 나니 그 아래쪽에서 엄청나게 큰 구멍이 뚫려 물이 콸콸 쏟아지고 있는 형국이다.

김명진 박사는 낮고 암울한 신음소리를 토해 내며 쥐고 있던 지혈겸자를 수술 테이블 위에 소리나게 내던졌다. 조수석에 서 있던 박성수는 집도의의 눈치를 살피며 열어놓은 복강 위로 젖은 탭을 조심스럽게 덮어놓았고, 스크럽 간호사는 묵묵히 피 묻은 수술기구를 닦아 가지런히 챙겨놓기 시작했다.

눈에 드러난 출혈소견을 두고 수술을 끝내는 것은 길거리에서 죽어가는 사람을 보고도 바쁘다는 핑계로 그냥 지나치는 것보다 더 악의적인 행위다. 의사들의 간지(奸智)가 아무리 뛰어나다고 해도 외과의사가 출혈부위를 모른 체하고 수술을 끝내는 것은 미필적 고의에 의

한 살인행위나 진배없다. 그러함에도 수술팀들은 이미 탈진할 정도로 피곤한 상태에서 무감각해진 발바닥으로 다른 발등을 긁어대며 어떻게 하든 수술이 끝나기를 은연중 바라고 있었다. 순간 김명진 박사가 결연히 외쳤다.

"일단 열고 들어가보자. 간호사, 10번 나이프."

의사의 즉결적인 판단 역시 오랜 교육과 축적된 경험이 만들어내는 결과이다. 후복막을 열었다. 출혈이 짐작되는 곳을 찾아 위와 십이지장을 리차드슨 견인자를 사용하여 우상부 쪽으로 밀어붙인 후 복당 후벽을 따라 자리잡고 있는 췌장을 살폈다. 췌장의 몸통부가 완전히 파열되어 피가 펑펑 쏟아지고 있었다. 출혈하는 췌장을 잘라내는 데 상당히 오랜 시간이 소요되었다.

시간은 아침 8시를 넘기고 있어 수술실의 낮번 근무자들이 싱그러운 얼둘들로 출근을 한 후 그들이 밤새 잠들고 있을 동안에 치러낸 악전고투의 전장(戰場)을 발견하고 놀라움을 금치 못했다. 더러는 수술팀 주위로 몰려와 어깨 너머로 혈관과 신경과 장기들이 피범벅 속에 엉겨 있는 혈전의 현장을 기웃거리다가 물러선 후 한 마디씩 했다.

"외과의사가 되려면 인삼 녹용을 상용해 달여 먹든지 개소주를 해 먹든지 아니면 어느 농구선수처럼 수십 마리의 뱀을 잡아먹어야 겨우 스테미너를 유지하겠군."

췌장을 절제하고 그곳으로 연결되는 모든 혈관을 묶었음에도 후복막 내의 출혈은 멈추지 않았다. 거즈로 아무리 닦아내도 몇 분이 지나지 않아 흥건하게 피가 고여왔다. 도대체 이 출혈의 진원지는 어디란 말인가. 김명진 박사는 짜증이 났고 박성수 전공의는 선 자리에서 용변을 봤다. 수술복을 타고 흘러내린 소변은 수술실 바닥에 고여 있는 피와 생리적 식염수에 뒤섞여 이상야릇한 혼합액을 만들어냈으나 누구한 사람 그런 것에 신경쓰는 사람이 없었다. 집도의는 수술이고 뭐고

다 때려치우고 싶은 갈망에 사로잡혔고 비릿한 피냄새로 후각이 완전히 마비된 조수는 무조건 그 자리에 주저앉아 드러눕고 싶기만 했다.

혈압이 수직으로 하강하는 오전 10시 경, 수술이 시작된 후 8시간만에 요추 부위의 부(副) 척추 혈관의 중간 부분이 터져 있는 걸 발견했다. 사틴스키 동맥 지혈겸자를 이용해 출혈되는 혈관을 잡으려고 몇 차례나 시도했으나 실패했다. 척추의 가운뎃마디뼈를 드러내지 않고서는 이 출혈을 근본적으로 해결하기는 불가능하다. 오후 1시 무렵, 12시간의 대장정의 끝에 다다랐다. 이 환자에게 미구에 닥칠 죽음을 예감하면서도 그래도 이 정도 했으니 환자는 살아나겠지 하는 한 줌도 안 되는 기대와 더없는 절망을 껴안고 수술팀은 물러섰다.

환자는 수술실은 나온 후 3시간이 지나 죽었다. 김명진 박사는 사망진단서를 써서 책상 위에 내던진 후 이틀 간 병원에 결근을 했고, 전공의 박성수는 한나절을 푹 잔 다음 또다시 응급실의 호출을 받았으며, 임신 9개월의 마취과 여의사는 후배한테 사정사정하여 간신히 야간수술만은 면하게 되었다. 파산 직전의 기업을 간신히 회생시킬 수 있었던 배영국 사장은 전혀 뜻밖의 원인과 결과에 의해 은행 대출이 이루어지기 전보다 훨씬 최악의 상태, 죽음으로 서른여덟 살의 생애를 종결지었다.

지금도 이 세상에는 서로가 서로를 모르는 인연들이 우연하게 얽혀들어 불가사의한 사건들이 발생하고 사라져간다. 우리들 인생이 언제 누구에 의해 지배될 것인가를 한 번쯤 생각해 보면 걷고 있는 발걸음 하나에도, 마시는 한 잔의 커피에도 어떤 의미가 내포되어 있을지 그저 궁금하고 두려울 뿐이다.

역설
수양애사

초판인쇄 · 2000년 9월 4일
초판발행 · 2000년 9월 14일

지은이 · 전용문
펴낸이 · 최정헌
펴낸곳 · **좋은날**
주소 · 서울시 서대문구 충정로 3가 8-5호 동아 아트 1층
전화번호 · 392-2588~9
팩시밀리 · 313-0104

등록일자 · 1995년 12월 9일
등록번호 · 제 13-444호

값은 표지 뒷면에 있습니다.
ISBN 89-86894-79-3 03810
*잘못된 책은 바꿔 드립니다.
*저자와의 협의에 의해 인지를 생략합니다.